ADEM

Ander werk van Saskia Noort:

Thrillers:
Terug naar de kust
De eetclub
Nieuwe buren
De verbouwing
Koorts
Debet
Huidpijn
Bonuskind
De nazaten

Romans:
Stromboli

Columnbundels:
Aan de goede kant van 30
40. Over lijf en leven van een beginnende veertiger
Babykoorts
Afgunst & Een goed huwelijk
50 (dingen die ik blijf doen en andere verhalen)
Hoe nu verder?

Saskia Noort

Adem

the house of books

Deze roman is fictie. Alle namen, personages, plaatsen en gebeurtenissen zijn ontsproten aan de verbeelding van de auteur of fictief gebruikt. Elke overeenkomst met ware gebeurtenissen of bestaande personen berust op toeval.

Omslagontwerp: Moker ontwerp, Amsterdam
Foto auteur: © Linda Stulic
Visagie: Selke Stojancic
Typografie: Crius Group, Hulshout

ISBN 978 90 443 6926 7
ISBN 978 90 443 6927 4 (e-book)
NUR 305

www.saskianoort.nl
www.thehouseofbooks.com
www.overamstel.com

OVERAMSTEL
uitgevers

The House of Books is een imprint van Overamstel uitgevers bv

So now you've got the best of me, come on and take the rest of me, oh baby'

The Real Thing – 'You To Me Are Everything'

'And then I go and spoil it all by saying somethin' stupid like "I love you"'

Nancy and Frank Sinatra – 'Somethin' Stupid'

Een ijzige kalmte was over mij neergedaald. Er droop bloed langs mijn wangen en armen. Sterke armen. Mijn spieren opgepompt, volle aderen.

Hij lag voor me op de grond, met zijn gezicht opzijgedraaid. Hij staarde met zijn mond open in het niets. Hij zag het niet aankomen, jammer genoeg. Hij verdiende het zijn einde in de ogen te kijken, dat moment van doodsangst, weten dat hij er dit keer niet mee wegkwam. Hij verdiende het kleiner te zijn, overgeleverd aan mijn razernij. Hij verdiende de pijn, het verlies van controle, het abrupte einde aan zijn zelfgenoegzaamheid, hij verdiende mijn haat. Maar hij verdiende het niet dood te zijn. Hij verdiende het te leven in de wetenschap dat alles en iedereen hem had verlaten.

Hij lag erbij alsof hij sliep. Op zijn buik, zijn linkerbeen opgetrokken, zijn linkerarm boven zijn hoofd. Hij leek niet dood, totdat je het gapende gat in zijn schedel zag. Zelfs nu hij dood was, wilde ik hem niet aanraken.

Buiten adem ging ik naast hem op de grond zitten. Wie had dit achter me gezocht? Ikzelf in ieder geval niet. En hij al helemaal niet. Zo veilig als hij zich altijd had gewaand. Hij kwam niet eens op het idee dat iemand hem zou kunnen raken. 'Het interesseert me helemaal niets wat anderen van mij vinden,

Marieke.' Ik hoorde het hem nog zeggen. En moest je hem hier nou eens zien liggen.

Vreemd genoeg zag hij er eindelijk ontspannen uit. Die nerveuze energie die altijd om hem heen hing, was weg. Zijn snoeverige ademhaling weg. Ik dacht aan zijn gezicht vlak voordat de accu hem op zijn slapen raakte. De verbijstering. Heel even dacht hij dat ik een geintje maakte en glimlachte hij spottend, zo leek het. Het zou kunnen dat die grijns maakte dat ik doorzette. Dat ik hem daardoor echt dood wilde maken.

Het openen van zijn mond toen hij zich realiseerde dat het menens was. De acute doodsangst in zijn ogen. De zwaai, het onverbiddelijke ijzer. En daarna het doffe kraken, tanden die uit zijn mond vlogen, mijn eigen verbazing over hoe kwetsbaar een mens in feite is, en hoe sterk tegelijkertijd.

Mijn hele leven kampte ik met allerlei schuldgevoelens, en nu ik een man had doodgeslagen, bleven die achterwege. Een leven lang zei ik sorry voor alles wat misging. Ik voelde me over van alles schuldig: dat ik er óók was, dat ik om ruimte vroeg. Daarom was ik zo'n slechte opvoeder geweest, ik nam al het huilen, zeuren, drammen, bedelen en dreinen van mijn kind én mijn mannen serieus. Tot nu, nu ik echt schuld had. Nu voelde ik opluchting. Zoals hij deze dood verdiende, verdiende ik het eindelijk om vrij te zijn.

Ik stapte over hem heen naar het aanrecht en keek naar mezelf in de weerspiegeling van de stalen plaat erboven. Op mijn lichaam zat geen schram. Daar ging het 'we hebben gevochten'-scenario.

Met mijn vinger ging ik door de bloedspetters op mijn gezicht en maakte er strepen van. Ik staarde in mijn eigen ogen. Mijn pupillen waren groot, alsof ik drugs had genomen. De ogen van iemand die in staat was te doden.

Ik waste mijn gezicht, mijn handen, mijn armen. Er verschoof iets achter me. Zijn ene bil en bovenbeen leken licht te schokken. Ik hield mijn adem in. Het is natuurlijk een stuiptrekking, stelde ik mezelf gerust. Maar toen klonk een reutelende zucht. Ik liep op mijn tenen naar hem toe, alsof hij door mijn voetstappen zou kunnen ontwaken.

Stel dat hij nog leefde. Ik kon hem niet nog een keer doden.

Ik ging door mijn knieën bij zijn grijze, vervormde gezicht. Zijn lippen waren gezwollen en blauw, alsof ze net met botox waren ingespoten. Ik hield mijn pols voor zijn mond en voelde een warm vlaagje lucht. Of verbeeldde ik het me? Het kruis van zijn witte smokingbroek was nat. Ik keek naar zijn ogen en bewoog mijn vinger heen en weer. Zijn oogballen draaiden weg. Hij kreunde ineens. Het klonk niet alsof hij enorm leed.

Ik besloot zijn hoofd omhoog te trekken bij zijn uitdunnende haar.

'Daar ga je, schat,' fluisterde ik.

De ochtend van het Boekenbal had ik mijn eerste afspraak met een nieuwe therapeut, die me was aangeraden door mijn vriendin Susan die mede dankzij haar inmiddels een dolgelukkige relatie heeft.

'Ik kon me niet meer binden, iedere keer dat ik een leuke vent had gevonden, maakte ik het kapot. En Kees heeft me de patronen doen inzien en uiteindelijk kon ik het omkeren. Ik gun jou ook een Kees.'

In tegenstelling tot wat Susan beweerde, bleek Kees helemaal geen wachtlijst van minimaal een jaar te hebben en kon ik al drie dagen na mijn telefoontje terecht, tussen de kapper en de visagiste in. 'Dat komt vast omdat je een BN'er bent,' zei Susan.

Ik kon geen nee zeggen tegen zo'n buitenkans. Vandaar dus dat ik in volledig gestreste staat, mijn geföhnde haar zorgvuldig opgerold in een zijden sjaal, golden eye pathes onder mijn ogen, tien minuten te laat Kees' souterrain binnenstapte.

Kees was een kop kleiner dan ik, zeker vijftien jaar jonger, yoga-dun en zeer knap. Ze droeg kasjmieren slofjes en een comfortabel grijs pak, waarbij haar lange donkerrode krullen perfect kleurden. Geen make-up, geen rimpels, een seminonchalante verzameling gouden kettingen om haar hals. Bij normale mensen raakt zoiets volledig in de knoop, maar bij

Kees natuurlijk niet. Ik liep achter haar aan een beige zenkelder in, de serene stilte vullend met verontschuldigingen. 'Sorry, ik zie er niet uit. Ik kon mijn fietssleutels niet vinden. Ik moet vanavond naar dat stomme Boekenbal. Iedereen denkt dat dat leuk is, maar er is echt niets aan. Wat een mooie plek, hoe houd je alles zo vlekkeloos wit? Mijn huis is een zootje.'

Ze wees me op een lage, crèmekleurige bank waar blijkbaar nooit iemand op had gemorst. Ik ging zitten op het puntje in de hoek.

'Sorry, ben net gister gespraytanned, dus ik durf niet zo goed...'

'Het maakt niet uit hoor, de sofa is net gecoat.'

'Oké, top.'

'Wil je koffie of kruidenthee?'

'Doe maar kruidenthee,' zei ik. Voor koffie was ik te opgefokt.

Kees reikte me de thee aan in een keramieken kopje. Zou ze dit kopje zelf gemaakt hebben? Ze leek me zo'n vrouw die alles in een handomdraai beheerste, of het nu om pottenbakken of diepzeeduiken ging.

'Wat fijn dat je hier bent, Marieke. Ik zal eerst wat over mezelf vertellen. Ik ben Kees, of eigenlijk Keesje, zo hebben mijn ouders me genoemd. Na mijn studie psychologie in Utrecht vond ik mezelf nog veel te onervaren om andere mensen te gaan begeleiden, dus ik heb eerst nog diverse opleidingen gedaan in New York en een paar jaar geleden ben ik een jaar in opleiding geweest bij Esther Perel. Ik werk momenteel losjes gebaseerd op haar methode. Kort samengevat: als we aan het werk gaan, dan wil ik eerst inzichten creëren in wat er aan de hand is en waarom, en kijken naar karakter, familiepatronen en ervaringen, zodat we een blauwdruk kunnen maken van wie jij ten diepste bent en wat je nodig hebt. Pas daarna werken we aan het doorbreken van patronen, blokkades, aannames over jezelf, niet alleen in je hoofd maar vooral ook in je lichaam.'

O gatver, dacht ik. Ik wilde therapie waarbij ik een probleem op tafel legde, en de therapeut me dan zei wat ik ermee moest doen. Zodra ik iets met mijn lichaam moest doen, dingen uitbeelden, poppetjes tekenen, op verschillende stoelen gaan zitten of paden met A4'tjes met steekwoorden op de grond uitstippelen, dan haakte ik af.

'Ik ben heel erg van de holistische heling. Lichaam én ziel.'

'Mijn vriendin Susan raadde je aan. Ze zei dat ze dankzij deze therapie nu een gelukkige relatie heeft.'

Kees sloeg haar armen om haar knieën. 'O Susan. Wat leuk. Is dat wat je zoekt? Een gelukkige relatie?'

'Ik ben net uit een ongelukkige relatie gestapt. Of nou ja, net, drie jaar geleden.'

'Gescheiden?'

'Ja. Een dochter. Die is ook half het huis uit.'

'Wat is half?'

'Ze zoekt altijd een kamer. Nu heeft ze iets tijdelijks, en als die huur afloopt, komt ze weer thuis, tot ze weer iets vindt. Wat ik niet erg vind trouwens, integendeel.'

'Hoelang was je getrouwd?'

'Bijna twintig jaar. Mijn dochter is negentien.'

In mijn hoofd zocht ik naar redenen die mijn aanwezigheid hier plausibel maakten. Wilde ik een gelukkige relatie? Wilde ik gelukkig zijn? Of was ik gelukkig, maar had ik dat niet door? Ik was alleen, al enkele jaren, ondanks de nodige halfslachtige dates. En er waren periodes dat ik me alleen prima voelde, maar juist dan werd ik bang. Was ik wel normaal? Hoorde ik niet net als de singles die ik kende, te snakken naar seks en een relatie? Ik verlangde niet meer.

'Hoe is de relatie met jezelf?'

'Jeetje. Prima, denk ik.'

'Waarom denk je dat je mijn therapie nodig hebt?'

Ik klemde een voet achter een kuit, mijn armen over mijn borsten gevouwen. Ik had ineens geen idee. Waar sloeg het eigenlijk op, weer in therapie gaan, zoiets decadents? Ik was gezond, ik verdiende genoeg, ik had er niets eens tijd voor. Ik had bovendien al zoveel therapieën gehad; relatietherapie, familieopstellingen, ademcoaching. Ik had in ijsbaden gelegen, eliminatiediëten gevolgd, een wijzevrouwenretraite gedaan.

'Ik voel niks,' antwoordde ik. Of dat waar was wist ik niet. Misschien voelde ik te veel.

'En is dat heel erg?'

'Misschien zeg ik het verkeerd. Ik voel me niet zoals ik me zou moeten voelen.'

'En hoe zou je je moeten voelen?'

'Tevreden. En daar voel ik me dan weer schuldig over. Ik zou tevreden moeten zijn.'

'Grappig,' zei Kees en ze pakte een schrift van de bijzettafel. Glimlachend schreef ze iets op.

'En het feit dat je een bekende, succesvolle schrijver bent – wat voel je als ik dat zeg?'

'Een beetje gêne, als ik eerlijk ben.'

'Waarom gêne?'

'Geen idee. Het was het eerste woord dat in me opkwam. Maar ik ben gaan schrijven om mijn eigen wereld te creëren, en dan is het vreemd als die wereld van iedereen wordt, en dat je ineens ook je persoonlijkheid moet verkopen.'

'Moet dat?'

'Nee, niet echt natuurlijk. Ik bedoel, zelf zit ik me niet de hele dag "die bekende schrijver" te voelen. Maar anderen zien mij wel zo. Dat schept een soort afstand, dat ik niet word gezien zoals ik mezelf zie.'

We waren lang stil. Kees zat inmiddels met gesloten ogen in lotushouding in haar stoel. Ze haalde traag en diep adem.

'Doe maar even met me mee,' zei ze zacht.

Ik sloot mijn ogen en ademde mee terwijl ik me afvroeg waarom je tegenwoordig bij iedere therapiesessie de helft van je duurbetaalde uur doorbracht met ademhalingsoefeningen.

'Sta er even bij stil wat er in je lijf gebeurt als je tegen jezelf zegt: "Ik ben ontevreden."'

Ik stond nergens bij stil. Over vijftig minuten stond de visagist voor mijn deur. Ik moest nog fashiontape kopen. Welke schoenen zou ik meenemen om mijn hakken mee te vervangen? Wat een idioot plan om vandaag van alle dagen een therapeutische sessie te boeken. Het sloeg nergens op. Ik had het ook helemaal niet nodig. Bovendien was ik niet ontevreden. Dit was geldsmijterij.

'Voel je het? Je bent jezelf aan het geselen. Wees eens zacht voor jezelf.'

'Zo en nu, vanuit die zachtheid, wil ik weten: wie is Marieke Blauwboer?'

Ik zuchtte. Ik was moe, merkte ik. Bekaf. Hoe moest ik het volhouden vanavond?

'Ehm, Marieke Blauwboer is moeder. Ex-vrouw. Schrijfster. Dochter. In de overgang. Single. Moe.'

'Al deze dingen weet ik al. Wat weet ik niet?'

'Dat ik me eenzaam voel. Afgesloten. Ik voel niet, ik leef

niet. Ik ren aan alles voorbij, omdat als ik even stilsta, er een groot verdriet opdoemt. Ik ben een machine, die woorden typt, die traint, keurig een dagelijkse dosis proteïne eet, de juiste boeken leest, de best gerecenseerde films ziet, goede wijn drinkt in door Mara Grimm aangeraden restaurants, maar het doet me allemaal niets. Ik ben een robot.' Terwijl ik dit zei, bedacht ik dat deze Kees dit oersaaie verhaal al talloze malen gehoord had uit talloze monden.

'Ik begrijp je,' zei ze. 'Ik voel het ook aan je energie. Maar ik weet nog steeds niet wie je bent.'

'Ik heb zelf ook geen idee.'

'En jij wilt dat ik het je ga vertellen.'

Yes please.

'Ik kan je alleen maar aanbieden om samen op die ontdekkingsreis te gaan. Denk je niet dat Marieke zich altijd door anderen heeft laten vertellen wie ze is? Mannen, ouders, lezers, recensenten, uitgevers, pr-managers. Zij hebben je verteld wie je bent. En Marieke heeft zich aangepast aan die sjablonen. En nu ze de mensen van wie ze houdt moet loslaten, zoekt ze naarstig naar nieuwe mensen, nieuwe meningen, nieuwe bevestiging. Maar zie dit als een kans, een leerproces waarbij je aan het einde van de reis jezelf bevestigt en valideert.'

Soepel stond Kees op, terwijl ik nog nadacht over wat ze eigenlijk precies had gezegd.

'Wil je pinnen of contant?'

Op de fiets naar huis kwam het schuldgevoel alweer. Ik had zojuist 200 euro afgerekend om over mezelf te praten. Om nog eens te horen dat ik van mezelf moest houden. Daarvóór betaalde ik 250 euro voor geföhnd haar, hoewel ik dat zelf had kunnen doen met mijn onlangs aangeschafte Dyson Airwrap ter waarde van 499 euro. Zo dadelijk kwam mijn visagist aan huis, 350 euro, en werd er een doos sushi, 84 euro, bezorgd. Ik zou mezelf in SKIMS body shapewear hijsen (129 euro) en daarna in een eigele jurk van Victoria Beckham (1200 euro). Alle twintig nagels waren gelakt (120 euro), mijn wenkbrauwen geshapet (38 euro) en mijn voorhoofd gebotoxt (350 euro). Ik had mijn benen gespreid bij de Brazilian wax guru die ook mijn bilspleet van haren ontdeed (95 euro). Hiervoor trainde ik drie maanden met een personal trainer (885 euro per maand) en at ik zes weken nauwelijks iets. En nog was het niet genoeg. Er moesten randjes met fashiontape afgeplakt, borsten met stickers opgehesen, haarstukken ingezet, wenkbrauwen gekamd en blarenpleisters geplakt.

Was ik verslaafd aan geld uitgeven? Hoe ongelooflijk asociaal was het om in deze tijd zoveel uit te geven aan je uiterlijk en welzijn? En dat waxen, waarom in hemelsnaam? Geen man was de afgelopen jaren ook maar enigszins in de buurt van mijn kut gekomen, met uitzondering van die ene Italiaan.

In mijn woonkeuken zat Teuntje te vapen en wijn te drinken met haar vader en mijn visagist Elmer, die alle make-up al had uitgestald op de lange houten tafel. Ik kon niet kiezen of ik het gezellig vond of irritant. Dat Tom nog steeds een sleutel van mijn huis bezat – 'Óns huis, Marieke, ik heb nagenoeg alles hier met mijn blote handen in elkaar gezet!' – was natuurlijk niet oké. Dat wist ik ook wel. Het was ook niet oké dat hij ongegeneerd zat te roken en te zuipen samen met ons kind. En van mij was het weer niet oké om hier iets van te vinden, want ik zat ook weleens te zuipen met ons kind. Voor wie ik zorgde en alles betaalde hoewel ze nu niet meer thuis woonde. Daar ging mijn hoofd alweer, zo bezig met dit soort kleine irritaties. Je bent zo irritant, Marieke, zo'n controlfreak. Laat het gewoon los. Hoe bijzonder is het dat je nog vrienden bent met je ex-man? Daar ga je toch zo prat op?

En het kwam me ook goed uit. Hij kon de hond uitlaten.

Teuntje lag in een deuk toen ze me zag. 'Mam, je hebt nog steeds je eye patches op, hè, haha, ben je zo door de stad gegaan?'

Ik lachte mee en pulkte de inmiddels uitgedroogde stukjes goudfolie onder mijn ogen vandaan.

'Doe mij ook een glas.'

Ik zei niets over de therapie. Dan zouden ze beiden nog harder lachen. Daar gaat ze weer! Accepteer het leven toch eens zoals het is, stop eens met dat zoeken.

'Heb jij toevallig nog extreem goede pijnstillers?' vroeg Tom. 'Mijn voet, het is weer zo erg.'

'Vast wel,' antwoordde ik en ik liep naar boven. Daar ging ik in de badkamer even op de klep van de wc zitten, met mijn hoofd in mijn handen. Een hittevlaag sloeg door mijn lijf. Beneden ging de bel. Polly, mijn hondje, blafte. Ik hoorde hoe Stijn werd verwelkomd, hoe iemand een fles bubbels openmaakte. Ik luisterde naar mijn leven dat zo niet van mij voelde.

Tom woonde sinds een jaar weer in dezelfde straat als ik. Ik had het huis voor hem gevonden, nadat hij een tijd een etage in de Rivierenbuurt had gehuurd van een andere gescheiden man die toch weer terug naar zijn vrouw was gegaan. De etage was inderdaad erger dan een ongelukkig huwelijk en Teuntje weigerde er te komen. 'Je kunt dit papa niet aandoen,' zei ze iedere keer nadat ze een dag bij hem was geweest, en ik lag er ook wakker van. Dan zag ik hem voor me, op een natte novemberdag, met zijn Albert Heijn-tasje gevuld met magnetronmaaltijden sjokkend door die grauwe Uiterwaardenstraat.

'Weet je hoe ver het fietsen is naar mijn werk?' zei hij iedere keer dat hij kwam eten. 'Ik ga dood daar.'

Klopt. Tom gedroeg zich als een kind, hoewel hij toen we uit elkaar gingen tweeënvijftig was. Ik had hem zelf zo gemaakt. Samen met zijn moeder en de mijne. Ja, onze moeders pretendeerden de eerste feministes te zijn, maar hun feminisme hield in dat ze naast het huishouden en de verzorging van man en kinderen ook mochten werken en aan de pil gingen. Het betekende niet dat ze ophielden mannen te adoreren. Voor onze vaders was het een geweldige tijd. Ze bleven puber en neukten in het rond zonder angst iemand zwanger te maken. 'Laat hem maar,' zei mijn moeder over mijn vader als hij weer eens een nacht wegbleef. 'Hij komt altijd weer thuis.' En dat was waar. Ergens in de ochtend dook hij weer op, verwaaid en hongerig. Toms vader daarentegen bleef ineens weg. Die was naar Poona gegaan, van waaruit hij een brief stuurde of ze ook wilden komen. Zijn moeder weigerde en vanaf dat moment was het Tom die in de watten werd gelegd.

Ik nam Tom direct van haar over, vlak nadat hij eveneens naar Poona was afgereisd om zijn vader te bezoeken, waarna hij gedesillusioneerd terugkwam. Zoals alle puberjongens die opgroeien zonder vader, had hij hem geïdealiseerd tot religieuze proporties en dus liet ook hij zijn moeder in de steek om zijn geluk in India te beproeven in plaats van een fatsoenlijke studie te gaan doen, waarvoor zijn moeder jarenlang keihard had gewerkt en gespaard. Zij liet hem gaan, zoals ze altijd alles liet gaan, maar in dit geval bleek dat een gouden beslissing. Toen Tom terugkwam, tien kilo lichter dankzij een tropische parasiet, was het enige wat hij over zijn vader kwijt wilde dat het een gestoorde narcist was. Hij heeft hem nooit meer gezien of gesproken. Naar zijn crematie in Osho was hij niet gegaan.

Om al deze redenen had ik de avond waarop ik hem ontmoette meteen te doen met Tom. Hoe hij met zijn magere, opgetrokken schouders achter de bar van café De duivel stond en mij het verhaal vertelde van zijn klotevader in Poona.

'Maar wat maakte hem dan zo'n lul?' vroeg ik.

'Hij was jaloers. Hij was godverdomme jaloers op zijn eigen zoon, die hij tien jaar eerder in de steek had gelaten. Hij wilde dat ik opdonderde daar. Hoe klein ben je dan?'

Pas later bedacht ik dat zijn vader misschien al jaloers was vanaf zijn geboorte. Er bestond geen moeder die meer claimend gedrag liet zien en verzorgender was dan die van Tom. Zijn vader sloeg op de vlucht, en Tom uiteindelijk ook. Recht in mijn ontvankelijke schoot. Hoe had ik hem kunnen verlaten?

Ik zag hem wegkwijnen nadat we uit elkaar waren. Hij werd mager, zijn huid grauw van het vele roken, met rode vlekken van het drinken. Wat had ik die man aangedaan? En vooral: waarom? Waarom wilde ik zo nodig scheiden? Tom vond niet meer van elkaar houden geen goede reden om uit elkaar te gaan. 'Als we dan vrienden blijven, kunnen we toch ook in één huis blijven wonen? Denk je dat al die andere stellen nog de sterren van de hemel neuken? Welnee! Iedereen gaat maar scheiden tegenwoordig. Dit is een fase. Een soort midlifecrisis. Straks krijg je spijt, en dan? Dan zit ik ineens met een andere vrouw, en ben jij alleen. Het is niet makkelijk hoor als vrouw, om na je veertigste nog een nieuwe liefde te vinden. Kijk eens om je heen, het stikt hier in Amsterdam van de alleenstaande vrouwen. Tragisch is het.'

Ik verdroeg hem niet meer. Zeventien jaar lang lukte het me, en van de ene op de andere dag leek mijn liefde op. Het is zo'n goede man, zei iedereen, en dat was hij ook, maar ik kon niet meer. Als hij me aankeek, draaide ik mijn hoofd weg. Bij zijn aanrakingen huiverde ik, en niet van verlangen. En daarover voelde ik me dan zo'n slecht mens dat het me opvrat, de walging. Ik begon me af te vragen waar het toch voor nodig was, een leven lang met een man te zijn, met hem wekelijks seks te hebben en alles met hem te delen. Wie had dat bedacht?

Ikzelf onder andere. Ik zei ja, ik moest huilen toen hij me vroeg, ik dacht op mijn achtentwintigste dat mijn leven rond was toen ik een trouwring en zijn achternaam droeg. Mijn trouwdag was de mooiste dag van mijn leven. Maar het was één dag, die ik ook nog grotendeels dronken en op het eind stoned doorbracht. Ik vond Tom knap toen, op een grungeachtige manier. Somber, donker, dun, *I-don't-give-a-fuck*-knap. Hij leek op Noel Gallagher, maar dan wel aardig.

Tom zei altijd, en nu nog steeds trouwens, dat hij te aardig was. En dat de vrouwen hem daarom alleen zagen als een soort broer, of een goede vriend, maar zelden als geile lover. Ik vond hem juist de perfecte combinatie. Moeilijk sexy vanbuiten, zacht en aanhankelijk vanbinnen. Er gebeurde iets met ons waardoor het ineens op was en we elkaar niet meer als een geliefde, maar als een doorgezakt meubelstuk zagen.

Ik vraag het me nog steeds elke dag af. Is mijn geluk, of niet eens geluk, maar mijn comfort, het diepe ongeluk van een ander waard? Waarom kon ik niet inschikken, settelen, af en toe even een retreat, samen op salsadansen, eraan werken? Ik haat hem niet. Hij heeft me niets aangedaan. Hij ging bij mijn weten niet vreemd. Hij was de rest van zijn leven bij me gebleven, met of zonder seks. Een goede man. Maar we kwamen samen niet uit het verlies.

Wat ik hem wel kon geven: een perfecte scheiding. Dat

beloofde ik hem, iedere keer dat de wanhoop bij hem toesloeg. 'We blijven vrienden. Maatjes. De beste. Ik zal voor je zorgen, we zijn nog steeds samen ouder. Misschien kunnen we één keer per jaar met elkaar en Teun op vakantie. Ik zoek een huis voor je in onze straat. Of nee, neem dit huis, ik ga wel.'

Ik faal als echtgenote, maar niet als ex. We vieren jubilea, verjaardagen, kerst, we blijven eigenlijk getrouwd maar dan zonder intimiteit. 'Wat wil je eten? Ik maak het.' Zo kwam Tom erachter dat het loonde, de slachtofferrol.

'*Hot,* hoor mam,' zei Teuntje.

Ik liep de trap af. Mijn hakken deden nu al pijn. De doos sushi was inmiddels leeg. Ik kon toch van de stress niks eten.

'Wauw,' zei Elmer.

Uit Toms mond klonk het mij bekende grommetje, iets tussen de keel schrapen en grinniken in, om te laten weten dat hij er het zijne van dacht. Hij hield niet van te veel opsmuk en hier stond ik, in mijn eigele gewaad. Waarom was hij hier eigenlijk? Waarom bleef hij maar zitten? Om mij een rotgevoel te geven?

'Lekker bezig, vrouw!' Elmer schonk iedereen nog wat champagne bij. Hij had mij inmiddels omgetoverd tot de diva die ik me nog niet voelde.

'Moeten we niet een beetje opschieten?' vroeg Stijn.

'O, jij gaat ook?' merkte Tom op.

'Nee joh, ik dacht ik trek mijn smoking weer eens uit de mottenballen om hier random champagne te komen drinken,' antwoordde Stijn.

In mijn vriendschap met Stijn zag Tom het bewijs dat ik hem had verlaten omdat ik niets meer met heteromannen te maken wilde hebben. 'Dat je het zelf niet ziet. Je gaat naar gaybars, op gayvakanties, want daar voel je je veilig. Geen man die iets van je wil. Misschien wel een vrouw. Dat zou mij in ieder geval niets verbazen.'

Toms verklaring voor mijn wens te scheiden was een tijdje dat ik frigide was, en daarna omdat ik lesbisch was. 'Je hebt seks nooit leuk gevonden,' schreeuwde hij ooit tegen het einde van ons huwelijk. 'Ik mag je beffen bij gods gratie en dan nog kom je niet klaar!'

De lelijkheid die in goede mensen die uit elkaar gaan naar boven komt. De antwoorden die we zoeken, de verklaringen buiten onszelf. Hij wilde me raken en slaagde daarin. Omdat het waar was. Hoelang en hoe vaak hij me ook befte, ik kwam niet. Nooit. Ik was alleen gestopt met faken. Was ik frigide? Met een vibrator kwam ik binnen enkele minuten. Maar Tom wilde dat ding er niet bij, dat vond hij te klinisch.

Had ik seks nooit leuk gevonden? In het begin van onze relatie wel. Ik kon zijn witte, tanige lijf wel opeten. Ik hield van zijn geur, die ik opsnoof vanuit al zijn plooien. Onze lijven nat van het zweet. We neukten alle dagen. Ik verschoonde mijn bed niet omdat die wolk van sekslucht me geruststelde. Ik had een man. Ik was verliefd. Ik wilde hem en hij wilde mij. Mijn leven ging beginnen. Ik was zo blij, elke keer dat ik naar zijn huis liep, of van zijn huis vandaan kwam. 'Geniet ervan, lieverd, want dit is de mooiste fase,' zei mijn moeder en ik dacht: dit is geen fase. Wij zijn voor altijd, Tom en ik. We worden alleen maar beter, verliefder, gelukkiger.

Het was makkelijk om van Tom te houden en hem verzorgen was blijkbaar mijn liefdestaal. Of riep hij het in mij op omdat zijn moeder hem behandelde als een baby? Ging ik misschien onbewust de strijd met haar aan? Ik kookte wat hij lekker vond, kleedde me zoals hij me lekker vond, ik hield ook ineens van musea, van Radiohead en van in zwart-wit geschoten documentaires van de VPRO. Hij wilde backpacken langs Griekse eilanden en dus gingen we. Slapen op een keienstrand, wassen in de zee. Voor mijn steeds weer opvlammende blaasontstekingen was het niet echt goed, maar volgens de huisarts gingen die vanzelf over door heel veel water te drinken.

Er is weinig Hollandser dan het Boekenbal. En met Hollands bedoel ik: we maken het in onze fantasie groots, terwijl het in de praktijk een vrij middelmatig evenement is. Zo doet iedereen over het Boekenbal alsof het ons eigen Met Gala is, maar we gaan er op de fiets heen, staan anderhalf uur in de regen in de rij, de garderobe is vol en nagenoeg onbereikbaar, je betaalt voor je drankjes, er is een openingsshow die steevast slechter is dan de weekafsluiting op een gemiddelde lagere school en een dj die nog steeds 'I Gotta Feeling' van de Black Eyed Peas draait. En ondertussen staat iedereen zich het schompes te snuiven in de toiletten om er toch maar iets episch van te maken. Hoe dan ook, mijn tweeduizend euro kostende uiterlijk en ik voelden ons enigszins verloren, terwijl we met de golf influencers, uitgeeftypes en collega's meestroomden over de trappen en door de gangen van de Amsterdamse Stadsschouwburg naar de rokerspatio.

Ik had Stijn op de dansvloer achtergelaten en ging nu met Ronald, mijn uitgever, een van mijn drie sigaretten roken. Ik was er zo goed als vanaf, van dat roken, maar op feesten waar ik me ongemakkelijk voelde mocht ik er drie van mezelf. Ik pakte de sigaretten en mijn aansteker uit het minuscule tasje aan mijn pols, gaf er een aan Ronald, en stak er zelf ook een op. In mijn hoofd hoorde ik Kees. *Wie is Marieke Blauwboer?*

Een roker. Ik nam een slok van mijn derde gin-tonic. *Wie is Marieke Blauwboer?* Een drinker.

'Hoe staat het ervoor?' vroeg Ronald en daarmee bedoelde hij niet met mij, maar met het boek dat ik aan het schrijven was.

'Redelijk,' antwoordde ik. De waarheid was dat ik nog niet verder was gekomen dan een opzet. 'Maar ik ga wel iets spectaculairs doen.' Ik nam een grote slok van mijn gin-tonic.

'O ja? Vertel...'

'Jou zocht ik,' zei een stem achter me. Hij hield een sigaret in de aanslag. Ik kende hem. Hij speelde rechercheur Mark de Keizer in de inmiddels vijf seizoenen tellende televisieserie *Cold Case Unit Amsterdam*, gebaseerd op mijn thrillers. Zes jaar geleden, bij de aftrap van de campagne voor deze serie, had ik hem al eens ontmoet en had hij me gevraagd waarom ik van zijn karakter zo'n slappe lul had gemaakt.

'Omdat het een slappe lul is?' had ik geantwoord. Het werd me wel vaker verweten dat de mannen in mijn boeken zulke klootzakken waren.

'Anyway, ik ga een ronder karakter van Mark maken,' had hij gezegd. En daar was hij in geslaagd. Half Nederland kwijlde bij het zien van rechercheur De Keizer. Zijn rol had hem zo populair gemaakt dat hij nu niet alleen acteur, maar ook presentator en zanger was.

'Hoi, Harry Damen, aangenaam.'

Ik nam zijn uitgestoken hand aan en gaf hem daarna een vuurtje. Kennelijk was hij onze vorige ontmoeting vergeten. Hij schudde ook de hand van Ronald, die hem lichtelijk onder de indruk bleef aanstaren.

'Ik weet natuurlijk allang wie jij bent. Hoewel ik, ik moet

eerlijk zijn, nog nooit een boek van je heb gelezen,' zei Harry tegen me.

Ongelooflijk, hij was het echt vergeten.

'Je speelt in mijn serie,' zei ik. 'Althans, gebaseerd op mijn thrillerreeks.'

Ronald schoot in de lach.

'Oké, gênant wel. Maar ik mocht jouw boeken ook niet lezen van de regisseur, hè! Hij wilde ons fris houden, en aan het script.'

Het was de steeds terugkerende verontschuldiging van menig man wiens hand ik schudde of wiens boek ik signeerde: 'Voor mijn vrouw. Ik heb eerlijk gezegd nog nooit iets van je gelezen.' Het verbaasde me altijd dat de mannen die nooit een boek van mij lazen toch wisten dat de mannen in mijn boeken eikels waren.

Harry leunde voorover op de statafel en staarde me lang aan. Hoewel hij al tegen de zestig liep, was hij jongensachtig aantrekkelijk. Een volle bos witgrijs haar, nonchalant krullend, diepblauwe ogen, wit driedagenbaardje op de kaken, geen buikje. Hij droeg een goed pak, dat hielp ook.

'Jongens, het was gezellig, ik ga weer naar binnen,' zei Ronald en hij gaf me een knipoog bij het weglopen.

'Ik ben tegenwoordig ook schrijver,' zei Harry.

'Nou, wat leuk, waar werk je aan?' Ik leunde ook naar hem toe op de statafel, en gaf hem mijn blik. Hoofd schuin, mysterieuze glimlach, een voorzichtig inkijkje in mijn decolleté.

'Geen autobiografie hoor, zoals iedere sukkel tegenwoordig doet. Nee, een roman. Echt. Pretentieus, hè? Er is zelfs al een uitgever. Dus hoppa, *here I am*. Op het Boekenbal.'

'En, bevalt het?'

'Mwah. Het is vast leuker als je erbij hoort. Veel moeilijke types. Zo grappig hoe iedereen hier zijn best doet elkaar níét te zien.'

Zijn plotse onzekerheid maakte hem aantrekkelijker.

'Het wordt leuker, hoor. Nu is iedereen nog op en neer aan het lopen, op zoek naar roddels, een contract, een uitnodiging voor een populaire podcast. Straks verzamelt men zich op de dansvloer en dan wordt het interessant.'

'O ja, en wat wordt er dan precies interessant?'

'Dronken schrijvers, groupies, compromitterende situaties.'

'Dus alles wat er gezegd wordt over het Bal is waar?'

'Ja. Het wordt ieder jaar wat minder, maar er wordt nog steeds gesekst, gevochten en MDMA geslikt.'

Harry beantwoordde mijn schuine blik door zijn ogen lichtjes samen te knijpen en het was in deze luttele seconden dat we elkaar als seksobject probeerden te peilen. Harry legde zijn hand op mijn pols. De warmte van zijn zachte vingers bracht een klein schokje in me teweeg, iets wat ik in geen maanden, geen jaren zelfs, had gevoeld.

Wie is Marieke Blauwboer? Een slet, dat is ze.

Ik dacht dat ik het niet meer zou kunnen. Dat ik door de overgang of door eerdere teleurstellingen totaal geen zin meer had in seks, en die constatering gaf soms ook een zekere mate van berusting. Ik was er te lui voor geworden en ik vond het prima. Iedere keer dat ik me eenzaam voelde, en iemand miste om mee te overleggen en keuzes mee te maken, wanneer ik verlangde naar aanraking of naar een partner om samen mee te reizen, hoefde ik maar de herinneringen aan mijn huwelijk op te halen en de hunkering verdween. Weet je nog het gejaagde gevoel, de diepe twijfel, de vragen, de angsten, het weten en niet durven. Iedere stap verantwoorden. Erachter komen dat de persoon die je dacht te kennen als je broekzak een afgunstige geldwolf is.

Ik had me erbij neergelegd dat geluk in de romantische liefde niet voor mij was weggelegd. Het soort relatie dat mijn leeftijdgenoten zochten en mijn ex-man had gewenst, daarvoor was ik ongeschikt gebleken, of ik was het ontgroeid. Totaal versmelten, samen in één huis wonen, hem de wijn laten uitzoeken, zijn gesnurk liefdevol omarmen, ik zou willen dat ik het wilde. Het hielp ook niet dat ik nog steeds voor mijn ex zorgde. Hij at bij mij, twee keer per week, en hij had mijn huissleutel zodat hij af en toe Polly kon uitlaten. Steeds vaker zat hij onuitgenodigd aan mijn keukentafel aan de koffie als ik wakker werd. Meestal met een van vermoeidheid vertrokken gezicht.

Hij sliep niet. Hij was eenzaam. Het was tenslotte ook ooit zijn huis. Had ik niet gezegd, tegelijk met de woorden 'Ik wil een scheiding', dat we weliswaar niet als geliefden verder konden, maar dat we altijd vrienden zouden blijven? Ik was zijn beste vriend. Dat krijg je ervan als je een vreedzame scheiding wil. *Wie is Marieke Blauwboer?* Een conflictvermijder.

We dansten. Harry was er niet erg goed in, maar deed het wel vol overgave. Onze zweterige lichamen tegen elkaar, zijn handen op mijn heupen. Zweet parelde op zijn voorhoofd en bovenlip. Mensen lachten naar ons, ineens groette iedereen elkaar wel en werden ons van alle kanten biertjes en zakjes MDMA aangereikt. Hij doopte zijn pink erin en stopte die daarna in mijn mond. Met diezelfde pink ging hij weer het zakje in, waarna hij woest over zijn tanden wreef. Het was zeker dertig jaar geleden dat ik dat voor het laatst had gedaan. Ik was vergeten hoe bitter het was en hoe vies bier daarna smaakte. Maar een kwartier later bewoog ik op wolkjes, ik kon de muziek zien en voelen, zelfs 'I Gotta Feeling' was ineens een kippenvel opwekkend nummer. Het moet er belachelijk hebben uitgezien, twee senioren die, druipend van het zweet, quasi-geil stonden te schuren. Maar die nacht voelde het fantastisch. Ik nam hem mee naar huis, waar ik mijn playlist Summer of Love opzette. Die had ik vorig jaar speciaal voor dergelijke gelegenheden gemaakt. Nu was het eindelijk zover. We rookten, dronken nog meer champagne en schuifelden op 'The Day Before You Came'.

'Moet jij eens opletten,' zei Harry, en hij tilde me op het kookeiland. We zoenden, we likten, hij goot champagne over mijn buik en stak zijn hoofd tussen mijn benen. Hoewel ik dronken was, én high, kon ik niet loslaten hoe ik erbij zat, hier op het aanrecht, terwijl hij met zijn tong voorbij mijn spanx body probeerde te komen.

‘Kan dit uit?’ vroeg hij na minutenlang gehannes. Ik liet hem de rits van mijn jurk openmaken, me uit de spanx pellen, ik was voorbij de schaamte en wilde dat hij deed wat hij volgens zichzelf zo graag en zo goed deed: mij bevredigen.

Het leek uren te duren voordat we, uiteindelijk zonder klaar te komen, verstrengeld in slaap vielen op de kalfslederen Minotti.

Enkele uren later werd ik wakker van een zachte lange tong over mijn gezicht. Ik opende mijn ogen en keek recht in de snuit van Polly. Harry was weg, en aan de keukentafel zat Tom.

‘Hij is al uit geweest, hoor. Heeft ook gegeten. Leuke avond gehad zo te zien. Koffie?’

Ik ben inderdaad erg slecht in het aangeven van mijn grenzen. Soms doe ik een poging, maar die wordt zelden opgepikt en dan laat ik het maar weer zitten. Het is ook gezellig met Tom. Hij is ook mijn vriend. En hij vindt me al zo streng. En dat is het laatste wat ik wil, streng zijn.

Tom had verschrikkelijke pijn in zijn voeten. Daarom kon hij niet slapen, al weken niet. Mijn advies om naar de dokter te gaan volgde hij niet op. Wel had hij vannacht gedacht om naar de Spoedeisende Hulp te rijden. Hij had me ook heel vaak gebeld, maar ik nam niet op.

'Het is ondraaglijk, Marieke.'

Ik rolde mezelf in de plaid die Harry bij vertrek over me heen had gelegd en kwam de bank af. Ik wist meteen dat dit een helse dag zou worden. Ik bood aan om hem erheen te brengen. Waarom? Omdat ik me schuldig voelde, of omdat mijn kater te hevig was voor verzet.

'Ja, dat is misschien wel een goed idee. Ik kan nauwelijks lopen, joh.'

'Je hebt Polly toch uitgelaten?'

'Ja, nou ja, ik kon dat arme beest niet nog langer haar behoeftes laten ophouden.'

Ik wist allang wat Tom mankeerde. Ik had het gegoogeld. Jicht. Maar hij wilde er niet aan. 'Waarom zou ik jicht hebben?

Er zit gewoon iets niet goed. Het komt van het padellen, denk ik.'

Toms kwalen kwamen altijd door die paar gezonde dingen die hij deed, nooit door de talloze ongezonde dingen.

'Heb jij nog van die goeie pijnstillers?'

Ik wist de badkamer te bereiken. Mijn dijen waren schraal, evenals mijn kin, en mijn kruis brandde. Ik glimlachte. Eindelijk had ik weer eens seks gehad. Dit was de eerste keer sinds onze scheiding, de onhandige poging met een Italiaan op mijn soloreis niet meegerekend. Ik herinnerde me eerlijk gezegd weinig van gisteren, maar wat me nog bijstond was heerlijk. Of het idee heerlijk was, of de seks zelf, dat wist ik niet meer. Maar ik vond het een hilarisch beeld te zijn geneukt op de tafel waarop Tom nu zijn pijnlijke voet liet rusten. Ik vond de seks goed als iemand op z'n minst een paar minuten aandacht had besteed aan mijn edele delen.

Ik pakte een strip Ibuprofen 600 uit de la en gooide die de trap af.

'O, top!' hoorde ik Tom opgelucht zeggen. Ik deed een plas en dronk een vol glas water, want ik werd doorgaans direct gestraft voor het hebben van seks met een fikse blaasontsteking. Had ik geplast na het vrijen? O mijn god, nee.

Ik voelde me nog steeds supersexy met mijn verwarde blonde haren, haarstuk nog in, een licht uitgelopen mascara, mijn lippen vol en blozend van het zoenen. Mijn borsten voelden groter, mijn billen ronder.

De waarheid in de spiegel was hard. Mijn lippen hadden meer weg van een uitgedroogd citroentje, mijn haren leken uitgerafeld touw. Er stonden slaapvouwen in mijn decolleté, en mijn plakwimpers hingen aan mijn oogleden waaronder mijn ogen waterig roze waren. Mijn huid was zo geschuurd door Harry's driedagenbaard dat het leek alsof ik een chemische peeling had ondergaan.

Ik poetste mijn gezicht met make-upremover toen het schamen begon. Wat een puinhoop was dit eigenlijk. Ongegeneerd met die ijdeltuit in het volle licht. Mijn cellulitis en mijn buik, ofwel de leeggelopen ballon, hij had het allemaal gezien. Sterker nog, Tom zojuist ook. Voor deze gênante nacht had ik mezelf vergiftigd met sigaretten, gin-tonics en MDMA. Waarom kon ik geen normale vrouw van bijna vijftig zijn? Waarom liet ik mezelf zo gaan?

Een normale vrouw van bijna vijftig, ik vroeg me af hoe ik die kon worden. Dat mijn verlangens en gedrag zich voegden naar mijn leeftijd. Hoorde ik niet 'elegant ouder te worden'? En daar dan, als de schrijver die ik ben, een boek over te schrijven, hoezeer ik mijn leeftijd omarmde, en dat het zo goed was om van alles los te laten? Waar dan ook bij hoorde dat ik mijn haren lekker grijs liet zijn, mijn rimpels sporen van wijsheid noemde, en mijn overgangsverschijnselen niet meer onder stoelen of banken stak. Hoeveel beter ik me dan voelde als ik alcohol liet staan, me niets aantrok van social media, iedere ochtend om zes uur aan de yoga ging? Veel proteïne at en dagelijks tienduizend stappen zette? De titel zou dan iets zijn als *Het leven begint bij vijftig*.

Oud worden, jong zijn, een vrouwenleven kon altijd rijker, beter, gezonder, dieper of vervullender, en je lijden was altijd aan jezelf te wijten. Overgangsverschijnselen? Je kon aan de hormonen. Nee, juist niet! Je moest aan de supplementen! Anders eten! Omdenken! En ademen, veel ademen en pijn wegzuchten. Pijn hoorde bij je leven als vrouw. Menstruatiepijnen, pijn bij het vrijen, baringspijn, pijn in je bekken, blaaspijn, pijn als je baby in je tepel hapte, pijn bij het plaatsen van een spiraal. 'Ontspan.' 'Haal adem.' 'Laat de pijn los.' 'Ga in je pijn zitten.' 'Omarm je pijn.' 'Accepteer je pijn.' 'Zie je pijn als je beste vriend.' Sommige vrouwen vonden dat seks wel een beetje pijn moest doen. Huisartsen vonden sowieso dat je pijn tussen je oren zat. 'De test zegt dat je geen blaasontsteking hebt. Neem een paracetamol en ga lekker met een kruik in bed liggen.'

Opvliegers? Tja, die hoorden er een beetje bij. Dat was een kwestie van accepteren.

O, je verging van de pijn en woonde op de wc? Zat je misschien in een stressvolle periode? 'Stress is ongelooflijk slecht voor je. Ik geef je vijf oxazepammetjes. Maar alleen in uiterste nood nemen, hè, anders raak je verslaafd.'

'Of heb je misschien een depressie, of ADHD?'

'Nee, meneer. Ik heb pijn. De pijn verteert me. Hoeveel ik ook adem.'

Ik voelde het al optrekken, de brand in mijn plasbuis. Dat was dus niet het aangenaam broeierige van een kut die net geneukt was, maar van een kut waarin de E. coli-bacterie was ontwaakt door het woeste gebeuk. Mijn eigen schuld. Ik had meteen moeten gaan plassen na de seks. Ik had glijmiddel moeten gebruiken. En een condoom uiteraard.

Tom wilde per se met de auto. Alles deed hem pijn, en als hij zich zo voelde, wist ik dat hij het liefst zo veel mogelijk in zijn veilige bubbel wilde blijven. Ik reed. Toms been rustte op het dashboard, om zijn voet een groezelige sportsok.

'Het voelt een beetje alsof er duizenden giftige mieren rond mijn grote teen kruipen. Het kriebelt, het prikt, het steekt, het brandt…'

Opmerkelijk dat Tom iedere keer weer de behoefte voelde zijn pijn uit te leggen. Was hij vergeten dat hij me dit gister en vanochtend al drie keer had verteld? Of was dit zijn manier om de pijn te duiden en te bezweren? Hoe anders zat ik in elkaar. In mijn blaas krioelden dezelfde mieren, maar ik zweeg erover. In de eerste plaats omdat pijn, zodra je die uitsprak, echt bestond, en in de tweede plaats omdat anderen zich dan ook met je pijn gingen bemoeien. En ik wilde niet dat anderen naar mij keken zoals ik nu naar Tom keek. Met medelijden en irritatie. Hou op over je pijn, dacht ik. Jouw pijn verkloot mijn dag. Met jouw pijn maak je ieder ander gesprek, iedere andere gedachte onmogelijk. Maar in dit geval leidde zijn pijn me ook af van de mijne. En ik kon iets voor hem doen, waardoor ik me minder schuldig voelde over het verpesten van zijn leven.

Teuntje vertelde me dit een aantal maanden geleden tijdens het in elkaar zetten van een IKEA-bed met dubbele lades, toen ze voor het eerst op kamers ging. 'Weet je wat pap laatst zei?'

'Nee, nou?'

'Dat hij nooit over de scheiding heen zal komen.'

Ik zuchtte. Ik was al aan het vechten tegen mijn verdriet nu mijn enige kind het huis verliet.

'Oké...' Dat was mijn antwoord als ik geen antwoord had.

'En ik denk het ook niet.'

'Wat?'

'Dat hij er ooit overheen zal komen. Pap is nou eenmaal megagevoelig.'

'Ja...' Mijn andere antwoord als ik geen antwoord had.

'Het is voor jou toch anders,' ging Teuntje door terwijl ze een rail voor de lade aan het plaatje geperst hout schroefde.

'En hoe is het anders?' Ik probeerde mijn toon zo neutraal mogelijk te houden.

'Jij hebt ervoor gekozen. En jij redt jezelf prima. Je kan heel goed voor jezelf zorgen, dat kan pap niet.'

Ik bleef stil en concentreerde me op het indraaien van een schroefhouder met de ieniemienie inbussleutel. Was een scheiding makkelijker voor degene die het initiatief ertoe nam? Dat leek vaak zo en bij ons al helemaal. Ik was er beter op voorbereid, dat was waar. Ik had de laatste jaren tijdens mijn slapeloze nachten alle scenario's tot in den treure doorgenomen. Maar was dat makkelijker? Was afwijzen makkelijker dan afgewezen worden? Was uitmaken makkelijker dan gedumpt worden? Ik had hier geen ervaring mee, ik was altijd de afwijzer geweest. Soms was ik zelfs jaloers op de afgewezene, die zich mocht wentelen in zelfmedelijden, die werd opgevangen met begripvolle gesprekken en troostvolle maaltijden. Die mocht lijden en in wiens lijden mensen een grote liefde zagen. Die zich eenzaam mocht voelen. Zei je dit soort dingen tegen je kind? Nee.

Toen het bed opgemaakt en wel in haar kamer stond, met mijn oude sprei eroverheen, al haar in negentien jaar opgespaarde knuffels in het gelid, haar spulletjes uitgestald op mijn oude bureautje voor het raam, haar kleding naar kleur gestapeld op de planken naast de deur, was het tijd om afscheid te nemen. Ik wilde daar blijven, in haar geur van koekjes en bloemig parfum. Teuntje daarentegen wilde dat ik ging. Ze kon niet wachten tot haar eigen leven begon. Er stond een eerste diner met huisgenoten op de planning. Nu was ik de afgewezene, moest ik plaatsmaken om haar de ruimte te geven, alleen van mij werd verwacht dit allemaal heel normaal te vinden. Kinderen verlaten het huis. Sommige vriendinnen zeiden dat ze niet konden wachten tot ze het rijk alleen hadden. Dit gold niet voor mij. Het liefst had ik de rest van mijn leven het rijk met Teuntje gedeeld. De tijd stilgezet. Teuntje was de enige in mijn leven die ik continu om me heen kon verdragen. Haar vertrek uit huis verscheurde me meer dan mijn scheiding had gedaan.

Op de fiets naar huis brak ik zoals ik nog nooit was gebroken. Ik herinnerde me de opdringerige tranen van mijn eigen moeder en hoe idioot ik dat toen vond. Ga weg mens, met je leed. Fietsend over de Kinkerstraat droeg ik het verdriet van alle moeders die hun kinderen opgetogen glimlachend hadden achtergelaten in vochtige kamers, zonder rookalarm of valhek voor de ramen. Al die moeders die op hun lip hadden gebeten en bij het weggaan nog even een lichtje om het fietsstuur van hun kind hadden gedaan. En ik wist wel dat Teuntje wekelijks zou langskomen. Maar ze zou ook iedere keer weer weggaan. Wat moest ik met al die tijd die voor me lag? Ik was nog nooit echt helemaal alleen geweest. Soms trok ik me terug om te schrijven, maar dan was er altijd iemand thuis, iemand die op me wachtte, voor wie ik naar huis wilde. Wie was ik als ik niet voor iemand zorgde? Wie was ik alleen?

Ik lag een week op de bank. Soms huilde ik. Vaak lag ik te staren naar het zwart-witportret dat een fotograaf van Teuntje en mij had genomen toen ik nog maar 31 was en Teuntje één jaar. We waren allebei bloot. Teuntje mollig en zacht, haar hoofdje tegen mijn schouder, ik jong en stralend. Huid op huid. Toen al rook ze naar koekjes. Wat was ik mooi, en wat vond ik mezelf destijds waardeloos. 'Geniet er maar van,' zeiden de oma's, en ik deed dat niet. Ik stond stijf van de stress en onzekerheid. Teuntje was met een vacuümpomp uit mijn baarmoeder gerukt en ondanks dat geweld werd ze slapend op mijn buik gelegd.

Op haar hoofdje een blauwpaars reuzenei. Direct daarna werd ze bij me weggehaald en na een paar tikken op haar billetjes begon ze eindelijk te huilen. Had dit haar beschadigd? Ze sliep zoveel, was dat normaal? Volgens de artsen wel, maar volgens verhalen op internet zou ze nooit over dit trauma heen komen. En zo begon mijn bezorgdheid, waarvan ik zelf ook wel wist dat die overdreven was. Ik verloor mijn dochter geen seconde uit het oog. Ze sliep naast me op een speciaal kussen, en toch was ik bang dat ik in mijn slaap op haar zou gaan liggen. Ik las over baby's die dood bij het voeteneind waren gevonden. Ik las over baby's die waren gestikt in het touwtje van de rolgordijnen, of door het koord aan de speen. Ik las over baby's die een hersenbloeding kregen door de vacuümpomp. Ik las over baby's die steeds meer sliepen en op een dag niet meer wakker werden omdat ze compleet uitgedroogd waren. Ik las over baby's die van de commode vielen. Ik las over baby's die uit je armen konden glippen als je de trap op- of afliep. Ik las over baby's met zeldzame allergieën die niet werden opgepikt door de huisarts.

Ik voedde Teuntje met mijn borsten tot ze zo ontstoken waren dat ik in het ziekenhuis aan een antibiotica-infuus moest. Mocht ik haar met een borstontsteking nog zelf voeden? Er kwam iemand van Borstvoeding Natuurlijk die me adviseerde om met Teuntje in bed te blijven en haar te voeden op verzoek. Ik moest mijn pijnlijke borsten masseren en totale bedrust houden. Dat deed ik. Het hielp niets. In het ziekenhuis startten ze de flesvoeding. Ik was een moeder van niets. Ik had mijn kind niet soepel in mijn eigen bed gebaard, ik kon mijn kind niet eens fatsoenlijk voeden. In een andere tijd, in een ander land, hadden we het beiden niet overleefd. Wat een waardeloos lichaam. Alles wat mij vrouw maakte deed pijn.

Liggend op mijn bank in mijn lege huis at ik alles wat Uber Eats te bieden had, waarna ik mezelf kalmeerde met de diazepam die ik na onze scheiding in Toms nachtkastje vond. Ik mocht alles van mezelf, behalve iemand opzadelen met mijn verdriet. Ik werd er zelf altijd zeer ongemakkelijk van als mensen dat bij mij deden, omdat ik voor mijn gevoel dan hun problemen moest oplossen, of omdat die op een manier mijn schuld waren. Tom noemde dit mijn meest onaangename eigenschap. Zijn depressie was niet mijn schuld, en ik kon die ook niet oplossen. Hij wilde erover kunnen praten zonder dat ik meteen in de actiemodus schoot. Maar toch, als er een actiemodus nodig was, zocht hij mij op.

We zaten uren in de wachtkamer van de weekendpoli. Er was koffie, maar alleen voor de mensen die zelf een beker hadden meegenomen. Het verplegend personeel keek tussen het verplegen door een voetbalwedstrijd. Tom en een andere man deden hun best mee te kijken, terwijl ze gezamenlijk mopperden op Ajax. Mijn telefoon had hier geen bereik, en de wifi deed het niet. Naast me zat een vrouw die een plastic zakje vasthield, waarin het mij welbekende steriele plasbekertje zat. Wat een hel was dat toch. De blaasontsteking. Altijd kwam ze 's nachts en in het weekend. Zo gemeen dat het enige wat gezond én lekker was, vrouwen vaak opzadelde met verzengende plasdrang. De paar oude *Margrieten* die op de leestafel lagen had ik snel doorgebladerd. Er bleef weinig anders over dan naar Tom te kijken en me af te vragen of we nog bij elkaar zouden zijn als de dingen anders waren gelopen. Andere mensen vonden hem een aantrekkelijke man. Ik had dat zelf ook ooit gevonden. Hij zag er nu weliswaar ook nog steeds goed uit, maar ik voelde er niets meer bij. Het gemak waarmee hij zich verbond met anderen, zijn harde lach om een dom grapje, zijn nonchalante kledingstijl die al ruim dertig jaar hetzelfde was. Zwarte laarzen, spijkerbroek, een wit T-shirt, een overhemd, en als het fris was daaroverheen een grijze dan wel bruine trui. Het hele jaar door een leren jas. Hij had altijd wel iets aan wat vanzelf weer in de mode kwam. Die groezelige sokken, anderen zagen die niet. Ze zagen ook zijn kater of zijn donkerte niet. Ze zagen een creatieve, jongensachtige man, gezellig, sociaal, belezen, met humor. 'Weet wat je weggooit,' zei mijn moeder. Ik gooide hem niet weg. Ik zat hier, hongerig en brandend.

'Jezus. Ik ga kapot,' zei Tom.

Andere wachtenden glimlachten hem bemoedigend toe.

'*Join the club*,' zei de vrouw met haar urine op schoot.

'Het is zenuwpijn. Alsof iemand met een bloedhete pin in de muis van mijn voet boort.' Ik denk dat Tom wilde dat iedereen wist waarom hij hier was. Ik vond het zielig voor hem en tegelijkertijd trok ik zijn zelfmedelijden niet. Ik wilde thuis zijn, om te overdenken wat er afgelopen nacht allemaal was gebeurd. Hoeveel pijn mijn kut ook deed, ik was zo opgelucht dat er eindelijk weer iets gebeurde in mijn leven. Daarom wilde ik thuis zijn, alleen met de hond, lekker liggen marineren in mijn seksmodus. Wel stom dat we geen condoom hadden gebruikt.

'Was je met iemand vannacht?' Tom fluisterde het achteloos, alsof het hem niet uitmaakte, we waren tenslotte elkaars perfecte ex.

Mijn eerste impuls was erover te liegen.

'Ja.' Ik volgde mijn tweede impuls. Niet meer liegen.

'Ik dacht ook al...' Tom maakte zijn zin niet af. Dat deed hij heel vaak, zeker als iets hem erg bezighield.

'Ik gun het je, hoor,' zei hij.

Ik vond dat lief. Want natuurlijk gunde hij het mij niet echt.

Als het om mij ging, was Tom geen gunner. Hij gunde mij spijt en hij gunde zichzelf de wetenschap dat ik nu eenmaal een heel moeilijke vrouw was die van hem was gescheiden omdat ze niet van seks en nog minder van mannen hield.

'Nou, ik hoop dat het leuk was. Je ziet er in ieder geval uit alsof je de hele nacht hebt doorgehaald.'

'Tom, ik heb niet zoveel zin om het hierover te hebben met jou.'

'Oei! Sorry, hoor.'

Tom en ik. Nog steeds wisten we in luttele seconden elkaars irritatieknop te vinden.

We waren eindelijk aan de beurt.

'Wat leuk,' zei de arts-assistent. 'Ik heb al uw boeken gelezen.'

Tom haatte dit.

'O, wat goed!' antwoordde ik.

'Wie niet!' zei Tom, luider dan nodig was.

'Meneer. U heeft pijn aan uw rechtervoet, mag ik even kijken?'

'Inmiddels heb ik overal pijn. Die giert door mijn hele lijf. Ik word helemaal gek.'

'Wat ontzettend vervelend voor u. Als u even hier plaatsneemt...'

Tom ging op het bed zitten. Ik had geen idee waarom ik hier eigenlijk bij was. Hem bijstaan ging vanzelf, nog steeds.

Hij deed zijn groezelige sok uit, en we keken alle drie naar zijn rode, gezwollen voet.

'Kijk eens aan,' zei de arts-assistent. Toms teennagels waren lang en gelig. Geen vrouw zou zo'n voet aan een wildvreemde laten zien. Haar voet was eerst gebaad, gescrubd en geknipt voordat iemand ernaar mocht kijken.

'Ja, dit is duidelijk jicht. Hoe zou u de pijn omschrijven?'

'Alsof er een miljoen giftige mieren in krioelen. Het brandt en steekt. Ik kan er onmogelijk op staan.'

'Drinkt u veel rode wijn?'

Tom lachte. 'Als het even kan, ja...'

'En eet u vaak rood vlees?'

'Is dit een restaurant? Graag, medium rare.'

We lachten nu alle drie. Ik omdat zij lachten en omdat ik blij was dat Tom weer lachte.

'U heeft het vast al gegoogeld.'

Tom niet. Ik daarentegen kon deze corpsbal met al mijn opgedane kennis prima vervangen. Ik had dit ook allemaal al aan Tom verteld, maar hij zou het vast eerder aannemen van de dokter.

'Het komt en het gaat,' zei Tom random.

'Heel duidelijk. Het is een aanval, een opvlammende ontsteking die wordt veroorzaakt door uraatkristallen. Dat zijn zouten die ontstaan door een teveel aan urinezuur. Het gaat uiteindelijk binnen maximaal drie weken vanzelf over.'

'Er zitten ook bobbeltjes,' zei Tom.

De arts-assistent deed een nitril handschoen aan en voelde voorzichtig aan de roodgloeiende huid.

'Ja, dat zijn ophopingen van uraatkristallen. Tophi noemen we dat. Heeft u ook weleens pijn in uw flanken?'

Tom schudde zijn hoofd.

'Ik zou graag ook uw bloeddruk willen meten.'

'O, waarom?'

'Dat hoort bij de standaardtesten bij mensen van uw leeftijd.'

Daar was het. De gevreesde zin. Mensen van uw leeftijd.

'Ik ben verder topfit, hoor,' zei Tom terwijl de arts-assistent een bloeddrukmeter om zijn rechterarm deed. Op dat moment hoorde ik een app binnenkomen op mijn telefoon. Ik voelde hoe het bloed direct naar mijn kaken schoot.

Op de terugrit werd ik overvallen door een opvlieger die de volledige vijfentwintig minuten naar huis duurde. Ik ademde zo diep mogelijk in bij het open raampje terwijl ik dertig reed en Tom zat te fulmineren op het Nederlandse zorgsysteem, wapperend met het pak aan recepten en voorlichtingsstencils.

'Paracetamol!' riep hij wel tien keer. 'Niet te geloven. Je zit vijf uur in een wachtkamer om vervolgens te horen dat je paracetamol moet nemen en het allemaal aan je leeftijd ligt. O, en: meer water drinken, meneer! En geen alcohol! En geen suiker! En geen koffie! En geen vlees!'

'Tom, je hebt ook bloeddrukverlagers, doe nu maar rustig.'

'Mijn bloeddruk is prima. Dat-ie zo hoog was daarnet kwam puur door de stress dat zo'n kloteziekenhuis oproept. Ik ben prima, ik voel me prima. Flikker toch op met je paracetamol.'

Hij zette de radio aan en toen weer uit. 'Ik bel wel een dealer. Ik moet een goeie pijnstiller en iets om te slapen, hoe moeilijk is het?'

Ik verlangde ernaar om alleen te zijn. Mijn telefoon met het appje van Harry brandde in mijn zak. 'Wow. Wij zijn een levensgevaarlijke combinatie! Wat een nacht.' Gevolgd door drie vlam-emoticons.

Ik was een hoop genoemd in mijn leven, maar levensgevaarlijk nog nooit. Ik vond het vleiend dat Harry mij kennelijk zag als een soort femme fatale. Hij zou me nu eens moeten zien, kokend van de hitte naast mijn fulminerende ex en in mijn kruis een opvlammende ontsteking.

Harry bleek een gepassioneerd apper. Van single vriendinnen leerde ik dat je nooit twee apps na elkaar moet sturen en zeker niet meteen moet antwoorden. Deze regels gooide ik met Harry meteen overboord. Nadat ik Tom had afgezet bij zijn eigen huis, waar hij enigszins verbaasd over was, reed ik naar mijn huis, waar ik het bad liet vollopen, al mijn kleren uittrok en me hulde in mijn fluffy badjas. Daarna spoelde ik met vier glazen water twee cranberrycapsules weg. Mijn lijf zoemde en ik kon niet goed thuisbrengen of dat van de kater, de opkomende ontsteking, van angst of opwinding was. Hoe dan ook, mijn zenuwstelsel was helemaal van streek. Ik wist niets anders terug te appen dan een rij vuur-emoticons. Harry nam daar genoegen mee.

'Zo, ik ben echt een beetje in de war. En het is doodeng om te appen met een schrijfster,' appte hij direct terug.

Ik zat in mijn badkamer op de wc, leunde naar achteren en goot een kannetje koud water aangelengd met appelazijn over mijn edele delen leeg. Er kwam niets in me op om terug te appen. Ik probeerde me te concentreren op mijn diafragmatische ademhaling. Zie je bekkenbodem als een bloem, had ik geleerd van de bekkenbodemyoga. Adem diep in en stel je voor dat de bloem al zijn blaadjes één voor één openvouwt. En bij het uitademen vouwen de blaadjes zich weer dicht. Dat werkte dus voor geen meter als je tegelijk wilde appen.

'Je bent nu zelf ook een schrijver, dus je hoeft nergens bang voor te zijn,' appte ik terug. Ik stak mijn hand in het badwater.

'O, reken maar dat ik bang ben,' appte hij terug.

Waarom in hemelsnaam was hij bang? Wat was dat met die mannen van mijn generatie die de hele tijd maar bang waren? Ik wilde niet dat hij bang was. Ik wilde dat hij stijf stond van zelfvertrouwen en overtuiging. Zoals ik hem gisteren had ontmoet. Als er hier iemand bang was, dan was ik dat.

'Wil je dat ik langskom?' appte Harry toen ik me net in het hete badwater vlijde. Door de vraag alleen al schoot een golf van paniek door me heen. Wat was dit? Geen idee of ik dat wilde. Ja, als het betekende dat hij me in slaap zou aaien, maar ik was eigenlijk te uitgeput om hem te ontvangen. Mijn huis was een zootje, om over mijn lichaam maar te zwijgen. Harry en ik kenden elkaar alleen maar dronken, en toen had ik ook nog eens een karrenvracht aan make-up op.

'Tiktak...' appte hij. Geduld was duidelijk niet zijn sterkste kant.

Ik kon geen keuze maken. Verstandig zou zijn om na dit bad snel iets te eten, mijn bed in te rollen en wat nachtrust te pakken. Wilde ik niet liever een fatsoenlijke date waar ik me op kon voorbereiden? Tegelijkertijd was dat spontane ook iets waarnaar ik de afgelopen drie jaar alleen maar had verlangd. Harry was natuurlijk gewoon katergeil, maar was dat erg? Was ik katergeil? Nee, die tijden waren voorbij. En ik had al te veel van mezelf gevraagd door Tom een halve dag op sleeptouw te nemen.

'Tiktak...' appte hij weer.

Iedere keer dat ik de ping van mijn WhatsApp hoorde, schoot er een stoot cortisol door me heen en verkrampte mijn bekkenbodem. Verwarde ik angst soms met verlangen? Ik lag als bevroren in het hete bad. Wat wilde ik? Waarom had ik zelden een antwoord op die vraag? Hoewel, ik wist diep vanbinnen heel goed wat ik wilde, maar daarmee zou ik de kans om eindelijk weer eens met een man te zijn wellicht verspelen. Ik wilde namelijk het liefst slapen en herstellen. Alleen was Harry al in mijn hoofd gekropen, waardoor ik mezelf zag door zijn ogen. Zou een levensgevaarlijke vrouw terugappen met: een heel verleidelijk aanbod, maar ik ben zo moe, ik moet eerst even een nachtje bekomen van ons avontuur...?

En ik wilde het zo graag zijn, die vrouw die hij in mij zag.

'Gezellig,' appte ik, waarna ik mezelf onder water liet glijden.

Hoelang had ik nog? Misschien vijfentwintig, dertig jaar als ik mazzel had. Tien jaar op z'n hoogst waarin ik er nog enigszins als seksueel aantrekkelijk wezen uitzag. Waarom zou ik die jaren verspillen aan dit kleine, eenzame leven waarin ik mezelf had opgesloten? Laat het toe. Geef het een kans. Stel je open voor dit avontuur, sprak ik mezelf toe. Je hebt het verdiend.

De bel ging. Ik was nog bezig met het opruimen van de keuken. Ik had als een razende mijn kruis ingesmeerd met kokosolie, een profylactische antibioticapil genomen en me zo natuurlijk mogelijk opgemaakt. Ik droeg een kimono van zachtgroene zijde en daaronder een bescheiden sexy setje. Ik was vergeten mijn bed te verschonen, verdomme.

Op het beeldscherm naast mijn voordeur zag ik Harry. Hij hield een fles champagne omhoog naar de camera. Ik drukte op de groene knop en zag hem naar binnen gaan. Ik hapte naar adem. Mijn angst deed bijna pijn.

We gaven elkaar een natte kus en ik rook de regen in zijn driedagenbaard. Hij snoof mijn geur op en keek me opgetogen aan.

'Dag meisje.'

Ik haatte dat normaal gesproken. Mannen die vrouwen boven de achttien 'meisje' noemen. Het is een poging om ons kleiner te maken, om de machtsverhouding direct vast te stellen. Toch voelde ik mijn baarmoeder zachtjes samentrekken.

'Dag jongetje,' zei ik terug.

Hij lachte.

'Ja. Zo voel ik me een beetje sinds vannacht. Een schooljongen. Maar wel een schooljongen die even lekker een fles Dom Pérignon voor je heeft meegebracht.'

Hij stak de fles met een ferm gebaar naar me uit en stapte mijn huis binnen. Even was daar het onhandige moment tussen twee mensen die elkaar nog geen vierentwintig uur geleden hadden afgelikt en nu zochten naar woorden. Gelukkig zat Harry daar niet lang om verlegen.

'Je maakt me verlegen, weet je dat? En dat ben ik lang niet geweest.'

We liepen mijn keuken in, die ook mijn woonkamer was, en Harry wierp zijn lange camel houtje-touwtjejas over de Eamesstoel die ik vlak na mijn scheiding had gekocht. Tom vond dergelijke grote uitgaven onzin. Onze heftigste ruzies gingen daarover. Dus toen ik alleen was, ging ik door een fase waarin ik alles kocht wat ik ooit had gewenst. Ik had er hard voor gewerkt. De Eames werd een symbool van mijn onafhankelijkheid. Toch zat ik er nooit in. Dure spullen kocht ik nu niet meer. De scheiding had me de helft van mijn royalty's gekost, en fictie verkocht moeizaam sinds mensen liever tiktokten of een podcast luisterden en boeken lazen geschreven door tiktokkers, podcasters en BN'ers. Maar goed, hier stond ik, tegenover zo'n BN'er.

Ik keek naar Harry, hoe hij soepeltjes de kurk van de fles

deed. Hij droeg een zachte bruine coltrui, vermoedelijk van kasjmier, op een grijze, loszittende jeans. Nonchalant met stijl. Hij had mooi haar, dat heel klassiek net over zijn oren viel. Hij was een mooie man. Zijn lichaam was goed getraind maar niet te mager. Ik had op Google gevonden dat hij een vriendin had sinds zijn scheiding en ik vroeg me af of ik me daar iets van moest aantrekken.

'Heb je flûtes?' vroeg hij en ik wees naar de plank boven mijn aanrecht. 'O ja, haha. Die heb ik niet gezien toen ik je hier vannacht neukte.'

Wat deed deze man bij mij? Hij kon iedere beeldschone twintiger krijgen. Hij had een prachtige vriendin met wie hij glunderend op rodeloperfoto's stond. Ik vond ook zo'n *cheesy* 'Scènes uit een Huwelijk'-verhaal in de *Elegance*, waarin ze vertelden hoe ongelooflijk bijzonder hun relatie was.

Harry schonk twee flûtes in en hief zijn glas: 'Ik toost op jou, mooie Marieke. En op het lot dat ons gisteren samenbracht. Ik moest je zien, zonder die blur van drank en drugs. Ik wilde weten of mijn fantasie met me aan de haal was gegaan, of dat die, hoe noem je dat… of onze energie er zonder al die hulpmiddelen ook zou zijn.'

Ik tikte zijn glas aan en nam een slok.

'En?' vroeg ik.

'Voel maar,' antwoordde hij en hij knikte richting zijn kruis. Ik voelde. Zijn lul was keihard.

'Dat is bijzonder hoor, voor een man van mijn leeftijd na een nacht doorhalen.'

Hij streek met zijn vingers over mijn buik. Ik droeg een zijden culotte onder mijn kimono. Zijn vingers glipten even naar binnen.

'Ja,' zei hij en hij likte zijn natte vingers af.

'Sorry,' zei ik, 'maar ik wil het toch weten. Je hebt een vriendin, weet zij hiervan?'

Harry sloeg zijn glas in één teug achterover. 'Nou,' antwoordde hij. 'Daphne en ik zijn sinds een paar maanden uit elkaar. En ik wil je er verder niet mee lastigvallen, maar het is nogal een puinhoop.'

'Je huis?'

'Nee, het uit elkaar gaan.'

'Ach, wat rot. Ik weet er alles van. Maar dat gaat voorbij, hoor. Mijn ex en ik kunnen nu heel goed met elkaar.'

'Zullen we het nu niet over onze exen hebben?' fluisterde Harry, terwijl hij zijn hand in mijn hals legde en naar me toe boog. Hij kuste me met gespannen lippen, die langzaam zachter werden toen onze tongen elkaar vonden.

De seks die op deze kus volgde was precies zoals ik hem graag heb. Lui en traag. Twee vermeide, katerige, middelbare lijven die vooral wilden zuchten. Samen ademen, huid op huid. Geen vermoeiende standjes waarbij buiken hingen, geen heftig gebeuk. We gleden over elkaar op de bank tot hij met een zachte puf klaarkwam en zijn hoofd kreunend in mijn hals legde.

'Sorry,' mompelde hij. 'Te snel.'

Minutenlang bleef hij op me liggen met zijn armen aan weerszijden langs mijn hoofd, terwijl zijn duimen zachtjes mijn hoofd masseerden.

'Je bent zo zacht,' zei hij met zijn ogen dicht.

Het liefst had ik de rest van mijn leven onder hem gelegen, maar ik moest plassen. Niet plassen betekende dagenlang lijden. Ik glipte onder hem vandaan en deed mijn kimono weer aan. Harry had minder moeite met zijn naaktheid. Hij kwam overeind en ging wijdbeens op de bank zitten.

'Heb je een doekje of zo?'

Ik keek naar hem, naar zijn harige borst, zijn witte, gespierde buik en zijn inmiddels slap geworden pik, het gemak waarmee hij terugkeek. Kon iemand zich echt zo comfortabel voelen bij een vreemde? Hij was eraan gewend bekeken te worden. En hij vocht overduidelijk hard tegen zijn verval.

Harry had muziek opgezet. 'Ken je dit?' riep hij terwijl ik nog op de wc zat uit te plassen zonder te persen. Ik luisterde en hoorde een soort dromerige gitaarmuziek.

'Nee,' riep ik terug. 'Maar mooi!' Of ik het echt mooi vond wist ik nog helemaal niet, maar ik zei dit soort dingen vanzelf. Ik had toen nog helemaal niet door hoeveel bevestiging Harry nodig had.

We dronken de fles Dom Pérignon leeg, terwijl Harry vertelde waar hij de band Cigarettes After Sex ooit voor het eerst zag. Met zijn twee vrienden op het festival Best Kept Secret.

'Ja, we waren ook superbrak, maar jezus... Die muziek kwam zo mega binnen. Zo te gek. Staat in mijn top tien van beste concerten. Heb jij een top tien?'

Uiteraard niet.

'Och jeetje. Ik zou het zo niet meteen weten, ik heb zoveel gezien. Ik denk David Bowie, ik weet niet meer waar precies, maar die Serious Moonlight Tour...'

'O, fuck ja, daar was ik ook. Wat een held, die man. En die plaat heb ik grijsgedraaid als puber. Zullen we een stout sigaretje roken?'

'Bij de afzuigkap.'

Harry was nog steeds naakt toen hij naar zijn jas liep en uit zijn zak een pakje Marlboro opdiepte.

We staken ieder een sigaret op in de keuken en na twee trekjes wankelde ik.

'Je bent moe, hè?' vroeg hij en hij legde zijn hand tegen mijn wang.

'Een beetje wel, ja.'

'Ik ga je hierna in bed leggen. En dan gaan we slapen. Morgenochtend haal ik een croissantje voor je... Althans, als je dat wil. Dat ik blijf...'

Ik was op. Ik wist niet of ik het wilde. Ik dacht van wel, maar ik vond het ook doodeng en ik vocht tegen de gedachte dat dit allemaal wel heel snel ging. Maar ik wilde dat niet denken. Ik wilde niet alles meteen kapotpiekeren. Deze man werd me in de schoot geworpen, en ik hoefde hem alleen maar te omarmen.

'Gezellig,' zei ik. 'Maar ik moet eerst even de hond uitlaten.'

Ik sliep nauwelijks. Na drie jaar alleen in een bed te hebben gelegen was het vreemd om naast een man te liggen. Eentje die ik nauwelijks kende. Een goede vriendin stuurde haar scharrels altijd weg na de seks. Harry lag ondertussen in diepe slaap, met zo nu en dan een diepe snurk. Zou ik ook snurken?

Het leek wel alsof ik onder stroom stond. Mijn benen tintelden, door mijn buik golfde nervositeit, mijn armen voelden slap en door mijn hoofd dartelde de ene na de andere angstgedachte. Al deze hoogspanning kwam samen in mijn blaas, of baarmoeder of bekken, tussen mijn benen in ieder geval, en daar leek het te borrelen en te gisten. Of was dit ook de overgang? Of stegen de bacteriën die ik de afgelopen achtenveertig uur in me had laten pompen op naar mijn nieren? Wilde mijn lichaam me iets vertellen? Ik wilde tegen Harry aankruipen en tegelijk wilde ik niets liever dan dat hij wegging.

'Ben je bekend met meditatie?' vroeg Kees. Ze zat weer in kleermakerszit tegenover me. Haar lichaam soepel en kalm. Over alles in haar spreekkamer was nagedacht. Die moest aanvoelen als een baarmoeder. Veilig, warm, zacht. Hierbinnen hoefde je niet voor jezelf te zorgen, maar zorgde Kees voor je met kruidenthee, een diffusor met etherische oliën en haar rustige stem.

'Jazeker,' zei ik. Het viel me tegen dat ze met zo'n dooddoener kwam. Alsof ik niet al nachten lag te ademen en me voor te stellen dat ik ergens blootsvoets aan een blauwe zee zat.

'Ik raad je echt aan om daar de dag mee te beginnen. Je bent toch vroeg wakker? Het zal je zenuwstelsel tot rust brengen.'

Toen Kees de deur voor me opende, had ze me lang en ernstig aangestaard voor ze naar achter stapte en me binnenliet.

'Je energie,' zei ze. 'Poeh, het vibreert.' Ze legde haar hand op haar hart.

Ik denk dat ik eruitzag als een geest. Ik had niet de tijd genomen iets aan mijn haar te doen, maar het samengebonden in een strakke staart en op mijn grijze hoodie zaten gele vlekken van de kurkuma-smoothie die ik vanochtend als ontbijt had gedronken.

'Ik zit wel ineens in een raar ding,' antwoordde ik.

'Volg mij. Ik ga je helpen.'

Dat was precies wat ik nodig had. Ik sliep nauwelijks nog. Ineens was Harry in mijn leven en vooral in mijn hoofd. Voor ik hem ontmoette, had ik rust. Het was vaak saai en eenzaam, maar ik sliep, ik at, ik ging naar de sportschool en schreef braaf mijn vijfhonderd woorden per dag. Ik stond op, liep met Polly, douchte en at mijn muesli. Soms lunchte ik met Susan, mijn vriendin die ik al kende vanaf onze studietijd, of met Stijn. In het weekend hield ik etentjes, of ging bij vrienden eten, afspraken die maanden van tevoren gepland werden. Ik had regels. Maximaal drie avonden in de week alcohol drinken, niet meer dan drie eenheden (dit wilde nogal eens mislukken). Alleen op zaterdag mocht ik Uber Eats bestellen. Tienduizend stappen per dag lopen. Doordeweeks om halfelf naar bed en om halfacht op. Iedere dag schrijven, ongeacht de omstandigheden. Minimaal twee mannen liken op Bumble. Drie keer per week sporten, ook met een kater. Op zaterdagochtend mocht ik een croissant. Dagelijks een eiwitshake samen met een batterij aan supplementen. Een boek lezen voor het slapengaan. Zondagavond eten met Teuntje. Er was niemand zo goed in zichzelf begrenzen als ik, en er was niemand zo slecht in grenzen aangeven als ik.

'We gaan er straks op in waarom je je angstig voelt, maar ik wil eerst even stilstaan bij hoe bijzonder het is dat je iemand hebt ontmoet die je zo raakt. Dat is een geschenk. Ik hoop dat je daar ook bij stilstaat.'

Ik knikte. Dit was precies een van de gedachtes die mij uit mijn slaap hielden. Ik moest blij zijn. Dankbaar. Hier had ik op gehoopt en naar verlangd. Plotseling iemand in het echt tegen te komen, en weer verliefd te zijn. Alleen waar ik vroeger meteen wist dat ik verliefd was en me erdoor liet meeslepen, vroeg ik mezelf nu non-stop af of dit verliefdheid was of een heel heftige angstaanval. Was het door het schrijven dat ik mezelf had aangeleerd dat niets was wat het leek?

'Wat voel je?' vroeg Kees.

'Rusteloosheid,' antwoordde ik. 'Ik voel me opgejaagd, ik twijfel en ben angstig, achterdochtig en wantrouwend, maar soms ook euforisch. Ik kan het ene moment denken: dat ik dit nog mag meemaken, en het volgende moment vraag ik me af waarom me dit overkomt. Het is te veel.'

'Heb je weleens gehoord van de term "onveilig gehecht"?'

Duh.

'Dat is het niet. Ik heb gewoon het gevoel... *If it looks too good to be true, it probably is*, snap je?'

'Zeker. Maar heb je een reden om achterdochtig te zijn?'

'De man in kwestie is vrij beroemd, en zeer aantrekkelijk. Hij kan elke prachtige twintigjarige krijgen. Mannen zoals hij willen niet met een vijftigplusvrouw.'

'Aha, kijk.' Kees leek te glunderen. Ze had iets te pakken. 'Dat is een aanname, Marieke. Kijk naar jezelf. Een even beroemde, mooie, zeer intelligente vrouw. Van jou kan hetzelfde worden gezegd.'

Ik grinnikte. 'Nou, nee. Jonge mannen willen misschien één keer een oudere vrouw neuken, maar er een relatie mee hebben? Dat is vrij zeldzaam.'

'Kijk naar Cher, en Madonna!'

'Dat is niet het echte leven, in Hollywood krijgen vijftigjarige vrouwen ook nog baby's. Maar dat zou ons niet moeten troosten, of hoop moeten geven. Want hier, in de echte wereld, gebeurt dat zelden. Bovendien, ik zou het ook niet willen. Geen baby, geen verkering met een twintigjarige.'

'En als jij dat niet wil, waarom zou een vijftigjarige man dat wél willen?'

'Zij zijn anders. Zij willen graag een statusverhogende partner en dat is nu eenmaal geen menopauzale vrouw. Ik heb mannelijke collega's die op hun drieënvijftigste vader worden, terwijl sommige vrouwelijke collega's al oma zijn.'

'Ik vind je vrij star in je overtuigingen. En ook in je gebrek aan zelfvertrouwen. Ik denk dat we daar echt aan moeten werken. Wij vijftigjarigen zijn op ons mooist, we zijn als rijp fruit. We zijn prachtig en ook nog eens ervaren.'

'Ben jij vijftig?'

'Achtenveertig. Maar je snapt wat ik zeg, toch?'

Ik vond mezelf niet op m'n mooist. En toen ik op m'n mooist was, zo'n twintig jaar geleden, vond ik dat ook niet. Ik was heel goed in de dingen achteraf mooi vinden en dan spijt hebben dat ik er niet meer van had genoten.

'Waar zou je zijn zonder deze overtuiging?'

Ik haalde diep adem. Ik wist het niet.

'Is het een overtuiging? Of een feit? Ik heb vriendinnen en collega's die zodra de aftakeling begon, door hun partner werden verlaten voor een jonger exemplaar.'

'Laat ik het anders zeggen: waar ben je zo bang voor? Je hebt iemand ontmoet die je zo te horen totaal omarmt. Wat houdt je tegen?'

Ik snapte het zelf ook niet. Steeds weer herinnerde ik mezelf aan mijn eenzame momenten, waarin ik niets liever wilde dan aangeraakt worden, iemand die mij zag, tegen wie ik aan kon kruipen. Ik was altijd zo goed in het hebben van een relatie, veel beter dan in alleen-zijn.

'Hoe is de relatie van je ouders?'

'Goed. Ze zijn vijfenvijftig jaar getrouwd. Ze hebben alle relatietrends overleefd. Op dit moment heeft mijn vader wat gezondheidsproblemen...'

'Ja, maar hoe is hun relatie?'

'Ik denk goed, ja, er zijn vast weleens problemen geweest, maar ze zijn niet van de echtscheidingsgeneratie. Nu ze ouder zijn, lijken ze wat gelukkiger met elkaar. Sowieso als ze al ooit problemen hadden, zouden ze die nooit met mij of mijn broer delen.'

'En hoe is jouw relatie met hen?'

'Mijn ouders hebben niet zoveel te maken met waarom ik hier ben. Ik heb niet zo'n zin in het verleden te duiken, dat heb ik al eens gedaan, en het is prima zo.'

Kees zette haar benen op de grond en leunde met haar sierlijke armen op haar knieën. Ik kreeg de indruk dat ze nu pas echt nieuwsgierig werd.

'Ik wil je niet pushen of oude pijn omhooghalen... maar wat heb je precies eerder gedaan?'

'Therapie, waarin ik twee jaar lang wekelijks over mijn ouders en mijn broer heb gepraat. Het heeft weinig geholpen. Ik heb er nu vrede mee.'

'We hoeven er niet verder op in te gaan, maar kun je me in het kort vertellen wat precies het probleem was?'

Mijn mond viel droog. Ik wist niet waarom. Ik was er al jaren niet meer mee bezig.

'Mijn broer Wart is een beetje een zorgenkind. Er is altijd wat. Toen hij klein was werd-ie altijd de klas uitgezet, daarna ging hij spijbelen en blowen. Hij heeft geen studie gedaan, maar is in het plaatselijk café gaan werken, nou ja, je snapt het wel.'

'Ik snap dat je niet werd gezien...'

'Ik was het zonnestraaltje. En nog steeds, want Wart is sinds corona voltijd wap. Hij heeft het zelfs in zijn hals getatoeëerd. "WAP" staat er. Hij had geen geduld om er nog PIE achteraan te laten zetten.'

‘Dat moet best moeilijk voor je zijn geweest…’

‘Vroeger, als kleine kinderen, hadden we een prima band. Hij is de enige die mij al mijn hele leven kent, met wie ik ouders deel en een verleden. Ik doe mijn best om me zorgen over hem te maken, maar het irriteert me ook mateloos, dat de hele tijd zorgen maken.’

‘Dat is volstrekt begrijpelijk.’

Kees liet een stilte vallen in de hoop dat ik het zelf zou benoemen. Maar dat deed ik niet. Ik had mijn broer en onze gezinsdynamiek lang genoeg bestudeerd.

‘En zo werd Marieke hyperonafhankelijk.’

Ik knikte en nam een slok lauwe kruidenthee.

‘En dus zal jij het niet toelaten als er iemand eens voor jou wil zorgen. Je bent dan bang zoals je broer te zijn.’

Angst. Het is zo’n heftige, moeilijke emotie. Hoe weet je of dat gevoel oprecht is en of je uit moet kijken voor gevaar, of dat angst is ingegeven door een toxische familiedynamiek? Als angst zich aandient en cortisol door je aderen giert, wil je maar één ding: jezelf in veiligheid brengen. Ik haatte dat gevoel. Mij was beloofd door andere vrouwen, ouder dan ik, dat als je de vijftig passeert, je schijt aan alles kreeg en dingen in perspectief ging zien. Ik kon niet wachten. Ik was bijna vijftig en banger dan ooit.

Tom was jarig. Hij werd vijfenvijftig en wilde er niets van weten. Teuntje vond dit onzin en zielig, en ik vertelde haar dat ze Tom geen plezier zou doen met een feest.

'Zullen we voor hem koken?' vroeg ze.

'Is het niet aan je vader om zelf iets te organiseren?'

'Je kent pap.'

Ik kende hem inderdaad. Maar het idee dat Tom in z'n eentje met een bak chinees voor de televisie zou zitten, vond ik ook onverteerbaar.

En zo bevonden we ons op 21 april aan mijn keukentafel, onder de slingers die ik al had sinds Teuntje één jaar oud werd. Zij had opblaascijfers gekocht en ze met tape aan de lamp geplakt. Tom stapte klokslag vijf uur binnen. Hij deed opgewekt, maar hij haatte het om ouder te worden. Tom had sowieso een hekel aan iedere verandering in zijn leven.

'Wrijf het er maar in,' zei hij half lachend, toen hij de langzaam verschrompelende opblaasletters zag. Teuntje omhelsde hem, en daarna ik en ik voelde zijn klamme, gespannen schouders. We raakten even verstrikt in vertwijfeling toen Tom drie zoenen wilde geven, en ik hem een zoen en een hug.

'Ja, ik snap het allemaal niet meer,' zei Tom. 'Ben ik net gewend aan drie zoenen, heeft ineens iemand de spelregels veranderd.'

Ik zag Teuntje glunderen. Zo zag ze ons het liefst. Bij elkaar, liefdevol steggelend.

'Nou, wat ongelooflijk lief allemaal, jongens. Jeetje,' zei Tom.

Ik reikte hem en Teuntje een glas cava aan. Aan zijn jeugd had Tom niet alleen ongemak met burgerlijkheid overgehouden, maar ook een moeizame relatie met in het middelpunt staan.

Teuntje en ik stalden de rijsttafel waar we dagen mee bezig waren geweest uit op de keukentafel. Nogal overdreven inderdaad, maar ik was blij dat ik mijn dochter lang over de vloer had, en ik in die tijd niet heel veel hoefde te piekeren over Harry. Twee dagen in een heerlijke bubbel met Teuntje, terwijl we boodschappen deden, kruidenmengsels maakten, kip marineerden en groenten fermenteerden en we ons liefdevol bemoeiden met elkaars kookkunsten. Ik wist dat Teun het allemaal voor haar vader deed, maar eigenlijk was het een cadeau voor mij. Ze had me verteld met wie ze een paar keer had gedatet en dat diegene ineens niets meer van zich liet horen, ik vertelde haar over Harry. Ze was blij voor me, en dat maakte mij weer blij. 'Laat het lekker over je heen komen, mam. Je verdient een lieve man, die je in de watten legt.' We bekeken samen Harry's Instagram. Toen zagen we dat hij Teuntje ook al volgde.

'Oké, dat is wel een beetje creepy,' liet ze zich ontvallen.

Daarna was ik heel lang stil.

'Geen zorgen maken, mam. Hij is natuurlijk een boomer, dus hij denkt niet over zulke dingen na. Ik vind het te gek voor je. Leuke man, superknap en helemaal *into you*. Misschien ben ik wel jaloers, omdat de jongens die ik tegenkom die moeite niet doen.'

Dat Teuntje hem, en daarmee dus ook mij een boomer noemde, moest ik even verwerken. Allereerst waren wij geen boomers, maar generatie X. Ik legde haar uit dat dat heel iets anders was, dat wij vroeger een stuk moderner waren dan haar generatie nu, en ook betere muziek hadden.

Zij lachte. 'Dat klinkt op zichzelf al heel erg boomer, mam.'

'Je kunt niet altijd maar iedereen afdoen met boomer, of een Karen, ik word daar heel kriegel van. Het klinkt alsof alles wat mijn generatie denkt en vindt ridicuul is.'

'Voorlopig is het nog steeds jouw generatie die alles bepaalt, dus daar zou ik me maar niet zo'n zorgen over maken,' grinnikte Teuntje.

'Ik hou niet van die hokjes waarmee je mensen de mond snoert. Nooit van gehouden ook. En dat is iets van jouw generatie Teun, overal een label opplakken. Lijkt me dodelijk vermoeiend, steeds te moeten kiezen waar je staat, wie of wat je bent. Hetero, homo, bi, non-binair, links, rechts, voor of tegen. En dat je dat ook de hele tijd moet uitdragen op al je platforms. En o wee als je dat niet doet, dan ben je ook iets. Dan heul je met de vijand. *Silence is violence.* Compleet idioot.'

Nadat Teuntje gisteren na het koken naar huis was gegaan, mijn lokroep te blijven slapen had ze helaas weten te weerstaan, stond ik alleen in een ontplofte keuken naar mijn telefoonscherm te staren. Ik scrolde door Instagram naar Harry's profiel dat ik inmiddels uit mijn hoofd kende. Hij was een fanatieke 'grammer', zoals Teuntje dat noemde. Veel filmpjes, zijn gezicht vaak iets te dicht op de camera, waarin hij uitgebreid verslag deed van het toneelstuk of de serie waarin hij een rol had. Zijn gezicht verloor door die camerahoek alle aantrekkelijkheid.

Gisteravond belden we voor het eerst. Bestaat er iets ongemakkelijkers dan telefoneren met een nieuwe liefde? Het stamelen, de stiltes die je tegelijk probeert te vullen. Ik dacht van niet. Maar er bleek iets nóg ongemakkelijkers te bestaan: FaceTime. Ik lag in mijn badjas op de bank naar een serie te kijken, toen mijn telefoon ging en ik argeloos oppakte. Harry's gezicht vulde het hele scherm. Rechtsonder in de hoek zag ik een witte vlek met kraalogen en een slordige knot bovenop. Een soort Wiske.

'Hé, schatje, hoe is het?' Harry had een glimlach van oor tot oor.

Ik schoot overeind en ijsbeerde door de kamer, de telefoon hoog boven mijn hoofd, op zoek naar zacht licht. 'Goed!' antwoordde ik overdreven enthousiast en ik zette ook een lach op, want dan verdween mijn marionettenlijn. Harry droeg een leesbril en vertelde dat hij in Doetinchem was en net kipsaté had gegeten.

'Wat fijn,' was het enige dat ik wist uit te brengen. Had ik dan nog nooit gefacetimed? Jawel, met Teuntje natuurlijk, of met vrienden, en dan gaf ik weinig om hoe ik er op beeld uitzag. Maar Harry en ik zaten nog in de fase dat je je mooi maakte voordat je elkaar zag. Althans, ik maakte me mooi. Het liefst verdoezelde ik alles wat erop wees dat ik bijna vijftig was. Ik wilde er jonger uitzien dan ik was en tegelijk uitdragen dat ik lekker ik mijn middelbare vel zat. Dat was een nogal tijdrovend principe, dus als ik dan een avond had waarop ik alles even kon laten hangen, ging ik er ook voor. Ik droeg mijn grijze badjas waarin mijn borsten loshingen en knalpaarse fleecesokken. In die badjas ter hoogte van mijn hals en borst had ik een theedoek gepropt bij wijze van servet, want ik probeerde liggend pad thai te eten. Op de tv niet een of ander intellectueel actualiteitenprogramma, maar een tiental Australische op het eerste gezicht getrouwde stelletjes.

'Ben je lekker aan het chillen?' vroeg Harry.

'Ja.' Maar nu niet meer, dacht ik erachteraan.

'Wat kijk je?'

'O, iets doms,' antwoordde ik, ondertussen probeerde ik zo charmant mogelijk naar mijn scherm te kijken. Ik had nu een plek gevonden, hangend over de leuning van de bank, met de slagschaduw van de vingerplant over mijn gezicht.

Harry lachte weer en kreunde een beetje.

'Je bent zo'n schatje.'

'Dank je,' zei ik zo schattig mogelijk.

'Ga je een keer mee naar het theater?' vroeg hij. 'Ja, sorry, ik heb de vrijheid genomen een paar collega's over jou te vertellen. Ze vonden het zo leuk voor me. Marie vond ons een fantastische match. Ze noemde jou haar "*role model*".'

Hij praatte over mij met anderen. Ik praatte natuurlijk ook over hem met anderen. Het zou me blij moeten maken. Mee naar het theater. Mijn god.

'O, wat leuk. Ja, misschien wel, ik zal even kijken wanneer...'

Het verontrustte me hoe weinig enthousiasme ik voelde bij het idee mee naar het theater te gaan en dan zijn collega's te ontmoeten. Harry hoorde voor mij bij de nacht. Niet bij samen in een auto, niet in het volle licht.

'Hoe gaat het met je voet?' vroeg ik aan Tom.

'Het is nog niet weg,' antwoordde hij. 'Maar ik kan er nu mee leven.' Even doemde het beeld weer op van zijn roodgloeiende onderbeen op de onderzoekstafel. Ik huiverde. Had ik ooit zo gehunkerd naar Toms lichaam zoals ik dat nu deed naar dat van Harry? Absoluut. Ooit konden we geen genoeg van elkaar krijgen.

'Ja, pap, je bent vijfenvijftig! Hoe voelt het, voel je je jarig?'

'Ach, lieve Teun, het is vreselijk. Weet je dat ik op jouw leeftijd een enorme hekel had aan oude mensen? Ik gruwde van ze. En nu ben ik het zelf. Een oude man, alleen. Nee, ik kan niet zeggen dat het leven er leuker op wordt. Het gaat alleen nog maar over verlies. Vrienden worden ziek, ik ben half kreupel, als ik een biertje bij de Ceuvel bestel, zeggen ze meneer.'

Ik zag Teuntjes gezicht verstarren. Kinderen willen niet horen hoe moeilijk hun ouders het leven vinden.

'Nou pap, je ziet er nog heel goed uit en zolang je nog iedere dag naar de Ceuvel kan, zal het allemaal wel meevallen.'

'Je hebt helemaal gelijk. Op een dag zul je het begrijpen. In mijn hoofd ben ik nog negentwintig, mijn lichaam past niet bij hoe ik denk, en hoe ik me voel. Dat is een heel vreemde gewaarwording. Ik denk dat ik een trans-agist ben.'

Ik rommelde wat bij het kookeiland. Als Teun en Tom in een gesprek als dit belandden, hield ik me het liefst op de achtergrond. Ik had dit aan Kees omschreven als: ik word een soort behang. Er is afstand en ik kijk naar de situatie, die ik nauwelijks in me opneem. Ik besta alleen nog door dingen te doen, een glas in de afwasmachine te zetten, een ui te snijden, nog een sausje te maken.

'Hahaha, trans-agist, hoe bedoel je?'

'Dat mijn ziel in een verkeerd lichaam zit. Heb jij dat niet, Marieke?'

'Nou zeg, pap...'

Ik deed de zoetzure groente in een glazen kom.

'Ja, je moeder die doet er gewoon wat aan, dat is voor een man anders.'

Zat ik ook in een verkeerd lijf? Ik vond het in ieder geval verschrikkelijk om mezelf in de spiegel te zien, dus die vermeed ik zo veel mogelijk. De tien kilo die er als vanzelf bij waren gekomen toen ik achtenveertig werd had ik er weleens afgehongerd, maar dan bleef er alleen maar lege, gerimpelde huid over. Dus nu trainde ik om het vel te vullen.

'Ga dan sporten, pap. Daar knap je echt van op. Even je hoofd leeg, dat ouwe bloed door je aderen laten gieren.'

Ik zette de glazen kom op tafel.

'Tast toe, lieverds.'

Tom schepte een flinke lepel satésaus op zijn bord. 'Sporten vind ik denk ik de meest overschatte, domme bezigheid die er is. Al die idioten in het park, het is echt krankzinnig. Staan ze hoor, in de regen te hopsen op afschuwelijke muziek. Vroeger deden ze dat nog gewoon binnen de vier muren van de sportschool, maar nu... Het wordt me de hele dag ingewreven hoe het klootjesvolk zichzelf afbeult. In het park, in het bos, op straat... Nu duiken ze zelfs met vrieskou de Amstel in. Dan ben je toch niet goed bij je hoofd?'

Dit was zijn passief-agressieve manier om mij duidelijk te maken hoe verachtelijk hij het vond dat ik me wél verzette tegen de vergankelijkheid.

'Zeg, bij deze fantastische rijsttafel hoort een biertje, vind je niet?'

Na het eten verschanste ik me zo snel mogelijk weer achter het kookeiland. Als Tom er was, voelde ik me daar het veiligst. Met een ruime fysieke afstand tussen ons in. Daar kon hij mijn energie niet verstoren en irriteerde zijn drankinname me minder.

'We hebben een toetje,' riep ik, maar ze hoorden me niet,

want ze zaten alweer in een felle discussie over de waarde van artificial intelligence. Ik pakte roomijs en bosvruchtensaus, Toms lievelingsdessert, uit de koelkast, en verdeelde die over drie dessertbordjes. In de zak van mijn kookschort pingelde mijn telefoon. Ik pakte hem en las het bericht van Harry.

'Liefste, ben net gebeld door iemand van *Story*, ze weten van onze romance. Even overleggen hoe hiermee om te gaan?'

Ik zocht steun tegen de deur van de koelkast. Ik leunde er lang met mijn wang tegenaan, met een hand op mijn borst, alsof dat het bonzen van mijn hart zou kalmeren. De *Story*. Ik had er drie keer in gestaan. De laatste keer was drie jaar geleden, vanwege mijn scheiding. 'Marieke Blauwboer weer alleen' was de kop.

'Opvliegertje?' vroeg Tom.

'Poeh,' kon ik alleen maar uitbrengen. Over vierentwintig uur zou iedereen weten dat ik seks had met Harry. Of zoals Harry het noemde: een romance. Tom wist van niks. Teuntje wist een beetje. Ik dacht aan mijn moeder die extatisch zou zijn, en mijn vrienden van wie sommigen elkaar direct proestend van het lachen zouden appen. Harry's ex, die nog maar net ex was. Zijn kinderen...

Het was zoveel. Kon ik zoveel wel aan? Ik wilde in die koelkast verdwijnen. Waarom gaf dit me zo'n stress? Wat maakte het uit? Had ik niet juist gedroomd van zo'n relatie, precies met al deze stormachtige gevoelens?

De verklaringen vlogen door mijn hoofd. 'We hadden aan één blik genoeg.' 'Bij hem voel ik me totaal mezelf.' 'Hij laat me zijn wie ik ben.' 'Toen ik hem zag viel er een innerlijke rust over me, een kalmte waar ik zo lang naar heb gezocht.' Kortom, de woorden die van een verliefd persoon werden verwacht.

Na mijn scheiding van Tom had ik me voorgenomen nooit

meer te liegen. Maar eerlijk zijn is makkelijk zolang je single bent. Zie het maar eens te zijn als er weer iemand in je leven komt.

'Mam, leg die telefoon eens weg.'

Ik had twaalf berichten. Verstijfd dwong ik mezelf de telefoon op stil te zetten en weg te leggen.

We aten ons toetje alle drie half op.

'Ik kan niet meer,' zei Tom. 'Zoveel eten. Zalig. Bedankt, meiden. En ik ben ook ontzettend blij met de Nespressomachine. Maar is het een hint? Dat ik voortaan vaker thuis koffie moet drinken?' Hij lachte en schonk zichzelf nog een rode wijn in. Teuntje stond op en zei dat ze ging. Ze had haar vriendinnen beloofd nog even naar De Unie te komen. Dit deed ze altijd, mij alleen laten met haar inmiddels dronken vader. En het was haar goed recht. Ze had al genoeg haar best gedaan.

'Ga plezier maken, schat. Ik drink deze nog op en dan ga ik ook op huis aan,' zei Tom.

'Ja,' zei ik en ik begon al af te ruimen. Teuntje gaf ons beiden een knuffel en ik klampte me nog even vast aan haar pols.

'Ach, mammie,' zei Teuntje. 'Ik bel je morgen.'

Vanuit mijn ooghoeken wierp ik een blik op mijn telefoon die ik in de fruitschaal had gelegd. Twintig gemiste oproepen. Tom stond nu ook op en liep met twee schoteltjes naar het aanrecht.

'Bedankt voor deze avond, Mar. Echt superlief. Zo gezellig en warm. Ik waardeer het echt.'

Hij stond te dicht bij me. Ik wist wat me nu te wachten stond. Tom pakte zijn glas en de fles wijn van tafel.

'Wil jij ook nog?' vroeg hij.

Ik wilde het zeker, ik wilde liters van dat spul. Hoe anders zou ik de komende uren door moeten komen?'

Tom schonk me bij en hief zijn glas. 'Laat die rotzooi nu maar even staan,' zei hij, terwijl ik vieze borden verplaatste van de ene naar de andere kant van het aanrecht. Moest ik hem vertellen over Harry? Waarschijnlijk wel. Maar alles wat ik te zeggen had, stokte in mijn keel. Ik had Toms leven al kapotgemaakt. Dit zou hem óf razend óf heel verdrietig maken.

'Je bent een bijzondere vrouw, Mar.'

Ik hoorde de brok in zijn keel.

Ik glimlachte en tikte met mijn glas tegen het zijne.

'Ja, dit zijn van die avonden waarop ik me afvraag: waarom zijn we eigenlijk uit elkaar gegaan?'

Ik zuchtte. 'Tom... zullen we dit alsjeblieft niet doen?'

'Dat zeg je altijd. Maar twijfel jij dan nooit? Of je de juiste keuze hebt gemaakt?'

Nee, ik twijfelde niet. In geen enkel universum zouden Tom en ik nu wél bij elkaar zijn. We deelden de liefde voor Teuntje. En ik hield heus van Tom, maar of dat was gebaseerd op het feit dat ik verantwoordelijk was voor het verpesten van zijn leven of op werkelijke liefde, dat wist ik niet.

Tom zuchtte eveneens hard, waarna hij een espresso voor zichzelf maakte.

'Als ik voor mezelf spreek, ik vind het zo verdomd zonde allemaal. Zo makkelijk. Het gaat even niet, hup scheiden.'

De kunst was nu om er totaal niet op in te gaan.

'Het was geen kwestie van "het ging even niet", Tom.'

Ik nam een grote slok rode wijn. De drank brandde in mijn slokdarm.

'Je weet hoeveel spijt ik daarvan heb. Maar moet ik daar dan de rest van mijn leven voor boeten? Ik heb eraan gewerkt. En nu worden we allebei ouder. Allebei alleen. Is dat zoveel beter? Ben jij niet eenzaam?'

'Nee,' zei ik heel zacht. 'We zijn toch heel ver gekomen? We vieren alles samen. We zijn vrienden. Goede ouders voor Teun. Ik rijd je naar de Spoedeisende Hulp op een zaterdagochtend. Dat kun je moeilijk boeten noemen.'

'Laat maar, Mar. Het is goed. Ik word alleen soms overvallen door sentiment. Ik ben niet als jij. Jij bent er goed in, in alleen-zijn.'

Mijn hart pulseerde steekjes paniek. Binnen nu en enkele uren zou hij erachter komen dat er een nieuwe man in mijn leven was. En ik kende Tom, hij zou volledig instorten. Opnieuw zou hij zich verlaten voelen. Door zijn vader. Door mij.

Ik dwong mezelf een hand op zijn schouder te leggen.

'Ik wil gewoon niet meer dat we hier keer op keer mee eindigen. Dit gesprek. We hebben het te vaak gevoerd. We hebben gedronken. Laten we erover ophouden en gaan slapen.'

'Ja,' zei hij en hij omhelsde me.

'Als je maar weet dat ik van je hou,' fluisterde hij in mijn haar. Daarna liep hij naar zijn leren jas die hij over de stoel had gehangen, en vertrok.

'Doe voorzichtig,' riep ik hem na.

In bed, nadat ik de keuken had opgeruimd, belde ik Harry terug. Hij nam meteen op.

'Dit moet je niet meer doen,' zei hij.

'Sorry, ik had hier de verjaardag van Tom.'

'De pleuris is uitgebroken, niet het moment om mij te ghosten.'

'Ghosten... is dat niet een beetje overdreven?'

'Ja, sorry. Ik zit hier met een woedende ex, kinderen die van alles willen weten, media, vrienden... mijn manager. Ze wil een statement.'

Ik pakte mijn vier donzen kussens en propte ze achter mijn rug.

'Ik wil je ook zien... Verdomme.'

'Ik lig al in bed.'

Harry kreunde.

'Ik zit in Kerkrade. Ik at de smerigste pizza ooit. En toen werd ik gebeld. Dus je snapt dat de voorstelling ook niet bepaald lekker liep.'

'Wat een toestand,' zei ik. Mijn mond voelde verdoofd door alle wijn.

'Maar wacht. Jij hebt gekookt voor je ex?'

'Ja. Met Teuntje. Hij was jarig.'

'Intiem.'

‘We zijn goed met elkaar.’

‘Nou, dat kan ik niet meer zeggen van mij en Daphne. Zij heeft me in een tsunami aan apps uitgemaakt voor al het lelijks dat ze kon verzinnen. Ze heeft jou niks gestuurd?’

‘Ze heeft mijn nummer toch niet?’

‘Op socials misschien?’

‘Nee. Nou ja, ze doet maar,’ zei ik.

‘Jij bent lam, zo te horen. Maar goed, een statement. Ik heb er alvast een geschreven samen met mijn manager. Zal ik het even voorlezen?’

Hij wachtte niet op mijn antwoord: ‘Namens Harry Damen en Marieke Blauwboer kunnen we bevestigen dat zij, sinds een ontmoeting op het Boekenbal, zeer goed bevriend zijn geraakt en gevoelens voor elkaar hebben ontwikkeld. Zij hopen de gelegenheid te krijgen deze gevoelens uit te zoeken, zonder te worden opgejaagd door de pers tot zij er zelf klaar voor zijn hierover te berichten.’

‘Bevestigen?’ vroeg ik.

‘Ja. Dat is gewoon een woord.’

‘Maar we kunnen het toch ook ontkennen?’

‘Waarom zouden we het ontkennen?’

Ik wist het niet. Ik had ons liever nog geheim. Ik hield van die schemerzone.

‘Het heeft ook geen zin,’ zei hij gejaagd. ‘Dan krijg je ze achter je aan, gaan ze in de bosjes liggen en zo.’

‘Dat lijkt me sterk, we zijn geen Charles en Diana.’

‘Moet jij eens opletten.’

‘Ik vind het een beetje overdreven, zo’n statement...’

‘Sorry, het is er al uit. Daarover belde ik je dus de hele tijd. Ik dacht dat je het wel oké zou vinden. *Control the narrative*. Vertrouw me, het is beter zo transparant mogelijk te zijn.’

'Je bent de controle kwijt,' zei Kees.

Ik zat tegenover haar en huilde.

'Dat is ontzettend moeilijk voor iemand die zo hyperonafhankelijk is.'

'Ik weet dat ik me ongelooflijk aanstel...' snikte ik.

'Je stelt je nooit aan. Al je gevoelens zijn legitiem. Je bent de hele tijd je angsten aan het onderdrukken.'

Angst voor wat? dacht ik.

'Er is niets om bang voor te zijn. Mijn kind is gezond, ik ben gezond, mijn moeder ook, mijn ex-man houdt nog van me en er is deze geweldige nieuwe man in mijn leven, die honderd procent voor mij gaat.'

'Ja. Is dat niet eng?'

'Het zou niet eng moeten zijn.'

'Is het ook niet. Niet voor mensen die zich als kind veilig en geliefd hebben gevoeld. Maar jij moest voor jezelf en voor je broer zorgen. Wie zorgde er voor jou?'

Daar had ze een punt. Er had nog nooit iemand echt voor mij gezorgd. Ook Tom niet. Ik huilde nog harder.

'Ja, laat het maar stromen. We zijn bij iets heel belangrijks terechtgekomen. Je verdriet mag er zijn. Wees lief voor jezelf, sta het toe.'

Ik had ook een enorme kater, die zich sinds ik in de overgang zat uitte in extreme labiliteit, ondanks de oestrogeengel en de progesteronpillen. Dus of we echt bij een punt waren aanbeland, of dat ik me enorm aanstelde, wist ik niet helemaal zeker.

'Ik heb alles op de rit,' snikte ik. 'Het heeft me heel wat gekost om dit... om een soort reddingsvlot voor mezelf te bouwen.' Geen idee hoe ik bij deze metafoor kwam, maar ineens zag ik het voor me. Ik dobberde maar wat in mijn eentje.

'Mooi,' zei Kees. 'Schitterend beeld. Daarom ben je ook schrijver. En nu moeten we samen dat vlot een veilige haven in zien te loodsen. Zullen we eerst even samen op adem komen?'

'Hoe?'

'Je moet uit deze staat van extreme stress. Ben je bekend met de diafragmatische ademhaling?'

'Zeker.'

'Dus je weet dat die je enorm kan helpen? Alleen door te ademen krijg je je cortisollevels onder controle. Het is prachtig, het gereedschap waarover ons eigen lichaam beschikt. Dus maak het jezelf gemakkelijk, nestel je in de bank.'

Ik vouwde mijn benen onder mijn billen.

'Nu leggen we onze handen open en ontspannen op onze knieën.'

Telkens als ik dergelijke meditaties probeerde, voelde ik alleen maar meer onrust. De idiootste gedachten kwamen dan in me op: zal ik dit jaar een vegetarisch kerstdiner bereiden? Of: ik heb nog maar max dertig jaar. Als het meezit. Het mooiste deel van mijn leven is voorbij en het is grotendeels langs me heen gegaan. Maar ook: krijgen vrouwtjeszoogdieren orgasmes? Fietst Teun nu zonder licht door de stad? Waar is die mooie trui gebleven die ik vorig jaar in Parijs kocht?

'Weet je, je mind, dat is je saboteur. Je mind heeft geen zin om in het nu te zijn, die wil naar het verleden, naar de toekomst, of naar problemen. Maar alles waar je mind heen wil, bestaat niet. Er bestaat alleen vandaag, nu, dit moment.'

Ik perste mijn lippen op elkaar. Ik had dit al duizenden keren gehoord.

'Laten we het proces ombuigen. Dat je meer naar zielsniveau gaat. Je mind is een slechte raadgever, maar je ziel... Die weet alles. Heeft alle antwoorden. Dat is wie je werkelijk bent, zonder aannames.'

Hoe vaak was ik op zoek gegaan naar dat zielsniveau? Bestond dat, of was het een belofte van therapeuten, een manier om je maar door te laten zoeken, naar een soort hemel van rust en acceptatie à raison de 200 euro per sessie? Toch kende ik wel degelijk momenten waarop ik plotseling wist wat me te doen stond. Zo besloot ik in 2003 met de pil te stoppen omdat ik een kind wilde. En dat was niet omdat het zo hoorde. Het was een innerlijke drang, een diep verlangen. Net als dat mijn scheiding niet echt een keuze was, maar een dwingend innerlijk proces. Als houden van een keuze was, was ik nooit gescheiden. Mijn 'mind', zoals Kees dat omschreef, was eerder van het type door problemen heen werken en het vizier op samen oud worden.

Dit alles dacht ik terwijl Kees en ik samen in de ruimte zaten, diep ademend met gekruiste benen. Kees telde mee. Vier seconden inademen, vier seconden vasthouden, zes seconden uitademen. 'Check je lichaam. Je kleine teen, je hielen die rusten op de bank.'

Mijn lichaam was een plank vol splinters. Mijn onderbenen werden afgekneld, mijn onderrug kraakte, mijn knieën zeurden. Dieper dan tot mijn middenrif ging mijn adem niet.

'Blaas al je stress, je pijn, je verdriet zachtjes uit, twee, drie, vier, vijf, zes.'

Ik wilde dit niet. Ik wilde praten. Of liever nog luisteren.

Dat Kees me zou vertellen wat ik moest doen.

'Ik kan je dat niet vertellen, lieve Marieke. Het zal vanzelf gaan. Wat beangstigt je zo?'

Ik had het gevoel dat mijn keel dichtslibde.

'Een relatie,' antwoordde ik. 'Ik wil het, heus. Maar nu ik die in mijn schoot geworpen krijg, ben ik zo bang.'

'Waarvoor?'

'Ik weet het niet. Dat het niet echt is? Ik haat mezelf hierom.'

'Je angst mag er zijn. Maar wat zit daaronder? Angst is een deksel op een put vol verdriet en woede. Vind je dat je deze liefde niet verdient?'

'Ik heb het gevoel alsof ik in groot gevaar verkeer.'

'En als je bij hem bent?'

'Ik had hem ingeschaald als scharrel, of kwarrel, zoals dat tegenwoordig heet. Maar nu is het ineens van iedereen. En zijn er allemaal mensen woest. Ik krijg mailtjes en DM's van zijn fans dat ik dood moet. Is dat het waard? Tom wil me ineens even niet meer zien...'

Kees schonk nog een kopje kruidenthee in. Hoe vaak moest ze dit soort gezwets aanhoren?

'Jouw leven draait niet meer om Tom. Het is heel goed als jullie elkaar even niet meer zien, de tentakels doorsnijden. Hij is je ex-man. Hij is verantwoordelijk voor zijn eigen geluk. En jij hebt gewoon pure bindingsangst. Dus je grijpt alles aan om jezelf te vertellen dat je deze relatie niet verdient of dat die niet goed genoeg is. Verliefd zijn is doodeng. Eigenlijk is het een continue staat van paniek. Probeer positieve gedachten te verbinden aan je onrust. Stop met vechten, Marieke, en geef je over. Het is een heerlijk gevoel en het is je meer dan gegund.'

Ik slikte mijn teleurstelling weg. Waarom vertelden therapeuten je alles wat je al wist en las in ieder vrouwenblad, ieder zelfhulpboek en inmiddels ook dagelijks op Instagram. Ik had niets aan deze opsomming van *inspirational quotes*. Stoplapjes voor paniek. Ik zag dat Kees naar de klok keek. Over enkele minuten zou ik weer buiten staan en de volgende man of vrouw in crisis zou op deze weldadige bank plaatsnemen. Wel scheiden of niet scheiden? Gaf de baan nog de zo verlangde voldoening? Wanneer vertel ik mijn moeder de waarheid? Kon Kees de hele riedel weer herhalen. Zet jezelf op nummer één. Denk positief. Accepteer wat is. Angst is een putdeksel.

We liepen samen naar de deur, nadat ik haar 200 euro had gegeven.

'Mag ik je aanraken?' vroeg Kees in de marmeren hal.

'Ja,' antwoordde ik enigszins verrast.

Ze nam mijn hand in haar zachte, magere klauwtjes. 'Je bent veilig,' zei ze en ze staarde me er liefdevol bij aan.

'Ik snap je niet helemaal,' zei ik.

Kees streek met haar vingers over de rug van mijn hand. 'Daar zit je paniek. Je voelt je nergens veilig.'

Ik staarde in haar lichtblauwe ogen en dacht hierover na.

'Ik geloof dat ik me bij mijn dochter wel veilig voel. Maar ik ben wel vaak bang dat zij zich juist bij mij niet veilig voelt.'

'Ze is je kind. Als alles goed is gegaan, voelt ze zich veilig bij jou. Nu jij nog. Wie heeft de hyperonafhankelijke Marieke zoveel pijn gedaan? Open jezelf. Ook naar je nieuwe liefde. Wees kwetsbaar. Hij is op je pad gekomen om je iets te leren, om je te *healen* als het ware. Als je je opent, dan gebeurt dat.'

Kees nam me in haar armen voor een verbindende hug. 'Probeer het en je zult zien,' fluisterde ze.

Hier had ze me toch weer te pakken.

Mijn broer was jarig en aangezien mijn moeder me al sinds half februari appjes stuurde met reminders, kon ik hier niet onderuit. Hij werd zevenenveertig en zou het vieren bij mijn ouders thuis. Zelf woonde hij in de polder in een schuur, die hij anderhalf jaar geleden al wilde ombouwen tot zelfvoorzienend huis, maar aangezien het daar steenkoud en vochtig was, had mijn moeder aangeboden de verjaardag bij haar aan de keukentafel te vieren. Er zouden een paar van zijn vrienden komen en zijn nieuwe vriendin. Ik bewonderde mijn moeder om haar nietaflatende positiviteit waar het mijn broer betrof. Iedere stap die hij maakte werd geprezen, alsof hij genomineerd was voor een Nobelprijs. Terwijl hij in werkelijkheid weinig meer deed dan blowen, gamen en YouTubefilmpjes over de *deepstate* kijken.

'JE KUNT JE NIEUWE VRIEND MEENEMEN!!! DAT ZOUDEN WIJ ENORM LEUK VINDEN!!!!' appte ze in capslock en met veel emoji's. Geen haar op mijn hoofd die dat een goed idee vond, hoewel het wel een perfecte manier was om me open en kwetsbaar op te stellen. En Harry wilde mee. Maar wat graag. Nu we, zoals hij dat noemde, uit de kast waren, wilde hij me ook steunen waar mogelijk.

Zoals mijn moeder mij naar Warts verjaardag had gemanipuleerd, zo deed ik dat op mijn beurt bij Teuntje. 'Het is tenslotte je oom, je zou me zo'n groot plezier doen, en oma ook, hoelang heb je haar nu al niet gezien?'

Teuntje zwichtte zoals ik was gezwicht, en met een schuldgevoel stapte ik in de auto om haar op te halen. Ik gaf mijn moeder geen Harry, maar wel haar enige kleindochter.

'Ik heb echt de moeder aller katers,' zei Teuntje, terwijl ze instapte en neerplofte op de bijrijdersstoel. Om haar heen hing een wolk van verschaald bier, sigaretten en shoarma.

'Nou, dan wordt dit voor jou de moeder van alle helse dagen,' zei ik terwijl ik mijn wroeging weglachte.

Teuntje draaide het raampje naast zich halfopen en schoof onderuit. Haar ogen verscholen achter de capuchon van haar wijnrode hoodie. Ze kreunde toen ik startte. 'Sorry, mam. De para kickt zo in.'

'Para?'

'Paracetamol.'

'Oké. Nou ja, er is vast genoeg eten daar.' Wat dat met haar kater te maken had, wist ik ook niet, maar misschien was het een troost, een beloning voor het offer dat ze voor mij bracht.

De hele rit zwegen we. Teuntje verzonken in haar oversized trui, afgeschermd door haar oordopjes, ik luisterend naar onheilstijdingen op Radio 1. Het was duidelijk. Meer dan haar katerige lijfelijke aanwezigheid kreeg ik vandaag niet.

We reden het dorp in waar ik geboren was. Inmiddels regende het zachtjes. Het centrum, ooit licht bruisend en pittoresk, was nu leeg, op een overdekt terras en een supermarkt na. Winkels waren er vertrokken, alleen de lokale snackbar hield moedig stand. De discotheek waar ik vijfendertig jaar geleden al mijn weekenden doorbracht was al jaren geleden afgefikt en er was niets nieuws voor in de plaats gekomen. Alle mensen onder de dertig waren verhuisd naar het nieuwbouwdorp, enkele kilometers verderop. Hier en daar hing er nog een omgekeerde Nederlandse vlag.

'Hebben ze hier de memo niet gekregen of zo?' was het eerste wat Teuntje zei.

'Kun je je voorstellen dat hier ooit vier discotheken waren?' voegde ik toe.

'Ja, mam, *I know.*'

'Teun, sorry dat ik je hier helemaal mee naartoe sleep, maar als je de hele tijd passief-agressief gaat zitten doen, wordt dit pas echt een lange, vervelende dag,' zei ik.

'Ik kan er gewoon niet tegen als je duizend keer dezelfde dingen vertelt.'

Ik parkeerde voor de twee-onder-een-kap en zag mijn moeder voor het raam al uitbundig staan zwaaien. We stapten uit. Toen mijn moeder Teuntje zag, spreidde ze haar armen van blijdschap. De voordeur ging open en daar stond pap te stralen. 'Mijn beroemde kind, helemaal afgereisd naar het verre Schagen! Met mijn kleindochter! Zo fijn dat jullie er zijn! En gefeliciteerd met jullie broer en oom!' Hij leunde op een loopstok.

'Wat goed pap, je loopt weer!' Ik kuste hem op zijn pas geschoren oude wang. Hij rook naar tandpasta en zeep.

Na een dikke knuffel van mijn moeder dirigeerde ze ons naar de keuken, waar op de lange tafel allerlei schalen stonden, gevuld met salades, gehaktballetjes, sandwiches met zalm en komkommer, een grote fruitsalade en een enorme kaasplank.

'Er is ook soep,' zei ze meteen. Mijn moeder droeg een lang, veelkleurig vest met kwasten en franjes, en alle lange kettingen die ze in haar leven bij elkaar gesprokkeld had. Op haar neus een grote ronde, paarse bril.

'Kijk je vader! Hij heeft een nieuwe trui. Kasjmier. Op internet besteld, supergoedkoop. Staat hem goed toch?'

'Te gek,' zei Teuntje. 'Mijn opa en oma zijn hipper dan hun kleinkind.'

Ze had mijn moeder niet gelukkiger kunnen maken.

We gingen aan tafel zitten en mijn vader zette een cappuccino voor ons met hun hypergeavanceerde espressoapparaat.

'Dus die Harry, die kon niet?' Mijn moeder, altijd direct. Ik wist dat Harry helemaal hun type was. Een bekende acteur, ze had het vast non-stop over hem.

'Het leek me een beetje te vroeg om hem nu al mee te nemen naar allerlei familieaangelegenheden.'

'Nou ja, allerlei. De verjaardag van je broer. Die viert het vrijwel nooit.'

'Nee, nu ook niet, want jullie vieren het. Waar is hij eigenlijk?'

'Hij ligt even beneden. Zijn rug... Die verschrikkelijke pijnen zijn weer terug. Maar pap had nog een tramadol voor hem, dus hij komt zo.'

'Woont ome Wart nu hier?' vroeg Teuntje.

'Niet echt. Soms. Het is een beetje koud in zijn huis en hij heeft nog geen echte badkamer.'

Vanuit de kelderkast klonk ineens een angstaanjagend gegrom.

'Wat de fak,' zei Teuntje.

'Ja, sorry, dat is Karma, Warts hondje. Die kan niet zo goed tegen prikkels, dus ik dacht: ik leg hem daar lekker neer met zijn mandje. Je vader is zo goed met hem, schattig om te zien. Maar voor vreemden is-ie vaak minder aardig. Wart heeft hem gehaald uit Hongarije.'

Nu begreep ik haar verzoek om Polly thuis te laten.

'Mag ik hem zien?' vroeg Teuntje en terwijl haar hand naar de deurklink ging, hoorden we Warts stem: 'Beter van niet, meiden. Hij zit nog in de grounding-fase.'

Ik draaide me om en daar stond hij. Zijn halflange haar was inmiddels behoorlijk grijs, zijn ogen lagen diep in hun kassen. Hij zag bleek en was magerder dan de laatste keer dat we elkaar hadden gezien.

'Van harte, Wart,' zei ik en ik liep naar hem toe.

We gaven elkaar twee kussen waarbij onze jukbeenderen tegen elkaar bonkten.

'Dank je. Wat tof dat jullie zijn gekomen.'

'Natuurlijk komen we, ome Wart. Zevenenveertig is niet niks,' zei Teuntje.

'Nou, Wart, doe die jas eindelijk eens uit, laten we gaan zitten. Wie wil er koffie?' vroeg mijn moeder.

Traag haalde Wart zijn armen uit de mouwen van zijn loodzware leren jas, hing deze over een stoelleuning en nam plaats aan de keukentafel.

'Ja, het is koud beneden.'

'Wart heeft in de kelder een studio ingericht. We deden toch niets met die ruimte...' zei mijn moeder terwijl ze kopjes en schoteltjes op tafel zette.

Mijn vader liet zich langzaam in zijn eigen stoel zakken, waarin een orthopedisch ringkussen lag. 'Het is wel lang geleden, hoor, dat we zo met elkaar zaten.'

Ik dacht aan de laatste keer, bij mij thuis, toen bleek dat mijn ouders hun prikken niet meer haalden onder aanvoering van Wart.

'Wat vet, een eigen studio,' zei Teuntje. Zij bleek een stuk beter in enthousiasme veinzen dan ik. Ik kende Warts projecten, die een voor een mislukten.

'Heel vet,' zei Wart. 'Ik heb een vlog. Ja, Marieke, ik ben ineens influencer.'

'Hij heeft 31.000 volgers!' zei mijn moeder. Ze schonk de koffie in onze kopjes.

Teuntje haalde haar telefoon uit haar tas. 'Hoe heet je online?'

'Gewoon Wart. Wart zegt het hard.'

'Marieke heeft tegenwoordig een vriend!' Mijn moeder probeerde duidelijk de aandacht van Warts project af te leiden.

'Nou ja, vriend,' antwoordde ik. 'Ik zie iemand, en we hebben het leuk.'

'Waarom is hij niet mee?' vroeg ze nogmaals.

Ik nam een slok van mijn koffie.

'O god, nou vergeet ik het belangrijkste, de taart!' Mam stond weer op en haastte zich de kelderkast in, waar Karma het op een blaffen zette. 'Koest, Karma!' Wart ging haar achterna en kwam terug met een woest spartelende pitbullachtige in zijn armen.

'Ik doe hem in de studio. Daar voelt hij zich veel veiliger.'

We aten van de slagroomtaart waarop een foto stond van Wart als klein jongetje op een plastic tractor.

'Hoe lief,' zei Teuntje. Ze had haar telefoon inmiddels weer in haar tas gedaan. Ik was erg benieuwd naar Warts vlog, maar uit haar zwijgen maakte ik op dat het niet veel soeps was.

'Even terug naar Harry. Waarom is hij niet mee?' vroeg mam opnieuw.

'Eugenie, hou eens op. Het is toch duidelijk dat Marieke daar nog niet klaar voor is,' zei pap geïrriteerd.

'Inderdaad,' zei ik. 'We zitten nog in de – hoe zei Wart dat net? In de grounding-fase.'

Teuntje lachte.

'Je hebt niet zoveel tijd meer, hè, met elkaar. Je bent bijna vijftig, hij is zestig of zo?' vroeg mijn moeder.

'Zesenvijftig.'

'Nou, ik zou geen tijd meer verspillen.' Mijn moeder zou pas gelukkig zijn als zowel Wart als ik een relatie zou hebben. Hoeveel boeken ik ook schreef, het deed er allemaal niet toe. Het feit dat ik alleen was, daar leed zij onder. Zij en mijn vader waren elkaars eerste liefde, en tevens laatste. Of ze werkelijk gelukkig waren met elkaar, dat wist ik niet. Het leek wel zo. Ik had weleens het gevoel dat mijn moeder Wart zo bij zich hield om niet alleen met mijn vader te zijn.

Wart mompelde dat hij een rondje met Karma ging lopen. Langer dan vijf minuten aan tafel hield hij zelden vol.

Mijn moeder pakte me na zijn vertrek bij de arm. 'Hij ziet er slecht uit, hè?'

'Wie?'

'Wart. Hij slaapt zo slecht. Ik maak me erg veel zorgen om hem. Ik hoor hem 's nachts scharrelen door het huis.'

Mijn vaders gezicht vertrok. 'Die hond is ook een ramp.'

'Hij heeft toch een vriendin?'

'Ze heeft het uitgemaakt. Eergister.'

'Ach,' zei ik.

'Die jongen,' zei mijn vader. 'Hij doet zo zijn best. Maar hij krijgt het nooit cadeau...'

Ik miste de woorden 'zoals jij'.

Toen Warts vrienden binnendruppelden, verplaatsten ze zich naar de woonkamer en konden Teun en ik weg. Vier mannen, zijn poolbuddy's, die als cadeau een paar sixpacks halve liters bier en uit Duitsland geïmporteerde shag meebrachten. Mijn moeder ging rond met de salades, de prikkers met minibolletjes mozzarella en cherrytomaatjes. Ze gaf ons een liter soep mee. Ik dacht aan Harry in dit gezelschap. Ik dacht aan Tom en zijn onverholen ergernis aan Wart. Ik dacht aan hoe dol Wart en ik op elkaar waren vroeger, voordat Wart aan het blowen en drinken sloeg. Ik dacht aan hoe verdrietig het voor mijn ouders was dat ze op hun oude dag nog zo voor hem moesten zorgen. Ik dacht aan hoe hun zorg zijn ontwikkeling in de weg stond. Zevenenveertig jaar en nog steeds deden we alsof hij normaal was.

'Ik vind het kut voor jou, mam,' zei Teuntje in de auto. Zij reed nu, want ik had twee glazen prosecco gedronken.

'Hoezo voor mij?'

'Nou, dat het altijd over Wart gaat. Wart dit, Wart dat. Ze hebben je geen enkele vraag gesteld. En mij al helemaal niet.'

'Jawel. Ze vroegen naar Harry.'

Teuntje grinnikte cynisch. 'Het is zo grappig. Na alles wat je hebt gedaan, wie je bent, wordt zelfs aan jou uitsluitend naar de mannen in je leven gevraagd. Trouwens, ik kan je een advies geven: kijk niet naar die vlog van Wart.'

'Hoezo?'

'Het is een soort BN'er haatvlog. Tussen allerlei complottheorieën en cryptogelul door bespreekt hij BN'ers. En niet *in a nice way.*'

'Jezus.'

'Het zal je vast ook niet verbazen dat Harry in zijn laatste vlog wordt besproken.'

De prosecco gemixt met slagroomtaart kwam even omhoog.

'Dat meen je niet.'

Teuntje knikte. 'Kijk het maar niet.'

Dat was ook altijd het devies van mijn ouders. Laat hem

maar gaan. Kijk maar niet. Wat je niet hoort of ziet bestaat niet.

'Waarom testen ze hem niet? Hij zit zeker op een of ander spectrum,' ging Teuntje verder.

'Dat is meer iets van jouw generatie, schat. Daar heeft iedereen wat.'

'Waarom gaan we eigenlijk naar zijn verjaardag? Het is duidelijk dat hij daar zelf ook niet op zit te wachten.'

'Ik heb geen idee, eigenlijk. Voor mijn ouders waarschijnlijk. Om hun een dag het gevoel te geven dat we een gezin zijn?'

'Ik snap je. Maar ik ga er niet meer heen. Ik kan niet tegen dat toneelstukje. Volgend jaar mag je met je nieuwe lover naar Schagen.'

‘De mannen in jouw leven lijken, althans zoals jij ze beschrijft, allemaal mannen die zorg nodig hebben,’ concludeerde Kees nadat ik haar had verteld over de verjaardag van mijn broer. ‘Zo ben je *gewired.* Niet gek dat je dan kiest voor een relatie met een man die ook zorg nodig heeft.’

‘Harry komt vrij stevig en onafhankelijk over,’ zei ik.

‘Ik bedoel je ex-man, Tom.’

‘Mijn vader is ook vrij zelfstandig.’

‘Is dat zo?’

Ik dacht na. Ik kende mijn vader eigenlijk niet heel erg goed. Hij was altijd weg toen ik klein was, en als hij thuiskwam kwam het eten op tafel en vertelde hij over zijn werk als werktuigbouwkundige. Soms nam hij ons mee naar nieuwbouwwijken in aanbouw, en dan zei mijn moeder dat papa dit allemaal had gemaakt. Ik snapte weinig van wat hij deed. Ik herinnerde me een periode waarin hij lang op bed lag, en soms dronken werd, of nachten niet thuiskwam. ‘Laat je vader maar,’ zei mijn moeder dan. Dus we lieten hem en hij draaide altijd weer bij. Onze jeugd werd door mijn moeder ingekleurd. Toen ik aankondigde te gaan scheiden, werd ze eerst boos. Hoe kon ik Tom in de steek laten? Problemen droeg je, daar liep je niet van weg. Later zei ze tegen me: ‘Lieverd, wij, in onze familie, zijn meer van het matriarchaat. Sterke vrouwen, zachte mannen.’

Met zacht bedoelde ze zwak.

'Zit hier niet je angst?' vroeg Kees. 'Het feit dat Harry juist niet zo is, jou niet per se nodig heeft? Dat ken je niet.'

'Ik ken hem nog niet goed genoeg om dat te weten.'

'*True*. Maar wat een avontuur om daar achter te komen! Zalig. Een cadeau! Je kans om een volledig gelijkwaardige, diepe connectie te maken.'

'Ik denk niet dat mijn vader een zachte man was, of dat Wart dat is. Ik denk dat mijn moeder ze zo maakte. En dat ik Tom zo maakte.'

'Maak,' zei Kees. 'Want je doet het nog steeds. Je kookt voor hem, je rijdt hem naar het ziekenhuis, je rijdt langs zijn huis om te kijken of zijn gordijnen open zijn, je rent hem achterna als hij boos uit huis stormt...'

Tom had vanochtend ineens in mijn keuken gestaan, terwijl Harry eieren aan het bakken was. Het had geleid tot zijn vertrek waarbij hij de deur zo hard dichtsloeg dat het glas brak.

'Ook aangenaam,' had Harry gemompeld.

Ik trok onmiddellijk mijn jas over mijn nachthemd aan, om hem achterna te rennen.

'Schat, wat ga je doen?'

'Ik kan hem niet zo laten gaan.'

'Waarom niet? Hij is je ex-man. Het is al idioot dat hij zo onaangekondigd binnenstapt.'

'Je kent hem niet. Tom is heel kwetsbaar, juist nu...'

'Hij is niet kwetsbaar, hij is boos. Verdrietig misschien. En terecht, want ik zou zo'n heerlijke vrouw zoals jij ook niet kwijt willen.'

Ik stond als verstijfd bij de deur.

'Straks gebeurt er iets,' zei ik.

'Welnee. Laat je niet zo manipuleren.' Harry schepte de gebakken eitjes op een bord. Ik moest ineens bijna kotsen van de geur.

'Sorry,' riep ik, en ik zette het op een rennen.

Tom was net bij zijn deur toen ik aan kwam rennen. Hij stak de sleutel in het slot en keek om.

'Die conditie van jou is ook niet om over naar huis te schrijven, zo te horen,' zei hij.

Ik zette mijn handen op mijn knieën en hapte naar adem.

'Godverdomme,' zei ik hijgend. 'Godgodgodverdomme.'

'Je neemt me de woorden uit de mond, Mar.'

'Waarom doe je zo?' vroeg ik toen we in zijn woonkamer stonden. Op de houten eettafel stond een grote schaal verschrompeld fruit en er lagen kranten op uitgespreid. Zijn bord met een half opgegeten boterham met kaas ernaast. Ik keek naar het enige schilderij dat in zijn kamer hing. Teuntje, zes of zeven jaar oud, spelend in het zand, geschilderd door een vriend van hem. Tom stond gebogen, zijn handen leunden op een stoel. Het voelde even alsof we niet drie jaar geleden, maar gisteren uit elkaar waren gegaan.

'Ik kan die kwast niet uitstaan,' zei Tom.

'Je kent hem niet eens.'

'Ik weet genoeg. Iedereen kent hem. Ik had het niet achter je gezocht, zo'n ijdeltuit.'

Ik vroeg me ineens af wat ik hier deed. Waarom ik zo mijn best deed om Tom dicht bij me te houden. Ik wilde hem niet terug, maar ik wilde ook niet dat hij boos op me was. Een diepe vermoeidheid overviel me. Hoelang ging ik dit volhouden, het pappen en nathouden van de mannen in mijn leven? Ik was niet boos op Tom, ik was jaloers op het gemak waarmee hij boos werd. De ruimte die hij daarmee innam. En hij wist het.

'Marieke, laat me gewoon even. Het is oké, maar ik wil je even niet zien. Jij wil een harmonieuze scheiding en vrienden zijn en zo, maar dat kan niet. Niet nu. Ik wil jullie samen niet zien, niet horen, niet via NU.nl-pushberichten op mijn telefoon krijgen. Het is niet goed voor me.'

Ik trilde. Ik voelde me zo klein.

'Als jij dat zo wil, dan heb ik daar weinig tegen in te brengen,' antwoordde ik schor. 'Dan laat ik het verder bij jou. Ik hoor het wel als je er weer aan toe bent.'

Ik zei dingen zoals Kees ze zou zeggen, en liep weg, de bedompte hal in.

Dat Tom mij ineens niet meer wilde zien of spreken was volgens Teuntje een kwestie van tijd geven. Hij zou wel weer bijdraaien en ik moest me er niks van aantrekken. Ze zei dat wij een toxische relatie hadden. Dit was zijn manier om me nogmaals te straffen voor het feit dat ik hem had verlaten.

Met uitzondering van Tom en wat doorgeslagen fans was iedereen blij voor me dat Harry in mijn leven was. Naast mijn familie, leek ook de pers dolgelukkig met ons als stel. En dat niet alleen, ook hoogst verbaasd. Dat Harry, als zeer gewilde *grey fox*, zijn veel jongere en veel knappere vriendin had verlaten voor een middelbare vrouw. De wonderen waren de wereld nog niet uit. Er werden hele columns over geschreven, met de strekking 'inhoud gaat toch boven looks' en 'vijftigjarige vrouwen zijn *the new sexy*'. In de roddelbladen stonden koppen als 'Schrijfster temt hete Harry', en 'Krijgt Marieke Harry wel klein?' met daarbij fotocollages van alle vrouwen met wie Harry het bed had gedeeld, voor zover bekend bij de pers. Op platform X wisten ze ook wel raad met onze verhouding. 'Gadverdamme, wat moet die ouwe taart met zo'n afgelikte boterham?' en 'Ik zou dat mens nog niet eens willen neuken als ik er een ton voor kreeg'.

Harry vond het allemaal reuze grappig. Ik lag er wakker van. Moest ik dankbaar zijn dat Harry mij wilde?

'Schat, je bent prachtig. Vanbinnen en vanbuiten. Je zou jezelf eens moeten zien zo, naakt tussen die witte lakens. Ik kan geen genoeg van je krijgen,' zei Harry wanneer hij uit bed stapte, met zijn harde billen, en vervolgens fluitend naar de douche liep. Zodra hij uit zicht was, smeerde ik mijn vagina in met oestrogeengel, tegen het branden. Sinds ik weer seks had, had ik weer dag en nacht last. Het ene moment stond mijn kruis in de fik, het andere moment pulseerde mijn plasbuis, of leek het alsof er iets tussen mijn anus en vulva hing. Volgens de huisarts was het vrij normaal. Ik zat in de overgang en dan droogde alles uit. Hij raadde me aan geen koffie of alcohol te drinken en ervoor te zorgen dat ik eerst nat was voor we aan penetratie begonnen. Maar nat, hoe dan? Ik werd het niet, hoe fanatiek Harry ook vingerde of likte. Alleen een flinke dot glijmiddel hielp. Dit betekende niet dat ik niet genoot van de seks. Ik vond alles er lekker aan. Hoelang waren mijn borsten niet gestreeld, mijn billen niet aangeraakt? Ik werd al geil als ik Harry's adem in mijn hals voelde. Maar niet nat. En mijn orgasmes, als ik ze al had, waren een soort echo van mijn orgasmes van vroeger. Was het ooit een golf van genot, nu was het een kleine rimpeling in stilstaand water.

Wat ik ook weinig deed, was slapen. Soms viel ik in slaap in Harry's armen, om twintig minuten later badend in het zweet wakker te worden van een sensatie die ik alleen kon omschrijven als het gevoel honderden meters te vallen. Harry sliep, aan me vastgeklampt als een luiaard aan een boomtak, en zo lagen we samen op een drijfnat stukje bed. Het verbaasde me hoe makkelijk ik een man weer bezit van mij en mijn ruimte liet nemen. Hoe hij ongestoord kon slapen, nooit ontwakend van zijn eigen gesnurk, of mijn gezucht en gedraai. En naar welk hoekje ik ook kroop, Harry kroop me slapend achterna. Sliep hij ook zo met zijn ex-vriendin?

Hij had haar een week de tijd gegeven om haar spullen te verhuizen. Zeven dagen en zeven nachten waarin Harry bij mij woonde, of althans sliep, want overdag en 's avonds was hij aan het repeteren of op tournee. Was Harry een man die niet alleen kon zijn? 's Nachts dienden deze vragen zich aan, na het vallend wakker worden. Was ik een vrouw die niet meer met een man kon zijn? Ook al wilde ik niets liever? Waarom kon ik niet alles gewoon laten gebeuren? Genieten van het moment? Dankbaar zijn voor dit geluk, dat ik nooit had verwacht nog eens mee te mogen maken? Hoorde al dit getwijfel en getob ook bij de overgang? En zo ja, welke hormonen moest ik nemen om die te laten verdwijnen? Om me met hetzelfde onverschrokken vertrouwen over te geven aan deze man zoals ik dat ooit aan Tom deed.

'Maak ruimte in je hart,' zei Kees steeds. Maar hoe moest dat? Mijn hart zat propvol.

Op een van die slapeloze nachten besloot ik mijn broer te googelen. Hij kwam in de zoekresultaten meteen naar boven. 'Nieuwe treitervlogger maakt gehakt van Nederlandse rappers', met een filmpje van mijn broer met microfoon achter een desk, die fulmineerde tegen 'nietsnutten' als Ronnie Flex en Boef. In de achtergrond waren bewerkte foto's van hen te zien. Tijdens het fulmineren dronk Wart een halve liter bier leeg en hij sloeg het blik in één klap plat. 125.000 likes. Ik klikte door naar YouTube en zag een hele rij filmpjes waarin hij Bekende Nederlanders afzeek. Hun namen groot in de caption, want daarmee kreeg hij natuurlijk clicks. Harry stond ertussen. DIRTY HARRY WEER OP POEZENPAD, stond er naast de still van de uitzending. Achter het bleke, magere hoofd van mijn broer een foto van Harry in smoking, met loshangend strikje en een opengeknoopt overhemd. Overduidelijk beschonken. Ik kon het niet opbrengen het filmpje aan te klikken – de stem van mijn broer te horen zeiken op mijn nieuwe liefde.

Ik sloeg mijn laptop dicht en schonk een glas rode wijn voor mezelf in. Ik had Wart vaak vervloekt in mijn leven, maar nu had ik zin om hem keihard op zijn smoel te slaan. Hij had mijn ouders al van me afgenomen door een lamlul te zijn die hun permanente aandacht en zorg opeiste, en nu zou hij ook nog even mijn nieuwe liefde in gevaar brengen met zijn gejen. Hoe kon het dat wij uit dezelfde ouders waren geboren? Wat zouden zij hiervan vinden? Wist Harry hiervan? Ik ging kapot van schaamte. En angst. Zou dit ons kapot kunnen maken?

Na de rode wijn besloot ik Wart een mail te sturen. Appen deed hij niet meer, want dat werd volgens hem allemaal opgeslagen door de 'roverheid'.

Ik kreeg direct antwoord. 'Hahaha, laat je niet zo op de kast jagen, joh.'

'Wat doe jij hier allemaal zo midden in de nacht, lieverd?'

Harry stond ineens achter me terwijl ik een tweede glas volschonk. Zijn haren stonden recht overeind, hij rook naar slaap. Hij had mijn grijze badjas aangetrokken.

Ik begon direct te huilen. 'Mijn broer,' stamelde ik.

'Wat is er met je broer?' Harry schonk zichzelf ook een glas in.

'Hij is gek.'

'Oké...'

'Ik durf het gewoon niet te zeggen. Ik schaam me kapot, werkelijk.'

Harry nam me in zijn armen. 'Je hoeft je nooit voor iets te schamen, en je kan altijd alles tegen me zeggen. Ik ga nergens heen.'

Dit was de eerste keer dat ik bij hem huilde. Weliswaar halfdronken, maar toch, een mijlpaal.

'Ken je dat filmpje, op YouTube, over jou?'

'Er zijn zoveel filmpjes op YouTube over mij.'
'Dirty Harry weer op poezenjacht?'
'O god, schat, daar moet je niet naar kijken.'
'Dat is mijn broer.'
'Wie?'
'Die jongen die dat gemaakt heeft.'
'Die gast?'
Harry liet me langzaam los en keek me vreemd aan. Zijn kaken spanden zich en toen begon hij te lachen.
'Wat?'
Hij liep achteruit en krabde door zijn slaperige haren. 'Nee, joh. Je bróér? Jezus. Heb je het hele filmpje gezien?'
Ik schudde mijn hoofd.
'Nou, het verklaart een hoop. Niet gaan kijken hoor, die zure troep. Je broer...' Hij bleef het herhalen.
Gek genoeg wilde ik Wart verdedigen, hoezeer ik hem ook verachtte. Ik mocht dat doen.
'Wart is al zijn hele leven raar. Ik denk dat-ie ergens op het spectrum zit, of borderliner is of zo.'
'Nou, wat hij ook mankeert, hij is in ieder geval ziekelijk jaloers op je. Jeetje, wat kut. Voor jou.'
'En voor jou...'
'Moet ik er een advocaat op zetten?'
'Nee, alsjeblieft zeg...'
We staarden allebei enkele seconden naar het aanrecht.
'Weet je, ik heb hier al jaren ervaring mee. Ik heb ook familieleden die het niet kunnen uitstaan, mijn succes. Dat is helaas *part of the deal*. En het wordt allemaal erger, omdat we nu een powerkoppel zijn.'
Harry aaide mijn gespannen rug. Powerkoppel. Wat een kutwoord. Ik hoorde het bijna spottend uit Warts mond rollen.

'Ik kan het goed hebben, dit soort bagger, meestal lach ik erom. Maar jezus, wat hij over jou zegt. Zijn eigen zus. En jij maar leuk naar zijn verjaardag gaan.'

'Zegt hij dingen over mij?'

'Je gaat het niet kijken. Beloof het me.' Hij pakte me bij mijn schouders en keek lang en streng in mijn ogen.

'Ik ga het niet kijken. Echt. Ik heb al genoeg aan mijn hoofd.'

Harry kuste me.

'We hebben elkaar, baby. Meer hebben we niet nodig. We zitten in hetzelfde schuitje. Je bent niet meer alleen, lieve schat.'

Hij knoopte de te kleine badjas open en spreidde zijn armen. Ik bekeek zijn lichaam. Het was prachtig.

'Allemaal van jou,' zei hij.

Ik ging door mijn knieën en nam zijn half stijve pik in mijn mond. Niet omdat ik geil was, maar om hem te belonen voor zijn solidariteit. Er waren zoveel redenen om een man te pijpen: dankbaarheid, angst, gewoonte. Om hem aan je binden. Ter afleiding. Ik snoof de geur van slaap en urine op, zijn handen klauwden naar mijn haren. Ik liet hem mijn mond diep penetreren en ademde diafragmatisch terwijl ik dacht aan een collega, die me ooit op het Boekenbal vertelde dat ze haar jongere man bij zich hield door hem iedere ochtend af te zuigen. Ze onthulde dat ze daar zo'n kniekussen voor in de tuin voor had, zodat haar knieën niet zo'n pijn gingen doen. Het had niet geholpen: afgelopen Boekenbal verscheen hij met een biseksuele, veelbelovende debutante.

Harry probeerde me omhoog te trekken.

'Ik wil in je komen.'

Het deed daar te veel zeer. Ik zoog stug door en pakte zijn ballen, waarop hij direct reageerde met een luid gekreun.

'Je wordt nog mijn dood,' verzuchtte hij.

'Waar denk je aan als ik je pijp?' vroeg ik aan Harry toen we in bed lagen en het licht alweer enkele minuten uit was.

'Nergens aan,' antwoordde hij, zijn adem bij mijn oor.

Ik wist zeker dat het een leugen was. Waar ik allemaal aan dacht als hij mij befte: stink ik? Word ik wel nat genoeg? Ziet hij dat mijn haren grijs zijn? Hij is een zoveel jongere kut gewend. Zal ik fillers in mijn schaamlippen laten spuiten? Ik mag niet denken, want dan kom ik niet klaar. Komt er een tijd dat ik nooit meer klaarkom? Hij zit ernaast. Zijn tong is te stijf. Hij is er klaar mee, hij wil dat ik kom. Het wordt te mechanisch, ik kan het niet, ik kan niet meer klaarkomen. Concentreer je. Denk aan Pedro Pascal.

Kees was het eens met Harry. Negeren, die filmpjes van Wart.

'Als je reageert, bevestig je hem. Zie het als een spel. Als jij de bal niet terugspeelt, is er geen strijd. Hij daagt je uit. En bedenk ook dat hij niet is zoals de anderen. Hij is ziek. Vergeef het hem. En als je dat niet kan: je raakt hem het meest door hem niet te zien, zijn bestaan als vlogger te ontkennen. Dat gezegd hebbende, ik vind het heel erg voor je. Het moet heel eenzaam en onveilig voelen.'

Vandaag moest ik van Kees op de bank liggen, met een hand op mijn hart en een hand op mijn onderbuik. We ademden samen. Mijn mantra: 'Ik ben gezond, ik ben veilig, ik ben geliefd.'

Ze vroeg of ik mijn huiswerk had gedaan. Dat bestond uit iedere ochtend bij het ontwaken tien minuten mediteren, en voor het slapengaan nog een keer. Ik kon me abonneren op haar app, en kreeg tien procent korting. Ik had de app nog niet eens gedownload.

'Het geeft niks. Je kunt ermee beginnen als je er klaar voor bent.'

Wie had de tijd om dit te doen? Als ik wakker werd, moest ik al aan zoveel dingen denken. Hormonengel smeren, probiotica omroeren en binnen vijf minuten opdrinken, stretchen, de hond uitlaten, overnight oats uit de koelkast halen. Daarna vulde de dag zich vanzelf met proberen te schrijven, het beantwoorden van tientallen mails en whatsapps, en dingen doen die me afleidden van het getob over Tom die boos op me was, mijn broer die me haatte en over mij vlogde, en het feit dat ik sinds Toms woedende vertrek ook minder hoorde van Teuntje.

'Hoe staan je ouders hierin?' vroeg Kees.

Ik ademde in naar mijn baarmoeder. 'Mijn moeder lijkt voor het eerst een soort van trots op Wart. Hij doet iets wat wél succes heeft, volgens haar gaat hij er volledig in op.'

'Maar weten ze wat hij precies doet?'

'Ze zei dat ze zich daar niet mee wilde bemoeien. Dat het niet haar verantwoordelijkheid is. Wart is volwassen. Ze heeft een keer een flard gezien en het was niet haar ding, zei ze.'

'Je hebt haar toch wel verteld dat hij ook nare dingen over jou zegt?'

'Zeker. Maar dat is iets tussen mij en Wart. Zij heeft al genoeg aan haar hoofd met hem nu zijn verkering uit is. Ze zei dat als ik er niet naar keek, het er ook niet was.'

'En? Is dat zo?' Kees kwam naast me zitten.

'Mag ik je aanraken?' vroeg ze niet lang erna.

Ik knikte.

Ze legde haar hand op mijn middenrif.

'Het is er in mijn hoofd. Het is er omdat ik nu begrijp waar al die haatberichten op Instagram vandaan komen: van zijn volgers. Ik heb hiervan screenshots naar mijn moeder gestuurd. Ze appte terug dat ze het afschuwelijk vond en dat Wart nu eenmaal een aparte is. Ze zou hem wel vragen om mij niet meer te noemen. Meer kon ze niet doen.'

'Hoe voelt dat?'

'Het heeft altijd al gevoeld alsof zij, mijn vader en Wart een drie-eenheid zijn. Ik sta erbuiten.'

‘Ze zitten vast in een diepe co-dependent verbinding.’

‘Ja.’

Kees begon mijn buik zachtjes te masseren. ‘Hier zit het. Al die spanning, al het verdriet, al je eenzaamheid, je woede.’ Ze duwde in de klont samengeklonken spieren en darmen. Het deed pijn. ‘Al je pijn. Adem. Maak ruimte. Zie het voor je, hoe hard je organen werken, het wonder. Hoe de machine blijft draaien. Geef het zachtheid.’

De tranen stroomden over mijn wangen. ‘Waar komt het vandaan, Warts woede? Alles waarover hij zich opwindt, bestaat niet in zijn leven. Hij komt uit een normaal, liefdevol gezin… Het was een leuk joch, vroeger, brutaal en stout, we hadden een band.’

‘Blijf bij jezelf. Hier ga je weer. Laat het gaan en bekommer je om dit lichaam.’

Dit lichaam begon onder haar handen te borrelen.

‘Hoor. IJzersterk ben je. Pure kracht. Geloof daarin. Je kunt hem aan. Je kunt de liefde aan. Open jezelf.’

Ze liet mijn buik los en wapperde haar handen van me af.

‘Je moet straks veel drinken, het liefst kamillethee. Dat kalmeert en is ontstekingsremmend.’

Ik kwam overeind en stopte mijn T-shirt weer in mijn joggingbroek. Nadat ik had afgerekend, gaf Kees me een zakdoek voor mijn betraande wangen. ‘Laat hen niet de baas zijn over je hoofd. Het is aangeleerd om altijd maar over de mannen in onze levens na te denken. Als je straks thuiskomt, kijk je naar jezelf in de spiegel en zeg je tegen jezelf: “Je bent een goed mens. Je doet het fantastisch. Ik ben trots op je.”’

Dat deed ik natuurlijk helemaal niet. Ik was het alweer vergeten toen ik thuiskwam. Harry zat aan het kookeiland te bellen. Het ergerde me dat hij er was. Wanneer ging hij weer naar zijn eigen huis? Ik wilde mijn pyjama aantrekken en met Polly op de bank liggen. Een valium nemen en bij iets doms op tv in slaap vallen. Dat kon uiteraard ook waar Harry bij was, maar die vertrouwdheid was er nog niet. En nu ik deze ergernis voelde, hoe hij bezit nam van mijn keuken en met zijn luide stem een discussie voerde, vroeg ik me af of we ooit op dat punt zouden komen. Vandaag leek het alsof we het soort stel waren waar ik drie jaar geleden juist afscheid van had genomen.

Harry hing op en zag aan mijn gezicht dat ik niet blij was.

'Sorry,' zei hij. 'Sorry, schat. Ik loop je in de weg. Maar dat telefoontje, het moest even, en ik wond me te veel op. Anyway, voorstelling van vandaag gecanceld, want er zijn twee zieken... en toen belde dus mijn uitgever.'

'Ik snap het hoor. Maar ik ben gewoon heel erg moe.'

'Te moe voor een glaasje?'

Ja, natuurlijk, maar ik zei nee.

Hij liep naar de koelkast en trok er een fles witte wijn uit. Ik gaf hem twee glazen aan. 'Eentje,' zei ik streng.

'Wat een gezeik zeg, met zo'n uitgever. Ik neem aan dat jij dat nooit hebt, maar ik... pfff. Ze zijn niet blij. Ze willen dat ik er non-fictie van maak.'

'Dat zou ik ook willen als ik uitgever was,' zei ik en ik nam een slok. Heerlijke, kraakheldere chablis. Alsof het licht in mijn hoofd weer aanging. 'De mensen willen echte verhalen. Uit het leven gegrepen.'

'Ze willen een soort *Ik Jan Cremer*, maar dan van nu.'

'Zeiden ze dat zo?'

Hij knikte en gaf me een kus.

'En wat wil jij?'

'Ik wil een roman schrijven. Over een man die zijn kinderen

niet ziet, omdat hun moeder hen tegen hem heeft opgezet.'

'En is dat fictie?'

'Het is een vrije interpretatie van iets waarin ik nu zelf zit. Maar goed, de uitgever wil meer persoonlijkheid.'

'Heb je al wat op papier staan?'

'Ha! Wanneer zou ik dat moeten doen? Ik heb een theatertour en repetities voor die nieuwe serie. Netflix wil praten. Geen idee waar ik de tijd om te schrijven vandaan moet halen.'

'Ik maak altijd een jaar vrij voor een nieuw boek. Eigenlijk is dit dat jaar.'

Ik nam nog een slok. De stress die in me vrijkwam alleen al door over boeken te praten, moest weg.

'Misschien moeten we samen een boek schrijven.' Hij zei het echt.

Ik schoot in de lach. 'Nooit,' zei ik snel. Mijn schrijven was van mij. Het was zo ongeveer het enige wat ik voor mezelf had weten te veroveren, wat mijn vlot drijvende hield en me door huwelijksproblemen, een scheiding en puberperikelen heen had geholpen. Waarom koos ik uitgerekend een man die daar zo graag een onderdeel van wilde zijn?

'Tuurlijk. Was een geintje, lieverd. Zou wel spectaculair zijn.'

'Ja, vast.' Ik glimlachte naar hem.

Hij keek me onderzoekend aan. Ik had hem onzeker gemaakt.

'Je bent me een raadsel, Marieke. Soms ben je zo open, zo kwetsbaar en lief. En dan ineens BOEM, daar is ze hoor. De zakenvrouw. Afstand. Verboden toegang.'

Ik sloeg mijn ogen neer. Ik was echt te moe voor diepteanalyses van mijn persoonlijkheid. Hoe vaak ik niet door wildvreemden in een café of restaurant werd aangehouden met de vraag: 'Ben je in het echt ook zo afstandelijk?' En ik vervolgens de neiging voelde te bewijzen dat ik juist superspontaan en gezellig was.

'Dat is niet erg, hè! Ik vind dat mooi! Je bent zo'n compleet eigen mens. Mijn mens. Ik hou van al deze kanten van jou.'

Ik vlijde mezelf tegen zijn brede borst. Daar werd ik rustig. Leunen tegen zijn borst en luisteren naar zijn hartslag was ook een soort valium. Of ik van al zijn kanten hield, wist ik nog niet heel zeker, maar ik hield wel van zijn lichaam, de hardheid ervan, de muskusachtige geur van zijn borsthaar. Ik hield van de belofte.

'En mijn meisje is weer terug. En ik ga voor haar heerlijke sushi bestellen. Dan gaat zij haar zachte pak aantrekken, en laat ik de hond uit. Is dat wat?'

Teuntje wilde met me lunchen. Ik had haar tien dagen niet gezien, een record. Ik had wel een paar apps gestuurd, waarop ze niet had geantwoord, totdat ik drie vraagtekens zond. En we hadden heel kort gebeld over of ze de auto kon lenen om een vriendin te helpen verhuizen.

Al die tien dagen voelde ik me een stout kind, dat in de hoek op haar handen moest zitten. Op aanraden van Kees had ik het contact van mijn kant ook minimaal gehouden.

'Jullie moeten wat losser komen van elkaar, zij moet zich ontwikkelen tot een zelfstandig, volwassen persoon. En ook Tom ga je niets sturen. Hij zit in de rouw, die kans heeft hij nooit van je gekregen. Laat hem. Je zult zien dat hij terugkomt en jullie relatie veel wederkeriger wordt.'

Ook mijn ouders stuurde ik niets meer, behalve een mand met lekkernijen op mijn vaders verjaardag. Wat je niet ziet bestaat niet bleek niet helemaal waar. Het bestond. Het was een constant blaffende teckel in mijn hoofd.

Toen Teuntje restaurant De Plantage binnen kwam lopen, zag ik aan haar bleke gezicht dat ze nerveus was. Ze droeg een rode ribfluwelen overgooier over een mosterdgele coltrui. Het soort kleren dat alleen jonge mensen leuk stond. Ironisch seventies. We gaven elkaar een kus en een hug en ik rook het studentenhuis in haar sjaal. Ik hield haar lang vast, zoekend naar de peuter, de kleuter, het kind dat uit mijn schoot was gekomen. Teuntje maakte zich los en ging zitten. Ze ontweek mijn blik. We bestelden gemberthee en een grote fles water.

'Hoe gaat het, schat? Hoe is het in je huis? En op de academie? Het is echt idioot hoe weinig we elkaar gesproken hebben,' begon ik.

Teuntje pakte een bierviltje en begon eraan te pulken.

'Je kan natuurlijk ook altijd bij mij langskomen, mam,' zei ze enigszins geïrriteerd.

'Ik wil niet die moeder zijn die te pas en te onpas voor de deur staat.'

Ik nam een klein slokje van de hete thee. Er zat een bizarre hoeveelheid gember in.

'Het gaat best wel goed. Ik ga sowieso door naar het tweede jaar. En er komt een expo van onze klas.'

'O wauw, wat goed!'

'Jij vindt altijd alles goed.'

'Ja, maar het is toch goed? Ik ben zo trots op je.'

'Soms vraag ik me af waarom jij en pap er zo mee bezig waren dat ik naar de academie moest. Van kunstenaar zijn ga ik in ieder geval nooit rijk worden. Hooguit leraar op dezelfde academie.'

'Zo moet je nooit denken. Ik mocht niet naar een kunstopleiding, en je vader ook niet. Dus we besloten dat we jou dat niet zouden ontzeggen.'

'In het huis gaat het wat minder. Ik ga iets anders zoeken. Ik kan heel slecht tegen die chaos. Ik moet iets voor mezelf. Het zijn te veel prikkels. Ze willen de hele tijd samen eten en samen tv-kijken. En ik vind het eerlijk gezegd stomme mensen. Het is er ook altijd vies.'

Je kan ook terug naar huis komen, er is een hele verdieping, al je spullen staan er nog. Ik zei het niet, ik dacht het.

'Wat rot voor je, schat.' Ik beet op mijn lippen.

'Maar goed, ik ben dus in therapie gegaan.'

Ik ademde diep in. Dit was volkomen normaal. Haar hele generatie zat in therapie. De mijne trouwens ook.

'Ja, ik sliep megaslecht. Eerst door die vlooien.'

'Vlooien?'

'Ja, er was een vlooienplaag in ons huis. Maar die zijn nu weg, no worries. Maar toen kregen jij en pap ruzie.'

'Geen ruzie, pap is alleen boos op mij, omdat hij Harry in huis aantrof.'

'Mam, hier ga je weer. Ik wil er niet tussen zitten. Pap belt mij met gezeik, jij belt mij met gezeik over hem.'

'Ik heb niet gebeld.'

Ze rolde met haar ogen.

Oké, ik had wel gebeld.

'Ik wil het niet meer. Ik ben enig kind, ik kan het met niemand delen. Ik moet afscheid nemen van dit kindsdeel in mij. En ik moet stoppen met mijn *parentification*.'

'Wat is dat?'

'Dat je je de ouder van je ouders voelt.'

Nu werd ik stil. Een deel van mij wilde direct in de verdediging schieten, maar het andere deel wist dat ze gelijk had. Ik had te veel op haar geleund. En Tom vermoedelijk ook.

'We zijn te verbonden, mam. We hebben grenzen nodig. En meer afstand.'

'Nog meer?' In mij welde een groot verdriet op. Een diepe pijn die me herinnerde aan de dag dat ze uit huis was gegaan.

'Ja, ik wil meer een moeder-dochterband. We zijn geen vriendinnen.'

Au. Waarom niet? Waarom mocht ik geen vriendin met

mijn dochter zijn? Dat bedachten die therapeuten allemaal, dat gedoe met afstand en grenzen en banden. Het leverde hun heerlijk veel werk op.

Teuntje keek me lang aan terwijl mijn schouders zich kromden en mijn hoofd naar beneden hing. Ik mocht niet huilen. Omdat ik dan niet meer zou ophouden. Maar ook omdat zij mijn kind was, dat nu naar mij keek en een zielig hoopje vrouw zag.

'Mam, please, niet verdrietig zijn. Please, ik kan dat heel slecht aan op dit moment.'

De serveerster liep voorbij en vroeg of we nog wensen hadden. Ik bestelde een glas verdejo. Teuntje hield het bij thee. Mijn kind. Mijlenver stond ze boven me. Ik was een waardeloos voorbeeld van een moeder. Ik had haar geen grenzen meegegeven. Toen Tom het huis verliet, had Teuntje zijn plaats ingenomen. We kookten, we keken samen foute series, als ik douchte maakte zij zich op, vaak sliepen we zelfs in hetzelfde bed. Zij raapte mijn hart bij elkaar. En zij brak het nu opnieuw.

Ik haalde diep adem. 'Ik begrijp je, Teun,' zei ik met een beverige stem. 'Ik vind het heel moeilijk, want het raakt me ook heel erg, maar als jij die ruimte nodig hebt, respecteer ik dat natuurlijk.'

Nu ging Teuntje huilen. Ze had het bierviltje inmiddels in tientallen stukjes gescheurd. 'Ik vind dit zo rot, zo'n rotgesprek.'

Ik lachte. 'Daar zijn we het in ieder geval over eens.'

Ze pakte zachtjes mijn hand.

'Mam,' zei ze.

'Teun,' zei ik. 'Hoe zie je het voor je, dat meer afstand?'

Ik zag de vlooienbeten op de rug van haar hand staan. 'Laten we één keer per twee weken samen eten of zo? En dan niet praten over pap, maar over onszelf. En elkaar dan meer vragen stellen.'

Ik keek haar aan. 'Stellen we elkaar niet genoeg vragen dan?'

Teuntje krabde in haar hals.

'Nee,' zei ze. 'Je vraagt nooit iets. Ja, naar pap. Of je vertelt iets over Harry. Maar je vraagt niet hoe ik over iets denk, of over hoe het met me gaat, of op de academie.'

'Ik dacht dat wij deze dingen altijd aan elkaar vertelden. We praten toch? We praten heel veel...'

Ik begon langzaam een hekel te krijgen aan haar therapeut. Vragen stellen, meer afstand, wat was dit ineens?

'Jij praat heel veel.'

'Jij ook!'

'Maar niet over hoe het echt is, we gaan niet de diepte in.'

'Ik snap even niet hoe we meer diepte combineren met meer afstand.'

Teun zuchtte. 'Ga nou niet in de aanval. Laten we proberen om elkaar minder vaak random te zien, en als we elkaar zien dat het dan een kwaliteitsontmoeting is.'

Kwaliteitsontmoeting. Met je kind.

Ik werd ineens ongelooflijk bang. Ik kon niet zonder Teun, zonder haar zoete invallen, onze weekendtrips, onze humor, onze gemeenschappelijke hekel aan dingen, onze eindeloze psychoanalyse van Tom. Nee, het was niet gezond. Maar ze was wel alles wat ik had.

'Je hebt nu Harry. Ik ben heel blij voor je. En daarom denk ik dat wat ruimte ons ook de kans geeft een volwassener band op te bouwen.'

Als dit een keuze was, dan kon Harry vandaag nog opdonderen.

Ik vertelde Teun dat Harry nu een paar dagen bij me woonde

omdat zijn ex hun huis aan het leeghalen was.

'Jeetje! Jullie gaan snel!'

'Nou ja, snel, waar moet hij anders heen? Hij gaat vanavond terug.'

Teun grinnikte. 'Mam, laat het nou lekker over je heen komen. Het is misschien ook wel tijd om hem een keer te ontmoeten?'

Ik glimlachte zoals mijn broer Wart zou glimlachen, gespannen en zonder echte vreugde. Het was inderdaad tijd. En het was iets waarnaar ik hoorde uit te kijken.

'Laten we dat doen!'

We zwegen even. Ik zocht in mijn hoofd naar vragen die ik kon stellen die niet bemoeizuchtig, sturend of overbezorgd overkwamen.

'Maar terug naar jou, lieve schat. Ben jij gelukkig?'

Nu glimlachte Teuntje zoals Wart.

'*Getting there*,' zei ze zacht.

'En dat betekent?'

'Nou, dat het *work in progress* is. Zoals bij iedereen. Wie is er gelukkig in deze rare wereld? Ik ben opgelucht dat wij dit gesprek hebben gehad. Ik ben soms eenzaam. Maar daar werk ik dus aan.'

Ik wilde haar lieve gezicht in mijn handen nemen en bedelven onder moederlijke kussen. Ik wilde al haar pijn en eenzaamheid wegnemen door haar mee naar huis te nemen en al haar lievelingseten voor haar te koken. Ze zou de hele avond in bad mogen liggen en ik zou haar lieftallige voeten masseren tot ze in slaap viel. Maar mijn troosten en helpen zou het allemaal alleen maar erger maken. Ze was haar eigen persoon en moest door al deze fases heen, net als iedereen, zoals ik dat ook ooit moest.

'Ach, lieve schat, ik vind het zo goed van jouw generatie dat jullie dit soort dingen zo uitspreken. En ik vind het rot om te horen dat je soms eenzaam bent. Ik durf nu niet meer te zeggen dat je altijd thuis welkom bent, maar dat ben je natuurlijk wel.'

Ik had maar één kind. Dat was geen bewuste keuze. Ik vond het een zware verantwoordelijkheid voor een enig kind om twee ouders blij te maken en uiteindelijk alleen de zorg te dragen voor je verouderende ouders en hun gebreken. Ook Tom had graag meer kinderen gewild. We hadden er alles aan gedaan, tot en met meerdere ivf-rondes, maar ik had maar één goed eitje en daar rolde wonder boven wonder Teun uit. Daarna waren ze op. Tot Teuntje dertien was en ik ineens niet in de overgang, maar zwanger bleek te zijn. Een medisch wonder noemde de gynaecoloog het. Drieënveertig en mijn lijf bloeide als een pioenroos. Wat een fantastisch fenomenaal lichaam had ik waaruit ik, op de rand van de perimenopauze, nog een goed eitje had weten te persen. Tom en ik waren zo blij, en ook zo bang. Ik durfde nauwelijks te lopen. Maar het kind, een jongen die we al Piet hadden genoemd, groeide, was gezond en bleef maar zitten. Iedere avond masseerde ik mijn buik met amandelolie, ik deed braaf mijn yogaoefeningen, nam mijn foliumzuurpillen en sprak tegen de baby. Hoe gewenst hij was. Zelfgenoegzaam zei ik tegen vriendinnen dat het dus kon, zwanger worden boven je veertigste, en ook nog eens op natuurlijke wijze, en dat ik het diep vanbinnen altijd had geweten, dat ik een gezin zou hebben met twee kinderen. Dat was een leugen – ik had me er allang bij neergelegd dat het er niet meer in zat, maar nu het toch was gebeurd, begon ik ook magisch te denken. Dit was groter dan het lot. Dit was me gegeven. Dit zou ook mijn huwelijk redden. En Teun was niet meer alleen.

De nacht dat ik wakker werd met bloed in mijn onderbroek waren we niet meteen in paniek. Het is vreemd hoe paniek werkt, althans bij mij. Als er iets echt vreselijks gebeurt, word ik ijzig kalm. Ik maakte Tom wakker en zei hem niet te schrikken, maar dat ik dacht dat ik naar het ziekenhuis moest. Ik liet hem het bloed zien. En tegenover mijn kalme beslismodus bleek Tom een man die bij paniek bevroor. 'Het hoeft niets te betekenen,' zei hij met afgeknepen stem en hij liep de slaapkamer uit. Hij bleef minutenlang weg en ik durfde me niet te bewegen. Zolang ik stilzat, zat Piet in mijn buik. Zolang ik ademde, ademde Piet.

Ik googelde op mijn telefoon: bloedverlies bij 24 weken zwangerschap. Daar las ik dat het vaak voorkomt in het tweede trimester en meestal niets ernstigs betekent, maar dat het wel verstandig is contact op te nemen met het ziekenhuis. Dat was Tom aan het doen.

Na een halfuur stond ik toch maar op om Tom te zoeken. Hij zat in de badkamer, op het toilet, met de telefoon in zijn handen.

'Heb je al gebeld?' vroeg ik.

Hij schudde zijn hoofd.

'Godverdomme, Tom!'

Hij kromp in elkaar.

Ik belde 112 op mijn eigen telefoon. Daar kreeg ik het al te verwachten verhaal te horen. Meestal niks ernstigs. Bel morgen naar het ziekenhuis.

'Tom, we moeten gaan,' zei ik.

'Ze zeggen toch dat het meestal niks ernstigs is?'

'Ik kan zelf wel beoordelen of er iets ernstigs in mijn lichaam gaande is.'

Hij stond op, lijkbleek en hijgend alsof hij net een marathon had gelopen.

'Het gaat niet goed,' zei hij.

Ik wilde hem schoppen, met de toiletborstel om zijn oren slaan.

Teuntje liep de badkamer in. Ze gaapte. 'Wat doen jullie?'

'Niks, lieve schat. Ik moet even naar het ziekenhuis. Ik bloed.'

Tom wankelde.

'Pap,' schreeuwde Teuntje.

'Ik heb hier geen tijd voor,' schreeuwde ik en ik liep voorzichtig naar beneden, mijn hand op mijn buik die zwaar en anders voelde. Ik schoot in mijn jas en griste de autosleutels van de sidetable in de gang.

'Mam, pap moet mee. Ik ga ook mee. Kom op.'

Teuntje begeleidde haar vader de trap af, legde een jas om zijn schouders. Tom slofte apathisch met haar mee.

'Hij is in shock,' zei Teuntje terwijl ze hem op de achterbank parkeerde. Ze kwam naast me zitten.

'O ja, híj is in shock. Verdomme.'

'Hij kan er niks aan doen, mam. En ik ben er. Het komt goed.'

Maar ik wist dat het niet goed kwam. Hoe dan ook niet.

Placenta-abruptie komt bij 0,2 procent van de zwangerschappen voor. Veel foetussen overleven een placentaloslating bij tijdig ingrijpen. Maar de mijne niet. Ik had niet in de gaten gehad dat mijn bloeddruk veel te hoog was, ik had geen pijnen, geen weeën. Mijn lichaam had mijn zoon in een afschuwelijke nacht afgestoten. Mijn dochter van dertien had me bijgestaan en uiteindelijk kwam Tom ook. We waren gebroken. Niet alleen mijn baby was dood, maar naar later bleek ook mijn huwelijk.

'Wat een vreselijk verdriet. Het spijt me enorm dat je dit

hebt moeten meemaken. En je dochter, en Tom.' Kees schoof de doos tissues geroutineerd naar me toe. 'Je hebt veel verliezen geleden.'

Ik zuchtte. Ik vertelde dit verhaal niet vaak. Ik schaamde me ervoor. Dat ik Piet niet bij me had weten te houden, de signalen niet had opgepikt. Dat mijn dochter een rol toebedeeld had gekregen waar ze nog lang niet klaar voor was. En dat Tom zo in een totale shutdown was gegaan.

'Wat gebeurde er met hem, denk je?'

'Nu kan ik het enigszins begrijpen. Het is zijn reactie op dingen die te groot voor hem zijn. Hij bevriest.'

'Het is zijn vader natuurlijk. Hij heeft een extreme verlatingsangst. Ik ben benieuwd wat er is gebeurd, toen hij hem opzocht...'

'Hij heeft me dat nooit verteld.' Ik schudde mijn hoofd. 'Ik kon hem na die nacht nauwelijks nog aankijken. Ik was al mijn respect voor hem verloren.'

'Je was natuurlijk woest. En dat ben je nog steeds.'

'Volgens mij was ik vooral heel erg boos op mezelf.'

'Dat denk je omdat je dat hebt geleerd als vrouw. De woede op jezelf te richten. En jezelf verantwoordelijk te maken voor zijn gedrag.'

'Ik weet het niet. Ik voelde niets meer voor hem. Ja, misschien minachting, of medelijden.'

'Omdat je niet veilig was. Je bent nergens veilig, en daar mag je best eens boos over zijn. Voel je je veilig bij Harry?'

'Geen idee, daar heb ik eerlijk gezegd nog niet heel bewust over nagedacht.'

'Daar hoef je ook niet over na te denken. Het is een gevoel. Een diep weten dat je gesteund wordt en op die persoon kunt leunen, ook als het even niet zo gezellig is.'

Ik nam een slok van mijn inmiddels koude kruidenthee. Ik vroeg me af of we hier nou een potje zaten te overdrijven of dat ik echt zo'n eenzame, zich onveilig voelende vrouw was. Ik had ook helemaal geen zin om dat te zijn.

'Volgens mij zijn we toe aan wat meer lichaam en wat minder hoofd,' zei Kees, en ze stond op. 'Kom, ga mee.'

Aan het einde van de marmeren hal opende Kees een deur naar een ruimte zonder ramen. Een luchtzuiveraar zoemde zachtjes. Zowel de vloer als de muren waren bedekt met donkergrijs foam. Er lagen ronde en vierkante kussens, eveneens grijs. In de hoek hing een boksbal, naast een schap met grote zwarte ballen en een paar bokshandschoenen.

Ze opende een haast onzichtbare kast in de muur en pakte er een honkbalknuppel uit.

'Je lichaam heeft een geheugen. Het slaat alle door jou beleefde emoties op. En waar je geest ze relativeert, onderdrukt of kleurt met schuldgevoel, angst of schaamte, bewaart je lichaam ze onverbloemd. In je buik, je bekken, je rug, in je meest kwetsbare lichaamsdelen. Heb je vaak pijn?'

'In mijn blaas,' antwoordde ik.

'Dan is je bekken de plek waar je trauma's zich hebben verzameld. Heel logisch ook. Daar zit onze woede, als vrouwen, omdat we daar zoveel lijden.'

Ze gaf me de honkbalknuppel. 'Vind je dat ook niet verschrikkelijk oneerlijk? Ons bekken, zo'n teer en zacht gebied. Het geeft leven, het geeft genot, het geeft kracht. Het maakt mannen zo bang dat ze ons willen beknotten en beheersen. We hebben geleerd ons ervoor te schamen. Bizar toch? Zoiets moois en zachts, zo'n uitgekiend, prachtig systeem, waarin nieuw leven wordt gemaakt en gekoesterd. Dat er mensen zijn die dat kapot willen maken. Ervan genieten erin te beuken, te porren, erop te slaan. En dan moeten er ook nog apparaten in, ontworpen door mannen, er vaak ingestoken door mannen. Eendenbekken, tangen, spiralen. En wij onszelf maar vertellen te ontspannen, het toe te laten, ons over te geven, ons niet aan te stellen. Ben je al boos?'

Ik knikte. Ik zag het voor me, de vagina, hoe al onze zenuwbanen daar samenkwamen, en hoe mannen daarop tekeer aan het gaan waren. Hoe ze werd bedekt, geknipt, geschoren, gewaxt, gespreid, bevoeld, besneden. We wisten als kinderen al hoe gevoelig het mannelijk geslachtsdeel is. Hoeveel pijn een schop in de ballen deed. Niemand wist als kind iets over de gevoeligheid van de kut.

'Vertel me hoe boos je bent.'

Ik schoot in de lach. 'Hoe doe ik dat?'

'Waar voel je die woede? Laat het gewoon komen. Niet denken, niet relativeren.'

'Eh... in mijn buik?'

'Adem in. Denk wanneer je het aller-allerboost was. En laat de golf komen.'

Ik dacht aan Tom, hyperventilerend in de badkamer. Aan mijn moeder, die zei dat wat je niet ziet ook niet bestaat. Wart met zijn stupide vlog, zijn jaloezie. Teuntje die me vertelde meer afstand te willen. Harry en het gemak waarmee hij mijn leven overnam.

'Nee, nu niet wegpuffen, niet op jezelf richten, niet kleiner maken.'

Kees begon een berg van kussens te bouwen en gaf me een voorzet.

'Eikels zijn het. Klootzakken. Ze lieten je in de steek. Lafaards.'

In mijn benen groeide een soort tintelende energie.

'Zeg het. Kom op, scheld ze verrot.'

Stel dat mensen me nu konden zien. Stel dat Teuntje me zag.

'Lul,' zei ik.

'Dit zegt je hoofd. Laat je lichaam spreken. Je onbeschaamde zelf. Hij liet je in de steek op het ergste moment in je leven.'

Er trok een warme mist van pijn op vanuit mijn buik, naar mijn borst, die me bijna verstikte.

'Zet je keel open!' Kees schreeuwde. Haar serene gezicht was nu vuurrood. Op haar voorhoofd stonden dikke aderen.

Ik opende mijn mond. Even was ik bang dat ik een paniekaanval zou krijgen.

'Godverdomme, Marieke! Ga in je kracht staan. Jij bent hier de baas. Niemand gaat ooit nog over jou heen walsen!'

'Ik ben hier de baas,' zei ik, en dat was ook zo want ik betaalde 200 euro per uur zodat Kees me kon uitschelden. Ik hief de honkbalknuppel boven mijn hoofd.

'Goed zo, je bent zo fucking sterk. Pak ze.'

Er tierde een tornado in mijn borstkas. Ik sloeg op de kussens. En daar was ze: mijn blinde woede.

'Ik haat je,' riep ik en het bloed raasde door mijn kop.

'Mooi,' krijste Kees.

Ik dacht niet meer. Ik sloeg en sloeg en sloeg. Ik schopte de ballen door de ruimte. Mijn keel ging open en ik herkende mijn eigen stem niet.

'Maak ze af.'

Ik hoorde Kees alleen nog in de verte. Er kwam een drift in me naar boven die ik alleen herkende van mijn beide bevallingen. Alleen nog maar lichaam te zijn. Spieren die spanden, armen die wilden raken, voeten die stampten. Ik zag en hoorde brekende botten, het spuiten van bloed. Ik bleek een tierend, bloeddorstig beest. Het wond me op zoals ik nog nooit opgewonden was geweest.

Uiteindelijk lag er nog maar één kussen voor me. Ik bleef erop slaan, totdat ik zo uitgeput was dat mijn armen trilden en ik de knuppel niet meer omhoog kreeg. Ik ging door mijn knieën en liet me voorover vallen. Ik vouwde mezelf om het kussen en drukte het tegen mijn borst. Ik was zweet, bloed, spieren, lichaam.

Die nacht sliep ik eindelijk zonder tussendoor wakker te worden. Ik droomde dat ik Harry bereed terwijl ik hem wurgde. Toen ik wakker werd, in zijn armen, zonder razend hart en duizend gedachtes, voelde ik me zowaar veilig.

'Ik wil het inleveren van mijn nieuwe boek een halfjaar uitstellen,' zei ik tegen Ronald. We zaten aan onze halfjaarlijkse lunch, waarbij Ronald steevast twee gin-tonics bestelde om te klinken op onze jarenlange goede relatie en daarna informeerde hij hoe het ervoor stond met het nieuwe manuscript.

'Jeetje,' antwoordde hij, terwijl hij de helft van de tonijntartaar met avocado en mango op zijn bord schepte. 'Dat is niets voor jou.'

'Vind je? Ik vind het eigenlijk wel logisch, na tien thrillers. Ik bedacht vannacht dat ik meer tijd nodig heb. Voor mezelf. Vroeger hield ik van een strakke deadline, maar nu staat die me tegen. De druk verlamt me.'

Hij keek me bezorgd aan.

'Laat me raden, je zit weer in therapie.'

'Jezus, wat een stom antwoord.'

Hij aaide over zijn kale hoofd. 'Sorry, je kent me. En ik ken jou. En ik vind het vreemd. Er is een nieuwe man in je leven en ineens wil je de deadline verschuiven.'

Ik haalde een stuk focaccia door de olijfolie op mijn bord en stak het in mijn mond.

'Uiteraard als dat je manuscript ten goede komt, kan het. Maar jij weet ook dat de boekhandel en je lezers staan te springen om een nieuwe.'

'Duh,' antwoordde ik. 'Maar ik ga wat veranderingen aanbrengen, ik wil het meer van deze tijd maken. Ik wil meer Annabelle erin, en minder Mark de Keizer.'

'Juist. Hoe gaat dat vallen, denk je? Vooral nu jij een relatie hebt met Mark de Keizer aka Harry?'

'Ik wil me wat minder druk maken over hoe mijn werk gaat vallen, en wat meer focussen op de ontwikkeling van mijn vrouwelijke karakter. Ik moet mezelf als schrijver ook blijven uitdagen, toch? Het wordt me te repetitief...'

'En de serie dan? Gaan zij dat pikken?'

'Ze zijn bij *Dodelijk zwijgen* dus ze kunnen nog even op de oude voet door. Als je je druk maakt om Harry: hij heeft nog twee seizoenen te gaan.'

'Hij werkt ook aan een boek, toch?' vroeg Ronald.

Ik knikte.

'Ik hoorde dat het een soort schelmenroman wordt.'

Er viel een ongemakkelijke stilte. Ik was dit gesprek voor mijn doen assertief in gegaan, maar ik voelde mijn vastberadenheid verdwijnen.

Ronald veegde zijn mond af met het servet en legde het daarna weer naast zijn bord.

'Kijk, Marieke, je kunt bij mij natuurlijk best een potje breken, en ik heb er geen problemen mee als je boek wat later komt. Het belangrijkste is natuurlijk dát het er komt, en dat het goed is. Maar ik moet hier ook de *bad cop* zijn: het gaat zoals je weet niet goed met de boekverkoop. De markt verandert razendsnel. Het kan zomaar zijn dat een thriller van jouw hand het dit jaar goed doet, maar een jaar later veel minder verkoopt.'

'Ik weet het,' antwoordde ik. 'Doe niet zo flauw. Je kent me. Het wordt heus goed.'

'Ik ken je, en daarom maak ik me ook zorgen. Harry zal

niet de eerste man in je leven zijn die jouw productiviteit heeft verlamd. En hij is nogal een haantje, en neemt waarschijnlijk veel van jouw tijd en creativiteit in beslag.'

We bestelden nog twee glazen witte wijn.

'Tom heeft mijn productiviteit nooit in de weg gestaan, dat weet jij ook. Ik ben een mens. Ik verloor toen een kind, ging scheiden, sindsdien is er nooit een man geweest die mij van mijn werk heeft gehouden.'

Ronald pakte mijn hand en keek me lang aan vanachter zijn montuurloze bril.

'Sorry,' zei hij. 'Je hebt gelijk. Ik sta ook onder veel druk, dus dan reageer ik een beetje intens. Ik wil vooral dat je gelukkig bent. Maar ook op je hoede.'

Ik trok mijn hand terug uit de zijne.

'Je kunt niet gelukkig zijn én op je hoede, Ronald. Waarvoor moet ik trouwens op mijn hoede zijn?'

Ik had meteen geen trek meer in de bouillabaisse die voor ons werd neergezet en waarbij de ober een ellenlange uitleg gaf over in welke wateren deze vissen allemaal hadden gezwommen. Gedurende de uiteenzetting sloeg Ronald zijn glas chablis in drie teugen achterover.

'Neem je tijd, Marieke. Ga genieten. Het is goed. Dat halve jaar, al wordt het een jaar. Ik vertrouw erop dat er een prachtig boek komt. Ik zou inmiddels ook ontzettend nieuwsgierig zijn naar een non-fictieboek van jou.'

We aten onze bouillabaisse in stilte. Die was zalig, maar ik was in mijn hoofd zo bezig met de insinuaties van Ronald dat het net zo goed Unox tomatensoep had kunnen zijn.

'Als er iets is waarvan jij vindt dat ik dat moet weten, dan wil ik dat je me dat vertelt,' zei ik nadat ik mijn halflege soepbord van me af had geschoven.

Ook Ronald schoof zijn bord voor zich uit. Ik zag aan zijn lichaamstaal dat hij met iets worstelde.

'Weet je, Marieke, ik ben homo en ik heb er de ballen verstand van hoe hetero's met relaties omgaan. Ik heb er nooit behoefte aan gehad. Als ik zin heb, ga ik naar de Spijkerbar of de Reguliers, of ik DM iemand op Grindr, ik zie de noodzaak van exclusiviteit niet zo. Pieter is mijn beste vriend, al zesendertig jaar, we gaan één keer per week samen eten en samen op vakantie en dat is heerlijk. We bespreken alles. Seks, ouder worden, boeken, films. Natuurlijk hebben we het in het begin ook met elkaar gedaan. Alles is prima. Alles is bespreekbaar. En dat heb ik hoog in het vaandel staan. Oprechtheid. Eerlijkheid. Ook als ze lelijk is, of kwetsend. Wat niet weet wat niet deert, daar hoef je bij mij niet mee aan te komen.'

'Dus?'

'Hoe sta jij daarin?'

Ik nam een slok water en keek naar het stel achter Ronald. Ze waren allebei verdiept in hun telefoon. Wat was de werkelijkheid toch armoedig. Even zag ik het voor me, Ronald in de Spijkerbar, op zoek naar een piemel.

'Tien jaar geleden had ik misschien gezegd dat ik niet hoefde te weten wat Tom eventueel uitspookte op een werktrip. Maar nu... Ik ben te oud voor die onzekerheid. En net als jij wil ik totale eerlijkheid. Hoewel ik dat ook moeilijk vind, hoor. Ik ben zo lang alleen geweest, ik moet echt wennen aan het delen van mijn tijd, en mijn huis...'

'En je lichaam,' vulde Ronald aan.

'Maar waarom heb ik dit gesprek met mijn uitgever eigenlijk?'

'Hou je van Harry?' vroeg hij terug.

'Voor houden van is het misschien nog een beetje te pril.

Maar hij is fantastisch voor me. Of liever gezegd, het gevoel dat hij me geeft is fantastisch. Me weer gezien te voelen, gewild... Ik kan vaak niet geloven dat er plotseling zo'n energieke, levendige kerel in mijn leven is. Ik geniet er ook erg van, de intimiteit, dat er altijd iemand is. Maar ja, ik ben soms ook doodsbang. Ik was niet diep ongelukkig voor ik hem ontmoette, maar toch wil ik niet terug. Weer alleen zijn, een gebroken hart hebben.'

Ronald keek me ernstig aan. Hij roerde non-stop met het lepeltje in zijn macchiato.

'Wat?' vroeg ik geïrriteerd. 'Vind je het zo raar dat hij op mij valt, of wat?'

'Nee zeg, je bent een fantastische, mooie, intelligente en warme vrouw. Je kan er aan elke hand tien krijgen. Ik heb je heel hoog zitten, dus daarom zeg ik dit. Als ik jou was, zou ik Liesbeth eens bellen. Liesbeth van Dam.'

'De schrijfster?'

Hij knikte.

'En wat gaat zij mij dan vertellen?'

'*This is as far as I go*. Bel haar.'

De ochtend ervoor kreeg ik bij het ontbijt een rode envelop van Harry, waarop in sierlijke letters *Voor mijn Marieke* stond. We zaten allebei in joggingpak aan mijn kookeiland en ik wilde eigenlijk met hem bespreken waarom hij er nog steeds iedere avond was, terwijl zijn ex hun appartement inmiddels had verlaten. Ik wilde voorstellen om de nacht bij elkaar te slapen, en dan ook af en toe in zijn huis. Ik was nieuwsgierig naar hoe hij leefde, hoe hij het thuis had ingericht.

'Wacht,' zei Harry en hij sprong op en liep naar de tv. Hij pakte de afstandsbediening en opende YouTube. Handig scrolde hij naar een nummer dat hij kennelijk per se op wilde zetten. Uit de lade onder de televisie nam hij een microfoon. Die was nog van Teuntje, ik had dat ding al een jaar niet gezien.

'Je weet inmiddels wel je weg hier,' zei ik lachend.

'Ja, ik vond hem toen ik een paar dagen geleden de afstandsbediening zocht,' antwoordde hij door de karaoke-mic. 'Kom.'

Karaoke was zeker niet mijn hobby. Wilde ik mijn valse gezang aan hem laten horen om negen uur 's morgens? Genageld aan mijn kruk bleef ik zitten.

Zachte gitaren klonken uit de boxen en toen de letters over het scherm rolden, zong Harry mee met zijn rug ernaartoe.

'*I know I stand in line until you think you have the time to spend an evening with me.*' Zijn ogen gericht op de mijne. Hij kon zingen, want ook dat was een van zijn expertises. '*And if we go some place to dance I know that there's a chance you won't be leaving with me.*'

Hij stak zijn hand naar me uit en liep naar me toe. Ik klemde mijn voeten nog steviger om de spijlen van mijn kruk.

Ik gaf hem mijn hand. Laat je nou eens gaan, zei iets in mij. Dus ik liet me meevoeren in een ongemakkelijke dans en halfslachtig meezingen.

Harry rolde me in zijn armen en bij 'I love you' ging hij even door zijn knieën. Daarna gaf hij de microfoon aan mij.

'Ik ken de tekst niet,' zei ik.

'Wie kent deze tekst nou niet?' zei hij terug, terwijl hij lachend heen en weer wiegde, zijn ogen hypnotiserend op mij gericht.

Ik murmelde wat in de microfoon. Harry zong hartstochtelijk door. Hij legde een hand om mijn middel en zwierde met mijn net ontwaakte lichaam door de kamer.

Was dit niet net een droom? Te dansen met een nieuwe geliefde op Frank Sinatra? Laat los dan.

'I love you,' zong hij in mijn oor, steeds weer, tot het nummer zachtjes uitdoofde.

'Zo, nu mag je de envelop openmaken.'

Ik omhelsde hem en voor het eerst voelde ik oprechte dankbaarheid en verwondering dat dit me nog was gegeven. Ik had natuurlijk al die jaren stiekem gehoopt nog eens de liefde te ervaren, ik was doodsbang om alleen oud te worden, maar nu het ineens zover was verbaasde het me op een haast kinderlijke manier. Dat het gewoon waar was. Je kon op je bijna vijftigste verliefd worden. Je kon iemand woest aantrekkelijk vinden. Je kon nog wilde seks hebben en dansen en geil zijn. Het bestond. En het was zomaar gebeurd, zonder moeilijke apps of daten of bemiddelingsbureaus. Wie niet zoekt zal vinden. Ik haatte het als mensen zoiets zeiden, maar nu was me dit zelf overkomen. Ik had niet gezocht, en hier was hij.

In de envelop zaten twee vliegtickets naar Ibiza en een handgeschreven kaart.

Lieve schat,

Ik heb deze tickets zonder overleg geboekt en dat vind jij natuurlijk niet leuk. Maar ik wil je heel graag meenemen naar het huis dat ik ieder jaar huur en waar wij buiten het zicht van half Nederland kunnen genieten van elkaar. Vertrouw me, het is prachtig en we gaan al overmorgen. Ik heb alles geregeld, Teuntje doet je hondje, en je assistent heeft je agenda leeggemaakt.

Hartje, Harry

Het was natuurlijk een goed idee. Ik legde mijn hand op mijn razende hart en keek naar Harry, die stond te popelen als een kleuter.

'Leuk, hè!'

'Mega!' zei ik hard. Mijn mond was droog.

'Ja, ik weet het, je voelt je een beetje overrompeld. Maar ik wist dat als ik het zou overleggen, je duizend beren op de weg zou zien. Nou, die beren zijn weggeorganiseerd. Je hebt trouwens een geweldige dochter. Ze is zo blij voor je.'

'Zit niet half Nederland op Ibiza?' vroeg ik.

'Niet daar. Wij zitten in het noordelijkste puntje. Met de mooiste zonsondergang. Je kunt er de hele dag piemelnaakt rondlopen. Het is bizar.'

'Jeetje.' Ik omhelsde hem en kuste hem op zijn borstelige wang. Ik wilde niet aarzelen. Ik wilde me overgeven. Mijn hart openen. Nu ik al mijn woede er bij Kees uit had geslagen, was dit de volgende stap. Me overgeven aan Harry en genieten van het geluk dat me ten deel viel.

'Ga ik te snel?' fluisterde hij in mijn oor.

'Een beetje,' fluisterde ik terug. 'Maar misschien is dat precies wat ik nodig heb.'

'Ik denk het,' fluisterde hij. 'Vertrouw me.'

Ik had mezelf ervan overtuigd dat het gelukkige deel van mijn liefdesleven begonnen was. Ik was vaker verliefd geweest, regelmatig wederzijds, en ik had oprecht van Tom gehouden. Maar toch was er altijd het wachten op iets. Alsof het me beloofd was. Een sprookje. Het lang en gelukkig. Een totale versmelting waarin angsten en twijfels niet bestonden, waarin je juist hield van de fouten van de ander en je die met gemak kon vergeven. Een man die mij zag en begreep, een relatie waarin ruimte niet genomen hoefde te worden, maar vanzelf gegeven werd. In de jaren waarin ik me onbewust verwijderde van Tom geloofde ik dat het een hobbel was die overwonnen moest worden; alleen het overwinnen stelde ik de hele tijd uit. Zoals ik wist dat sporten me goed zou doen, maar er toch niet aan begon. Ik werd ook ineens verliefd op een andere man, een muzikant iets jonger dan ik die had opgetreden tijdens een van mijn boekpresentaties. Het was het cliché uitstapje dat mijn midlifecrisis aankondigde. Was dit waarop ik had gewacht? De verliefdheid was puberaal en clandestien. Afspraakjes in armoedige hotels, op muffe kamers die we gezellig maakten met meegebrachte kaarsen, een muziekboxje, flessen wijn en aardbeien. Er was weer een reden om de boel te scheren en dure zijden lingerie te kopen. We wisten allebei wat dit was, een midweekje weg, voor het laagseizoen begon. We stuurden elkaar nummers. 'Wild Is the Wind' van Bowie, 'Make You Feel My Love' van Adele en we luisterden er zwijgend naar in de harde of juist doorgezakte hotelbedden, beiden nat van het sekszweet. Ik zag er niets kwaads in. Integendeel, ik knapte ervan op, en Tom floreerde omdat ook wij weer meer seks hadden. Die paar uur per week had ik waarnaar ik zocht. Versmelting en het drama van de onmogelijke liefde. Wij bestonden niet, wij speelden. De situatie was eindig, een soort miniserie, en alles moest in die beperkte tijd gebeuren. We zouden elkaar daarna waarschijnlijk nooit meer zien, dus durfden we verder te gaan.

Het ging op een dag over, waarom precies weet ik niet meer, er was nog een dramatische afscheidssessie in hotel De Witte Bergen, waarvan ik me vooral herinner dat ik met betraande ogen een ontbijtzaal vol senioren in liep om twee croissantjes te halen. Hoe de armoedigheid van mijn affaire ineens binnenkwam via de blikken van die oude mensen. Er was niks bijzonders of unieks aan. Het was een mindfuck, niets meer, niets minder. Bij gebrek aan gevaar zoek je het meest comfortabele gevaar op.

Heel veel pijn heeft het ook niet gedaan, hoewel ik nog lang verlangde naar zo'n soort ontsnapping, die kleine wereld in een lelijke kamer met een vreemde.

Kees belde. Dat deed ze nooit.

'Ik wilde even bij je polsen hoe je het hebt ervaren, de sessie.'

'Ja, heel fijn,' antwoordde ik, terwijl ik Harry zijn kopje aangaf. 'Sorry voor de herrie, ik ben koffie aan het zetten.'

'Bij sommige mensen komt er heel veel los in de woedekamer.'

Ik checkte mezelf. Was er veel losgekomen? Ik was alweer verder. Ik moest bedenken of ik het allemaal echt zo leuk vond dat ik ineens op vakantie ging met Harry.

'Wat komt er dan zoal los?' vroeg ik met mijn gedachten er maar half bij.

'Daar kan ik natuurlijk niet over in detail treden, maar sommigen zeggen ineens hun baan op of komen erachter dat ze in de verkeerde relatie zitten.'

'Nou, ik ben hier nog met Harry en ik zeg niks op.' Ik glimlachte naar Harry, die zijn joggingbroek omlaag deed en zijn middelgrote pik liet zien.

'We gaan op vakantie,' zei ik.

'Wat leuk, en wat plotseling.'

'Ja, Harry verraste me. We gaan morgen al.'

'En, vind je dat leuk, verrast te worden?'

Ik liep naar buiten, mijn tuin in, en sloot mezelf op in het tuinhuisje. Het herinnerde me aan de tijd van mijn affaire, toen ik hier altijd zat te bellen.

'Jezus, Kees, eerlijk? Ik hou niet van verrassingen. Dus vind ik het vrij intens. Ook leuk, hoor. Hij heeft het geregeld met mijn dochter. Het is natuurlijk goed om er even tussenuit te gaan en elkaar nog beter te leren kennen.'

'Zit je alweer te relativeren?'

'Relativeren is *my middle name*.'

Op een plankje boven de gereedschapskist lag een oud pakje sigaretten met een aansteker. Geen idee van wie het was, misschien het stiekeme pakje van Teuntje. Ik pakte er een uit en stak hem op.

'Ga je nou roken?' vroeg Kees streng.

'Ja, het ligt hier. Ik zit in het tuinhuis.'

'Je bent het wel weer aan het doen, hè. Pappen, nathouden, iedereen tevreden houden, *go with the flow*. Ik adviseer je deze kans te pakken. Eerlijk zijn. Zeggen dat je er toch moeite mee hebt dat hij het verhaal bepaalt. En daar zelfs je kind voor inzet.'

'Jij zegt toch steeds dat ik me moet openstellen en overgeven?'

'Binnen je grenzen, uiteraard. Je kunt ook mee op reis en toch uiting geven aan je gevoel van voorbij te worden gelopen? Of vind je het eigenlijk wel prettig dat iemand nu beslissingen voor je neemt?'

Ik dacht lang na. Het had iets makkelijks om hem gewoon te volgen en het zou zeker fantastisch worden. Maar daaronder zat een onrustig gevoel. Alsof er iets niet klopte.

'Ik voel me niet zo serieus genomen, als ik eerlijk ben.'

'Niet gelijkwaardig,' vulde Kees me aan. 'Dat kun je duidelijk maken zonder iemand te kwetsen, hè. Hij is waarschijnlijk gewend initiatief te nemen en grote stappen te maken. Nu kun jij op jouw beurt laten zien wie jij bent. Het is prachtig! En hij houdt van je, dus je kunt niet verliezen. Alleen maar winnen.'

Harry stond onder de douche toen ik de badkamer in liep. Hij zong 'Heaven Knows I'm Miserable Now'.

'Kom je erbij?' vroeg hij.

Ik trok mijn kleren uit en stapte bij hem onder de dampende douche.

'We moeten heel dicht bij elkaar staan, anders worden we voor de helft koud.' Harry sloeg zijn grote lijf om me heen.

'Harry?' vroeg ik tegen zijn harige borstkas. Zijn hand hield mijn hoofd vast. Ik had dit zo gemist. Lijfelijkheid. De geur van een schoongeboend mannenlichaam. Ik stak mijn neus in zijn oksel.

'Wat is er, schat?'

'Allereerst wil ik zeggen dat ik het superlief vind wat je hebt geregeld.'

Hij kreunde. Zijn andere hand ging naar mijn billen.

'Alleen…'

Hij liet mijn hoofd los.

'Ik voel me toch ook een beetje gepasseerd.'

'Gepasseerd?' herhaalde hij. Zijn armen spanden zich.

'Nou ja, ik bedoel, jij zet de lijnen uit.'

'Lijnen?'

'Snap je me niet?'

Hij liet me los en keek me licht verward aan.

'Nee,' antwoordde hij en hij stapte de douche uit.

'Harry, ik wil je niet beledigen, ik vind het superleuk en spannend. Ik wil alleen eerlijk zijn. Zeggen wat ik voel. En ik voel me een beetje…' Ik zocht naar het minst kwetsende woord.

'Je hebt liever zelf het roer in handen,' vulde Harry aan.

'Nee, dat klinkt te heftig. Het voelt een soort van, voor het blok gezet.'

'Ik heb dat natuurlijk totaal niet zo bedoeld.'

'Dat weet ik toch, schat.'

Hij begon zich driftig af te drogen.

'Het gaat zo snel. Je hebt mijn dochter al ontmoet... Ik was daar graag bij geweest.'

'Ja, sorry, ik dacht dat je het leuk zou vinden verrast te worden.'

Ik stapte ook onder de douche vandaan en draaide de kranen dicht. In de spiegel zag ik mijn verouderende lijf dat op het punt stond in een kinderachtige ruzie verzeild te raken. Hoe vaak ik ook lieverd of schat zou zeggen.

'Mar, laten we dit loslaten. Zo ben ik. Als ik weet wat ik wil, dan handel ik daarnaar. Vergeef me als dat lomp of heftig overkomt, maar ik kan mezelf niet meer veranderen. *This is me.* Jij verlangde naar sneeuw, nou hier is je lawine. *Take it or leave it.*'

Ik schoot in de lach. Hij lachte ook, goddank.

'Ik beloof je, vanaf nu zal ik niet meer aan je voorbijgaan. Goed?'

Hij hing de handdoek keurig over de handdoekverwarmer. Ik sloeg mijn armen van achter om zijn middel. Hij leek te schokken. Ik draaide hem naar me toe en zag zijn verwrongen gezicht.

'Sorry,' zei hij met afgeknepen stem. 'Ik wil het niet op jou afreageren. Mijn... sores.'

Ik streelde zijn stroeve rug. 'Wat voor sores?'

Hij ging op de rand van het bad zitten, zijn schouders gebogen, en legde zijn hoofd in zijn handen. 'Ze willen me nog steeds niet zien. Lukas en Emma. Hun moeder belde, ik zou gisteren met ze lunchen. Ik wilde ze zelf vertellen over jou, over alles. Ik heb ze denk ik al een halfjaar niet gezien. Daarvoor sporadisch. Wat ze me allemaal niet verwijten...'

‘Jeetje, wat ontzettend verdrietig,’ zei ik en ik legde mijn badjas om hem heen. ‘Alleen, ik begrijp het niet helemaal. Ze zijn toch min of meer volwassen?’

Hij knikte. Zijn kin trilde.

‘Waarom belt hun moeder jou dan?’

‘Ik heb er een puinhoop van gemaakt, *babe*. Ze liet me zo klein voelen, zo’n loser. En ja, ik heb haar gekwetst, echt, ik geef het eerlijk toe. Maar ik ben wel hun vader. Zelfs mannen die in de gevangenis zitten zien hun kinderen. Jezus, we zijn al zes jaar gescheiden. Ik vraag niet veel, maar ze zijn nagenoeg volwassen, ik wil gewoon af en toe met ze eten, of zoals wij gaan doen, een weekend weg. Desnoods zijn ze dan woedend. Maar dit? Nul contact. Dat ze hun moeder laten bellen…’

Ik vermoedde ineens dat dit weekendje waar hij me mee verraste eigenlijk voor zijn kinderen was bedoeld.

‘Kom’, zei ik. ‘Ik ga koffie voor je zetten. Kennelijk hebben ze meer tijd nodig. Ze komen echt, op een dag…’

‘Ze haten mijn ex-vriendin, Daphne,’ zei hij, meer tegen zichzelf dan tegen mij.

‘Als ik jou was zou ik ermee beginnen om het contact niet via hun moeder, maar direct te onderhouden.’ Zou ik straks stiefkinderen hebben die mij haatten? Ik trok zijn verdrietige lijf van de rand omhoog en duwde hem voor me uit naar de keuken.

Van de weeromstuit belde ik Teuntje die middag. Een kind dat elk contact met de ouder weigert, leek mij onverdraaglijk. Teuntje nam enthousiast op. Ik zei hoe leuk ik het vond dat ze Harry had ontmoet. Misschien zocht hij contact met mijn kind bij gebrek aan contact met de zijne. Ze vond hem een ‘grappige’ man. Wel aardiger dan ze had verwacht.

'Maar hij is wel intens, hoor, mam,' zei ze erachteraan. Er was altijd een maar. En op mijn leeftijd was er een dozijn maren.

'Ja, natuurlijk,' antwoordde ik, hoewel de term intens nog niet in mijn eigen hoofd was opgekomen. 'Hij is ook een acteur, hè.'

'Nogal. En ik denk ook dat jij ermee zal moeten leren leven dat *things are going his way*. Maar volgens mij is dat wel goed voor je. Iemand die voor je zorgt en dingen regelt.'

Ik schoot in de lach.

'Nee, ik meen het, mam. Nu kun je je eindelijk overgeven, volgens mij is dat precies wat je nodig hebt.'

Teun, die aan het begin van haar volwassen leven stond, en die met dank aan allerlei huis-, tuin- en keukenpsychologen op TikTok altijd precies wist wat anderen nodig hadden. Wat stonden haar nog veel openbaringen te wachten. Ze had helaas geen tijd om nog even af te spreken. Ik vertelde haar niet over mijn lunch met Ronald en zijn geheimzinnige 'Bel Liesbeth van Dam'. Ik zou ofwel een 'stel je niet zo aan'-antwoord krijgen of een 'OMG, bel die vrouw nu!!!!'. Op beide zat ik niet te wachten.

Ik werd overvallen door een diep, pijnlijk verlangen naar mijn oude leven. Teuntje die hier thuis rondhing. Tom die irritant vaak kwam binnenvallen. Ik verlangde zelfs naar de eenzaamheid, de routine van het alleen-zijn. Omdat ik hen toen nog had. Nu had ik een man die zichzelf een lawine noemde en die ik eigenlijk niet echt kende. Ik zat achter mijn laptop met mijn vijfde kop koffie Liesbeth van Dam te googelen. Ik kende haar vaag, we hadden weleens samen in een forum gezeten over de opkomst van digitaal lezen. Ze was een grappige, knappe vrouw, veel jonger dan ik, en ik bewonderde haar werk. Voor haar waren de juichende recensies, voor mij de juichende verkopen. We hadden elkaar zelfs nog even oppervlakkig gesproken op het Boekenbal, ik herinnerde me niet meer waarover. Vermoedelijk waarover iedereen sprak op het Boekenbal: ben je met iets nieuws bezig, hoe gaat je boek, wat een idioot lange rijen bij de bar, en hoe beroerd was het voorprogramma?

Er kwam weinig omhoog toen ik haar naam googelde. Ze deed niet aan social media, ze gaf bijna nooit een interview, dus ik moest het doen met vijf- en viersterrenrecensies en een zeven jaar oud interview naar aanleiding van een van haar romans, die ging over liefdesverdriet. Ze had wel een LinkedIn-profiel.

In mijn hoofd schreef ik haar honderden berichten. Maar ik tikte niets in. Morgen ging ik een weekend met Harry naar Ibiza. Wat schoot ik op met een hoogstwaarschijnlijk negatief verhaal over hem? Misschien had hij haar geneukt. Er waren vast veel meer vrouwen met wie hij seks had gehad. Deed het ertoe? Ik had al hele collages van zijn exen gezien in de bladen.

Daarna googelde ik Harry's kinderen. Beiden hadden een afgeschermd Instagramprofiel. Ik vond een paar oude foto's van rodelopermomenten, waarop hij trots poseerde met het hele gezin. Twee prepubers, en een vrouw die zich op alle foto's aan haar jas vastklampte.

Ik klikte het scherm resoluut weg. Ik wilde me niet aan de vooravond van ons eerste tripje schuldig voelen over onze relatie. Ik wilde mezelf niet vergelijken met de jongere en intellectueel begaafdere Liesbeth of zijn bezorgde en gekwetste ex-vrouw. Ik wilde geloven dat het nu eindelijk mijn beurt was om gelukkig te worden in de liefde. Ik wilde dat iedereen zijn bek hield.

Het huis stond als een witte doos tegen de helling van een berg. Ervoor lag een infinity pool met zes witte zonnebedden in het gelid. De oprijlaan erheen was hobbelig en erlangs stonden geurige sinaasappelbomen. Harry had een witte Range Rover gehuurd en reed ons blij als een kind naar het spierwitte blok. Ik had besloten nergens commentaar op te hebben. Het regende, maar dat duurde hier nooit lang, zei Harry. Onze vlucht was om halfzes in de ochtend vertrokken en we hadden ons, gehuld in joggingpakken en verstopt onder een pet en een zonnebril, opgerold op de eerste rij. Ik had geen oog dichtgedaan.

'Je bent moe, hè liefje. Je gaat daar straks zo heerlijk slapen, wacht maar. Ik ga je helemaal in slaap likken.'

Zou het me ooit lukken me hieraan over te geven? Was ik de vrouw die naast Harry in de Range Rover zat? Of was dit mijn gespeelde versie? Hier, in deze porno-bungalow, zou Harry ontdekken wie ik echt was. Niet de altijd geile, spontane, avontuurlijke en meegaande vrouw die hij in Amsterdam had leren kennen. Hij zou de echte Marieke ontdekken, die zichzelf met liters glijmiddel nat maakte, die haar kind en haar hond en zelfs ex-man miste. Daar, aan dat zwembad, in het onverbiddelijke zonlicht, zou hij mijn rimpels en putten zien, hoezeer ik ook probeerde ze met doeken en schaduw te bedekken. Dat ik het gevecht tegen de tijd aan het verliezen was, hoe vaak ik ook trainde, smeerde, hoeveel spinazie-bleekselderij-smoothies ik ook dronk. Hij zou zien wat er allemaal aan te pas kwam. Vroeger had ik alleen handbagage bij me, met een kleine toilettas, nu namen mijn dagelijkse smeersels, supplementen en hormoonpreparaten driekwart van mijn trolley in. Ik zou zijn gulzigheid nooit kunnen bijbenen. Een dag of twee hooguit. Hij zou zien dat ik na een nacht met hem aan de antibiotica moest en uren moest liggen met een razend hart, mijn kut masserend met kalmerende zalf, luisterend naar een kalmerende meditatie. En vooral mijn angst zou zich aan hem openbaren. De angst dat dit alles een spel was, en ik het helemaal verkeerd had begrepen. Ik was zowel bang om verlaten te worden als dat ik hem ineens niet meer zou willen.

Wat dit alles nog vervreemdender maakte, was dat Harry nergens aan leek te twijfelen. Niet aan mij, niet aan zichzelf, niet aan onze liefde. Hij had mijn stilte niet in de gaten. Hij toonde me alle kamers, de ene nog spierwitter dan de andere, hij vertelde over de fotograaf wiens werk hier overal hing en die in de jaren negentig, 'toen alles nog mocht', deze naakten had geschoten. Borsten en billen van twee bij twee meter.

We kwamen bij de keuken en hij trok de dubbeldeurs koelkast open. Er stond een rijtje flessen witte wijn in de deur. Hij nam er een fles uit en pakte een kurkentrekker uit een lade terwijl hij tegelijk met een afstandsbediening de langwerpige haard in de wand aanklikte.

'Te gek, toch?' riep hij en hij keek me aan met een brede grijns.

'Het is wel heel erg...'

'Ibiza,' vulde hij aan.

'Wit,' zei ik.

'Porno,' zei hij.

'Proleterig,' zei ik. 'Wie is die vriend? Elon Musk?'

'Zou je denken, hè? Nee, hij heeft een dance-label. In de zomer zitten zijn dj's hier.'

Ik liep naar de enorme schuifpui en staarde naar het uitzicht. Onder ons waren nog meer van dit soort huizen, dozen tegen een berg gekwakt, uitkijkend op zee en de prachtige oude stad. Aan het linkereind van het zwembad stond een reusachtig wit boeddhabeeld waaruit water gulpte. Iemand had roze bloemetjes in de handen gelegd.

Harry kwam achter me staan en hij legde zijn handen op mijn schouders. Ik schrok er even van.

'Ja, meisje. Dit is weer even heel wat anders.'

Ik dacht aan Tom en Teuntje. Zij zouden in een deuk liggen als ze me hier zouden zien staan. Bij 'huisje op Ibiza' had ik me iets heel anders voorgesteld. Een kleine finca, begroeid met bougainvillea, omringd door terracottapotten vol cactussen, een palmboom in de tuin en binnen een grote open haard waarnaast gehaakte lampjes hingen.

'Het is ook niet helemaal mijn stijl, hoor,' zei Harry.

'Ik ben nog nooit in jouw huis geweest. Ik weet niet wat jouw stijl is.'

'Nou, het beetje stijl dat ik had heeft Daphne meegenomen, dus de stijl is nu die van een verlaten man.' Harry pakte mijn hand. 'Kom, dit is zo vet.' Hij trok me mee naar buiten, langs het zwembad de hoek om en daar stond onder een wit tentdoek een complete dj-tafel. 'Hier afteren ze, de grote jongens.'

Hij zette een paar knoppen om en stak een snoertje in zijn telefoon. Hij scrolde wat en ineens klonk keihard 'Under Pressure' van David Bowie. Hij had geen accurater nummer kunnen kiezen.

Harry spreidde zijn armen en danste mee. De regen was inmiddels opgehouden en een waterige zon brak door. Uit beleefdheid maakte ik met mijn stijve lichaam ook kleine bewegingen en danste een beetje als Donald Trump, alleen met mijn vuisten. Ik dacht aan Liesbeth. Hoe zou zij bewegen? Soepel als een kat waarschijnlijk. Ik kon dat eigenlijk ook, dansen. Ik hield ervan. Maar hier in deze witheid voelde ik me te zichtbaar.

Alleen grote ego's voelden zich hier prettig. De mensen die zich graag lieten zien, wier lichamen niets te verbergen hadden. Gladde, gebruinde, getrainde benen en billen. Voor mij was de lichtheid van deze villa een confrontatie met een tijd die voorbij was en waarmee ik me slecht verzoende. Ik was nooit echt bijzonder tevreden geweest met mijn lichaam, er was altijd wel iets mis mee, maar toen het plots echt ging veranderen, wilde ik terug naar de jaren waarin puistjes en een haar op mijn kin mijn grootste zorgen waren. Destijds had ik prima op foto's van twee bij twee meter kunnen staan. Gladde huid, gladde knieën, ronde billen – al realiseerde ik me dit toen niet. Ik schaamde me al voor mijn lichaam vanaf het moment dat ik in de puberteit raakte.

De afgelopen jaren dat ik alleen was kon ik mijn veranderende lichaam ontkennen en verstoppen in oversized colberts en jeans, grote truien – goddank was dat hip. Als een rolmops verschool ik me op mijn bank in badjassen, joggingpakken en elektrische dekens. Wat deed ik daar? Mijn tijd uitliggen. Ik deed iedere ochtend alles wat een vrouw van mijn leeftijd moest doen. Sporten, bijvoorbeeld, deed ik dagelijks, hoezeer ik de spiegels in de gym ook haatte en ik mezelf in de twee jaar dat ik aan de ijzers hing geen spat zag veranderen. Of eigenlijk wel: de verkeerde kant op. Alles werd breder. Daarom zei ik ook altijd tegen vrienden en Teuntje die me met man en macht de datingscene in probeerden te slepen: ik wil iemand die begrijpt dat mijn huid lijkt op een uitgelubberde panty. Die ook moe wordt om tien uur 's avonds. Ik wil een man die De Mounties nog heeft gekend.

Zoveel vrouwen op Instagram die hun leeftijd zeiden te omarmen, het zelfs heerlijk te vinden, maar ondertussen hun neukbaarheid maar bleven bewijzen met steeds vollere haren en steeds dunner wordende lichamen. Geen tijd meer voor bullshit, heerlijk! Innerlijke rust, heerlijk! Ik lach om mijn lachrimpels, heerlijk! Nu ik vijftig ben, interesseert het me niet meer wat anderen van me vinden, heerlijk! Enkele posts later lagen ze in een stoel voor een gratis liquid facelift. Dat was ook liefde voor jezelf. Liefde voor jezelf was ook podcasts maken over seks met studenten.

Ik volgde dit allemaal op de voet, want ik verlangde enorm naar die liefde voor mezelf. Daarom was ik gaan trainen, liet ik me driemaandelijks inspuiten met hyaluronzuur, smeerde ik oestrogeengel en probeerde ik nu testosteron. Eens in de twee weken werd ik drie minuten in een vrieskist gegooid, en ik smeerde dagelijks factor 50. Ik had implantaatlenzen, liet mijn wenkbrauwen verven, af en toe kregen mijn billen elektroshocks om strakker te worden. Mijn nagels werden tweewekelijks gedaan, mijn tanden zeswekelijks. Ik at broccoli hoewel ik het goor vond en dronk elke dag een kwart liter kefir. Ieder nieuw supplement dat anti-aging beloofde, lag in mijn keukenla te agen. Het enige wat ik niet deed, was mijn veranderende lichaam omarmen. Ik staarde in de spiegel en iedere dag dook er weer iets nieuws op. Neusharen. Een canyon waar ooit het kuiltje in mijn wang zat. Grijzig vel dat over mijn ellebogen hing. Enkels die ineens vocht vasthielden. Gortdroge hielen. Aderen bij mijn slapen. Het haar erboven steeds dunner. Slaaprimpels in mijn decolleté. Slappe borsten. Onregelmatig vet dat zich ophoopte rond mijn middel. 'Stop met drinken!' zei mijn trainer. Ja, dag.

De grootste implosie vond plaats tussen mijn benen. In de periode dat ik me niet liet waxen kwam ik erachter dat mijn schaamhaar grotendeels grijs was. Het was kiezen of delen; waxen en zien hoe weinig er over was van mijn ooit volle, lustig krullende schaamlippen, of *full bush* gaan en lijdzaam toezien dat die bush veranderd was in een grauw struikje. En die huid tussen mijn verschrompelde lippen, zo extreem gevoelig. Ze kon branden, schuren, tintelen, kloppen, schrijnen, krampen, jeuken, drukken.

Klagen over de droogte en het schrijnen van je kut was niet sexy. En nu vijftig het nieuwe sexy werd genoemd – met sterren als Nicole Kidman (57), Jennifer Lopez (56) en Demi Moore (zelfs 62) – hoorde je niemand klagen over haar kut.

En nu had ik plotseling bijna dagelijks seks. En ondanks de pijn genoot ik ervan. Misschien meer van de intimiteit dan van de daadwerkelijke penetratie, maar het leek wel alsof mijn lichaam weer lang vergeten stofjes ging aanmaken. Vette lidocaïne-crème hielp ook. Was Harry zo bijzonder goed in bed? Niet per se. Maar ik bleek er zelf bijzonder goed in. Ik had jaren droogte in te halen. Alles wat ik vroeger op routine deed, handelingen die hoorden bij een huwelijk wilde je het goed houden, deed ik nu met overtuigende honger. Ik genoot ook van het mannenlichaam dat tot mijn beschikking stond. De geur van zijn borsthaar, zijn oksels, zijn pik. Ik kon uren naar zijn biceps kijken. En zijn vel hing ook over zijn ellebogen, maar dat hinderde niet.

Waren wij soulmates? Hier in deze witte doos wist ik het niet helemaal zeker. Hij vond zoveel andere dingen leuk dan ik. Hij hield van Coldplay, ik haatte die pathetiek. En wat hij leuk aan mij vond, ging dat echt over mij, of over zijn verlangen naar een partner met wie hij een powerkoppel kon vormen? Hij had gedacht indruk te maken hier, terwijl het mij aanvloog. Waren we te oud om elkaar te vinden in iets gezamenlijks?

'Heb je de gym gezien?' vroeg Harry terwijl hij ons beiden een scheut witte wijn bijvulde.

'Wanneer zou ik die gezien moeten hebben?' antwoordde ik.

Hij lachte.

'Scherp. Kom, laat ik je die zien. De slaapkamers zijn ook beneden. Niet normaal vet.'

Ik volgde hem. Zijn tred leek hier anders dan thuis. Nog meer zelfvertrouwen. Of het waren de zenuwen.

We liepen een zwevende trap af naar een kelder. Hier was alles zwart, met bronzen highlighters op de muren. Harry opende de eerste deur.

'Master bedroom. Kijk eens even.'

Een groot bed met matzwarte lakens en bronskleurige ronde kussens vulde de kamer die uitkeek over de hele vallei. Voor de glazen pui stond een eveneens matzwart bad, met bronzen kraan. Aan de rechterwand twee wastafels, aan de linkerkant een hele wand met kasten. Achter een van die deuren zat de toiletruimte, die ook over het eiland uitkeek.

'Lekker kitscherig, of niet?'

'Is die vriend van jou soms Gordon?' Ik lachte erbij.

'Nou, hiernaast nog twee van zulke kamers, en aan het eind is de gym.'

We liepen door en kwamen in een ruimte die voor driekwart uit glas bestond. De vierde muur was een grote spiegel. En in de hoek, tussen het glas en de spiegel, een bubbelbad. Harry pakte lukraak een halter op. Ik ging zitten op de zwarte massagetafel. Wat een hedonistisch seksparadijs.

'Welkom op Ibiza,' zei Harry grijnzend.

Ik keek naar de arm waarmee hij de halter omhoogtilde. 'In dit huis red je de tienduizend stappen per dag wel,' zei ik en ik liet me achterover vallen. Harry dropte de halter en boog zich over mijn lichaam. Ik ademde diep in. Je mag genieten, dat was voor nu even mijn mantra.

Harry had een 'typisch Ibicenco-restaurant' geboekt voor ons. We stapten naar binnen door een lage deur, en daar zaten luidruchtige Spaanse families en vriendengroepen aan tafels rond een enorme haard. Obers renden druk heen en weer en een van hen wees ons op een klein tafeltje in de hoek. Het was er behaaglijk warm.

We hingen onze jassen over de stoelen.

'Ja, hard praten kunnen ze wel, die Spanjaarden,' zei Harry.

We bestelden rode wijn, water, en de specialiteit van het restaurant: twee *pollo payés*.

'Ben je al een beetje geland?' vroeg Harry, met zijn hand op de mijne. Hij zag er rozig vermoeid en tevreden uit.

'Stap voor stap,' antwoordde ik.

'Het is veel, hè, voor je?'

Ik knikte.

'Voor jou niet dan?'

'Ook, ook, ja. Het was zeker niet mijn plan om direct vanuit mijn break-up weer zo verliefd te worden. Maar als ik eerlijk ben leefde ik natuurlijk al een tijdje als vrijgezel. Ik heb mijn verdriet over de teloorgang van mijn relatie eigenlijk al tijdens dat laatste jaar verwerkt.'

De ober zette in het voorbijgaan een mandje brood met aioli op onze tafel. Daarna volgde de rode wijn in een grote karaf. Harry schonk in.

'En toen je als vrijgezel leefde, had je toen veel avonturen zoals dit?' vroeg ik.

'Dit is geen avontuur, Marieke, ik ben bloedserieus.'

'Je snapt wel wat ik bedoel.'

'Mijn reputatie is geen geheim. Ik heb veel vrouwen gehad, ja. Ook in dat laatste jaar van mijn relatie. Maar dat komt ook op je af, hè, als je een bekende persoon bent. Vrouwen die zich aanbieden...'

Ik nam een grote slok van de warme rode wijn. 'Vrouwen bieden zich aan...' herhaalde ik.

Harry keek om zich heen. 'Ja, je weet toch hoe dat werkt?'

'Nee,' zei ik en ik nam nog een slok.

Hij staarde diep in mijn ogen en kneep de zijne samen. 'Is dit het gesprek dat je wil?'

'Nou, niet echt, maar het is het onvermijdelijke gesprek.'

Harry schraapte zijn keel.

'Hoe zie jij het?' vroeg hij.

'Ons?'

Hij knikte.

'Tot nu toe is dit voor mij wel een avontuur. En dat vind ik ook helemaal prima. Ik had niet verwacht dat zoiets mij nog zou overkomen. Ik geniet ervan en doe mijn best het niet te serieus te nemen. Misschien is het wel precies zoals ik het wil; een mooie man in mijn leven, geile seks, en ook ruimte.'

'Ruimte voor wat?' Harry leek zich te ergeren aan mijn antwoord.

'Voor mezelf. Mijn werk, mijn dochter, vrienden.'

'Ah, oké.' Hij haalde snuivend adem. Voor ons werden twee grote borden gevuld met geroosterde kip en groente neergezet.

'En jij?' vroeg ik.

Harry kneep de halve citroen uit boven zijn bord. 'Voor mij

is het tijd om te landen. Thuis te komen. Ik wil ook niet meer liegen, ik kon op een bepaald moment de leugens niet meer uit elkaar houden. Ik wil aarden. Bij jou.'

Hij keek me strak aan. Tranen vulden zijn ogen. Ik schrok ervan.

'Honderd procent eerlijkheid, daar streef ik naar. Ik durf best toe te geven dat ik het doodeng vind, met jou. Jij kijkt door me heen. Je hebt me niet nodig. Jij kan mijn hart breken. Mijn droom is hier ooit te zitten met jou, je lieve dochter, en mijn kinderen. Een grote *modern family*. Je bent een fantastische moeder. Je bent goed voor je ex-man. Naast het feit dat je beeldschoon bent en heel goed kunt pijpen. Nee, serieus: je raakt me. Ik voel een diepe verwantschap. Je bent de eerste vrouw bij wie ik voel: ja, met haar kan ik oud worden. Ik zou de volgende stap wel durven wagen samen. Jij begrijpt me.'

Ik glimlachte naar hem. We hadden nog geen hap genomen. In mijn onderbuik kolkte iets waarnaar ik niet mocht luisteren van Kees. Oud worden met Harry, was dat ook wat ik wilde? Was dat iets wat hij nu al zo zeker kon weten? Een grote modern family? En als dit niet mijn wens was, brak ik zijn hart. Ik pulkte aan mijn bovenlip.

'Poeh,' was het enige wat ik uit kon brengen.

Had ik ooit echt geweten wat ik wilde? Er was me een hoop verteld en opgedragen van kinds af aan. Sowieso moest ik een man willen. En kinderen. Een studie waar je echt iets mee kon later. En tegelijk dat je je hart moest volgen, en doen wat je hart je ingaf. 'Ik wil alleen maar dat je gelukkig bent,' zei mijn moeder altijd. Dat geluk zou zich aandienen in de vorm van een huwelijk en een gezin. Het zou me beschermen en zou me weerhouden van eenzaamheid. Maar had het me beschermd? Was ik minder eenzaam ten tijde van mijn huwelijk? Ik kon dat niet met zekerheid zeggen. Ik was anders eenzaam. En ja, ik had verlangd naar de liefde de afgelopen jaren. Gedroomd van wat me nu overkwam. Een man met wie ik op vakantie zou gaan, met wie ik mijn zorgen, gedachten en geluk kon delen. Ik wilde niet alleen oud worden. Maar was dat wat ik echt wilde, of was het wat me was verteld te willen? Zat ik hier te aarzelen omdat ik geleerd had mezelf voor alle risico's op pijn te behoeden, of omdat ik het niet voelde zoals hij? En was hij oprecht? Streefde ook hij een plaatje na dat hij nooit zou kunnen waarmaken? Waren we alle twee schijterds, als de dood alleen te sterven?

'Ik word een beetje nerveus van deze stilte,' zei Harry. Hij had zijn kip inmiddels helemaal afgekloven.

'Sorry,' antwoordde ik. 'Er gaat zoveel door me heen.'

'Vertel het me.'

'Ik denk dat ik een beetje bindingsangst heb.'

'Ja, duh, wat denk je van mij? Dat ik dit soort dingen random tegen vrouwen zeg?'

Ik schonk ons beiden rode wijn bij.

'Wat versta jij onder de volgende stap?'

'Exclusiviteit?'

Ik schoot in de lach. 'Nou, dat kan ik prima beloven.'

Harry begon opgelucht te grinniken.

'Lieverd, ik ben al exclusief sinds onze eerste nacht na het Boekenbal,' zei ik en ik nam eindelijk mijn eerste hap van de goddelijke kip.

Harry stond op, liep om het tafeltje heen en sloeg zijn armen om me heen. Hij kuste me op mijn oor.

'Ik heb de tijd, hoor,' fluisterde hij. 'Ontspan. Ik ga nergens heen. Ik hou van je.'

Daarna liep hij naar de wc.

's Nachts in bed, terwijl Harry zachtjes snurkte, googelde ik op mijn telefoon '*menopause and falling in love*'. Ik las dat je liefdeshormoon oxytocine afneemt en dat dit kon betekenen dat je minder snel verliefd wordt, of dat verliefdheid anders voelt dan voor je veertigste. '*Menopausal symptoms may include anger, anxiety and irritability,*' zei de site Menopause And Your Mental Wellbeing. Het stelde me op de een of andere manier gerust elke twijfel door Google te halen, maar het gaf me ook steeds weer nieuwe angsten. Zo kwam ik op Instagram uit bij een vrouw die sprak over vaginale atrofie, wat erop neerkwam dat je kut langzaam verschrompelde na je vijftigste. Om dat te voorkomen moest je nog meer oestrogenen nemen, en ze adviseerde eveneens een aloë vera-crème. Naast heel vaak seks hebben. *Use it or loose it!* Ik bestelde de crème voor de zekerheid. Het was mij nooit verteld dat de menopauze, de peri-, post-, of welke fase dan ook, iets was als een baan erbij. Waar mijn moeder zich er stilzwijgend doorheen had geslagen, en mijn oma valium had geslikt, moest ik me de hele tijd schuldig voelen dat ik me hier niet al vanaf mijn vijfendertigste mee bezig had gehouden. Sinds mijn vijfenveertigste was ik begonnen met mijn inhaalslag, hopende dat ik de vroegtijdige dementie, hart- en vaatziekten, osteoporose en hoge bloeddruk te slim af zou zijn. Maar ik weigerde te stoppen met drank. In plaats daarvan minderde ik. Soms. En lag ik de nachten dat ik wel over de alcoholgrens was gegaan wakker van zelfhaat, hartkloppingen en zweetaanvallen. Alles waaronder mijn lichaam leed, kon worden voorkomen. Als ik maar wilde. Ieder glas droeg bij aan mijn zelfvernietiging. Voor straf stond ik vroeg op, en stortte me op de gym.

Zo ook die ochtend op Ibiza. Harry snurkte nog. Dat droeg ook niet bij aan de nachtrust. Het irriteerde me hoe makkelijk alles hem afging. Als hij een liter rode wijn dronk, sliep hij tot elf uur. At hij een halve kip en een schaal *patatas bravas*, zag je dat niet terug op zijn buik. Hij hoefde niets te smeren, of te slikken, zijn pik stond niet in brand na een nacht seks. Hij snurkte en schaamde zich daar niet voor, integendeel, hij lachte erom. Ik keek naar hem, het gemak waarmee hij bloot lag, zijn grijsbruine piemel rustend in zijn geschoren schoot. Vaak bewonderde ik het gemak waarmee hij het ouder worden droeg, maar deze ochtend ergerde het me.

In de gym die uitkeek over de vallei stapte ik eerst op de treadmill. In de verte brak de zon door. Het uitzicht was zo wonderschoon, het was gênant dat iemand hier zo'n lelijk huis had neergezet. Twintig minuten liep ik op de loopband in de met zwart rubber beklede ruimte. Op het beeldscherm voor me een Alpenweide, met stromend beekje en besneeuwde bergtoppen. Belachelijk eigenlijk om in deze omgeving binnen te wandelen of te fietsen. Ik stretchte mijn benen, armen en schouders en bekeek mezelf in de grote, door zacht licht omrande spiegel. Ik leek dunner dan normaal. Mijn spieren waren duidelijk zichtbaar, maar het hangende vel bij mijn oksels ook. Ik deed mijn T-shirt omhoog om mijn buikspieren te bekijken. Onder mijn losse vel tekende zich een sixpack af. Ik was er trots op. Hier zat jaren afzien in. Vroeg opstaan en een eindeloze repetitie van saai tillen met als beloning dat je hoofd alleen nog maar bezig was met hoeveel herhalingen kan ik nog doen en de belofte van een sterk, weerbaar lijf. Controle.

Ik pakte een bankje en zette het, als opstapje, onder de zwarte stang. Met mijn benen zette ik af, waardoor ik even bungelde. Een heerlijk gevoel, de zwaartekracht aan mijn voeten, waardoor mijn ruggengraat even de ruimte kreeg. Ik trok mezelf op terwijl ik naar mijn spierballen keek, mijn flanken, alle pezen op mijn borstkas.

'Ook goedemorgen,' hoorde ik achter me, en daar stond Harry, slechts gehuld in een zwarte sportshort. Hij liep op me af en tilde me van het rek. Ik sloeg mijn armen en benen om hem heen. 'Sporty Spice. Wat doe jij zo vroeg hier?'

'Ik werd wakker van jouw gesnurk.'

Harry lachte. 'O jee. Te veel rode wijn.'

Hij tilde me door de ruimte en liet me los bij de *Glute Ham Developer*. Hij boog me over de zwarte kussens, trok mijn sportbroek naar beneden en drukte zijn gezicht in mijn kruis. Ik dacht aan de kalmerende dot zalf die ik er vannacht na mijn laatste plas op had gesmeerd.

'Wacht,' zei ik. 'Nu even niet.' Maar ik voelde zijn tong al over mijn clit gaan.

Hij stopte en kuste mijn billen, terwijl hij tegelijk naar mijn borsten greep. Seks in de gym was iets wat hem duidelijk erg opwond.

'Ik heb me ingesmeerd vannacht. Met crème.'

'Dat proef ik,' hijgde hij. Het was voor hem reden om zijn pik naar binnen te schuiven zonder voorspel.

Ik zag ons in de spiegel met het goede licht. Twee ouderen, die nog geil waren bovendien. Ik liet hem zijn gang gaan. Starend naar het lillen van mijn bovenbenen, het heen en weer gaan van zijn kont, mijn buikvel dat zich drapeerde op het zwarte skaileer vroeg ik me af waarom ik mannen hun gang liet gaan op mijn lijf, waarom ik dat liever had dan nee zeggen en de teleurstelling in hun ogen te zien. Waarom ik wilde dat ze mij zagen als een geile vrouw met altijd zin, een vrouw die niet zo moeilijk deed. Tegen het einde van mijn huwelijk zei ik het wel: nee. Maar daar was heel veel toegeven aan voorafgegaan. Het werd ons ook aangeraden destijds: niet zeuren, zin maken.

Harry kwam snel klaar. Hij stamelde sorry toen hij zijn pik uit me haalde. Hij hijgde, en streelde mijn rug.

'Ik blijf er nog eens in,' zei hij en hij gaf me een kus met de smaak van lidocaïne-crème.

'Wie is Liesbeth van Dam?' vroeg ik. Ik zat op het kookeiland. Harry brak vier eieren een voor een in een kom, waarna hij ze klopte met een vork. Hij had me net verteld dat het geheim van een goed roerei zat in de eieren kloppen met een snuf zout, en dat even te laten inwerken. Ik had twee borden klaargezet, een tomaat en wat brood gesneden.

'Hoe kom je daar ineens bij?' antwoordde hij.

'Haar naam viel, in verband met jou.'

'Wanneer, bij wie?'

'Maakt dat uit? Weet ik veel, iemand op een boekpresentatie.'

Harry gaf me een kop koffie.

'Liesbeth is ook een schrijfster. En heel goed in padellen.'

'Oké.'

Hij klopte de eieren nogmaals en gooide ze daarna in de sissend hete pan.

'Kijk, nu moet je opletten. Dan ga je met de spatel rondjes draaien, heel rustig. Het is een kwestie van timing.' Hij draaide door het mengsel, en er ontstond een soort roos van ei. 'Mooi hè? In Japan geleerd. Ik deed daar een kookcursus. Zo fantastisch.'

'Dus je kent haar van padellen?'

'Ja. Geef je bord eens aan.'

Hij sneed de roos van ei doormidden en schepte een helft op mijn bord.

'Perfect,' zei hij.

De andere helft schoof hij op zijn eigen bord.

We gingen zitten op de notenhouten krukken.

'Eet smakelijk, schat,' zei hij.

'Is zij een scharrel van je?' vroeg ik.

'O god, nee. Ze padelt weleens mee met onze club, daar zitten allerlei soorten mensen in. En ze is superfanatiek, dus dat vond ik leuk. We hebben geloof ik weleens een borrel gedronken na een potje. Ergens in Zuid, geen idee meer waar.'

'Dus jullie hebben nooit seks gehad?'

Harry hield de vork met ei voor zijn mond. Hij keek me verwonderd aan.

'Waar komt dit vandaan?'

'Het werd gesuggereerd door diegene.'

'Jezus, als je naar zulke mensen gaat luisteren. Er wordt van alles over mij gesuggereerd.'

Ik nam een slok koffie, die nog te heet was en verbrand smaakte. 'Ik wil niet moeilijk doen, lieverd, maar ik wil wel alles weten. Dat is voor mij echt een voorwaarde als ik een relatie aanga. Ik geloof niet meer in sprookjes, en ik ben te oud voor allerlei spelletjes en geheimen. Ik ben genoeg onzeker geweest in mijn leven...' Ik verbaasde mezelf. Had ik me ooit eerder zo uitgesproken? Ik trilde ervan. Misschien ging de testosteron eindelijk werken.

'Oké, luister. Ik heb weleens gepadeld met Liesbeth van Dam. We dronken een borrel, we hebben gezoend. *That's it.* Ze is een heel ingewikkelde vrouw. We hebben nog wat geappt, maar ik heb haar op een gegeven moment niet meer geantwoord. Veel te zwaar op de hand. Je hebt niets te vrezen van haar, want je bent mooier en een stuk chiller.'

Harry had zijn bord al leeg. Mijn halve roos van ei was inmiddels koud.

'Eet, schat, eet, kom op. Maak je niet druk om bijzaken.'

'Denk je dat je het kan, trouw zijn? Of in ieder geval eerlijk zijn?'

'Oeh, jij hebt duidelijk wakker gelegen over ons gesprek van gisteravond. Ik heb er ook nog lang over na liggen denken. Kijk...' Hij liep met onze koffiekopjes naar de koffiemachine en vulde ze opnieuw. Daarna ging hij tegenover me zitten. 'Je kent me inmiddels een beetje, en je kent ook mijn reputatie. Ik ben een hond van een man geweest. Ik heb mijn eerste vrouw veelvuldig bedrogen, Daphne daarna, ik was een meester in stiekem doen. Misschien had ik wel nog meer plezier in het stiekeme dan in de daad zelf. Ik heb honderden, misschien wel duizend vrouwen gehad. Niet schrikken.'

Hij legde zijn hand op mijn arm. Maar ik schrok niet. Het was precies wat ik verwachtte.

'Het heeft me niet gelukkig gemaakt, Marieke. Eerder nog ontzettend eenzaam. En de schaamte, de schuld... Het liegen. Ik ben in therapie gegaan, en daar kwam ik erachter dat het allemaal met afwijzing te maken heeft. Me niet goed genoeg voelen. Als man, als acteur. Weet je, mijn ouders... die lieten zich erg meeslepen door de seksuele revolutie. Ze waren meer bezig met hun persoonlijke ontwikkeling dan met het opvoeden van ons. Ik heb mijn jeugd als heel eenzaam ervaren. Er waren steeds nieuwe mannen, nieuwe vrouwen in huis, of mee op vakantie, die moesten we dan tante of oom noemen. Volgens mij ging ik naar de toneelacademie puur en alleen voor de aandacht die ik thuis niet kreeg. Daarom wil ik ook dat boek schrijven. Over het patroon, het gebrek aan bevestiging als kind en de verslaving aan vluchten, afleiding. Man zijn, wat er van je wordt verwacht. De angst voor alleen ouder worden, niet meer gezien worden. Ik ben ook een mens. Ik verlang naar liefde en naar rust. Dus ik wil monogaam zijn. Ik wil me niet meer verstoppen. Jij wil eerlijkheid, dus ik zeg je nu in alle eerlijkheid: ik ga mijn best voor je doen. Ik wil het. Ik wil jou. Ik wil dat we later samen op een bankje zitten, voor ons huisje, ergens in een warm land. Met een glas wijn, hand in hand. Dat we dan tevreden zijn. Maar ik kan je helaas geen garanties geven. Ik ben ook wie ik ben. Ik zal trouw zijn nastreven, maar of ik het kan beloven, nu al...'

Hij legde zijn hoofd in mijn hals.

Ik was moe. Ik had zin om te huilen en mijn verzet op te geven.

'En jij dan?' vroeg hij zacht.

'Ik heb Tom weleens bedrogen. Ik kijk daarop terug als een heel donkere tijd. Maar in de drie jaar dat we nu uit elkaar zijn is er één keer iemand geweest, op vakantie in Italië, maar dat was een nachtje... Verder kan ik blijkbaar prima zonder seks of relatie. Ik weet niet of ik net zo verlang naar verbinding als jij.'

Hij pakte mijn gezicht tussen zijn twee handen en keek me verliefd aan. 'Je komt op mij niet over als iemand die prima zonder seks kan.'

'Het is me toch gelukt.'

'Zo zonde. Dat prachtige, sterke lijf. Die onafhankelijke geest. Je strijdlust. Dat je dat allemaal voor mij hebt bewaard.'

Ik maakte me los uit zijn greep. Ik voelde mijn hart in mijn keel kloppen. Ik liep naar het raam. Er zat geen hendel aan. Ik tastte langs het kozijn. Legde mijn wang tegen het koude glas.

'Die gaan open met een afstandsbediening,' zei Harry.

'Waarom?' zei ik, bitser dan mijn bedoeling was. Ik legde

mijn hand op mijn borst. Ik zag er vast belachelijk uit.

'Wat is er met je?'

Ik ademde diep in en snuivend uit.

'Is het je hart?'

Ik schudde mijn hoofd.

'Laat me even,' zei ik. Ik liep naar de dubbeldeurs koelkast en trok beide deuren open.

Adem, beval ik mezelf.

'Moet ik een dokter bellen of zo?' Hij liep als wandelend ongemak achter me aan.

Het zakte. De paniek, de woede, de neiging weg te rennen of in de koelkast te kruipen, mijn op hol geslagen hart, de hitte die van mijn kruis naar mijn handpalmen, voetzolen en hoofdhuid schoot, ebde weer weg.

'Heb je nog nooit een vrouw een opvlieger zien hebben?' vroeg ik toen ik de controle over mijn stem terug had.

'Nou, jezus, niet zo... Je werd knalrood. Er druppelt zweet uit je haren...'

Ik pakte een wijnkoelelement uit het vriesvak en hield het tegen een wang.

'Ik ken alleen maar vrouwen die daar iets tegen nemen...'

'Dat doe ik ook. Maar soms breekt het overal doorheen.'

'Wat een hel. Kan ik iets voor je doen?'

'Ik wil graag even lopen.'

'Oké, lieverd, tuurlijk. We gaan lopen!'

'Alleen graag.'

'Juist. Doe. Even op adem komen. Ga, schat. Ik snap het. Als je maar niet verdwaalt.'

Hij stak zijn armen uit en trok ze meteen weer terug. Met zijn tong draaide hij nerveus langs zijn tanden. 'Ik vind het klote voor je. Voor alle vrouwen.'

Ik gaf hem een kus op zijn wang en liep door de hal naar de deur die wel een hendel had.

De camino die ik insloeg was stoffig en omgeven door groene terrassen, gestut door oude muurtjes van gestapelde stenen. Er waren akkers vol sinaasappelbomen en olijfbomen. Het was koud, maar prachtig. Ik pakte mijn telefoon en belde Teuntje. Ze nam niet op. Ze nam nooit op. Ik checkte mijn WhatsApp. Ik had één nieuw bericht. Van Tom. Idioot eigenlijk om in deze vredige omgeving meteen naar mijn telefoon te grijpen, maar ik wilde contact. Ik was helemaal niet goed in opnieuw beginnen, mezelf weer openstellen voor een nieuwe man. Ik miste thuis, ik miste Polly.

Hé Marieke, sorry dat ik laatst zo het huis uit stormde. Het kwam even hard aan dat je al toe bent aan een volgende stap. Maar was te verwachten natuurlijk. Ik kwam net bij het huis maar je was er niet. Nou ja, ik heb bloemen neergezet. Ik wil niet zo'n ex zijn. Ik gun je dit geluk. Dat wilde ik even kwijt. Ik hoop dat we hierover snel even kunnen praten. Volgens Teuntje ben je op Ibiza. Veel plezier daar. X

Ik vond het bericht stom en ontroerend tegelijkertijd. Zoals hij mijn huis nog steeds het huis noemde. Ik sloeg een paadje in met aan weerszijden roestbruine, omgeploegde aarde waarin nog kale druivenranken stonden. Ik keek om. Het was onmogelijk hier te verdwalen. Op mijn telefoon opende ik mijn berichten weer. Ik keek naar die van Teuntje. Haar spaarzame antwoorden. Was het iets van kinderen dat ze, zodra ze het huis hadden verlaten, nooit meer antwoordden op simpele vragen?

Of kwam het door Teuntjes therapie en hoorde het bij haar 'losmaken'? Eerlijk gezegd antwoordde ik ook zelden direct op mijn moeders berichten. Ik wilde niet dat Teuntje mij net zo irritant opdringerig vond als ik mijn moeder, maar vermoedelijk was het wel zo. Kees zou zeggen: en terecht. Ouders horen zich te bekommeren om hun kind, maar kinderen moeten ook vrij zijn, rebelleren en zich losmaken.

En toch, op dit moment had ik aan niemands liefde meer behoefte dan aan die van Teuntje. Dan was dat maar ongezond. De verwijdering van mijn kind brak mijn hart. Maar niet het hare. We stonden op tegengestelde momenten in het leven. Zij op de toekomst gericht, en ik meer en meer op het verleden. Ik was afscheid aan het nemen van het aanhankelijke kind, zij verwelkomde het volwassen bestaan vol beloftes. Beloftes waarvoor ik inmiddels te lui was, of doodsbang. Teuntje was allang blij dat er een man in mijn leven was. Welke man dan ook. Liefst haar vader, maar ze wilde in elk geval de wereld ontdekken wetend dat ook ik gelukkig zou zijn.

Als Piet had geleefd, zou ik dan ook nu op dit eiland zijn geweest? Nee. Dan had ik een zesjarige kleuter in huis achter wie ik me had kunnen verschuilen. Nu was er niets. Ik was als deze roestbruine droge akker, waaruit een paar kale druivenranken staken. Ja, Harry was er. Harry was niet niks. Hij was een stortvloed, een tsunami, een lawine. Maar mijn akker verlangde naar traag vallende regen.

Ik scrolde door al mijn accounts en zag dat ik een LinkedIn-verzoek had van Liesbeth van Dam. Ze had het gisteren verstuurd. Tegelijk ging mijn telefoon over. Van schrik struikelde ik over een losliggende steen. Het was Teuntje. Ik nam meteen op.

'Zo jij bent *thirsty*!' zei ze lachend.

‘Wat ben ik?’

‘Thirsty, dorstig. Dat je heel wanhopig op je telefoon zit.’

‘Oké, ja, nou, dat klopt.’ Ik stond stil en schopte met mijn gymp de steen weg.

‘Hé mam, ik ben even in het huis...’ Zij zei het ook al. Het huis. Míjn huis. Er was niets ‘het’ aan.

‘En ik zocht die betonboor.’

‘Betonboor,’ herhaalde ik.

‘Ja, je had die gekocht, weet je nog?’

Ik wist het nog. Vlak na Toms vertrek bedacht ik dat ik alle klusjes in huis zelf wilde gaan doen. Ik zou beginnen met het ophangen van een door mijzelf gekocht schilderij aan de betonnen muur in de hal. Ik was eraan begonnen, maar nadat de brokken beton me om de oren vlogen, was ik er weer mee gestopt. Het schilderij stond nog steeds op de grond, met het gapende gat dat ik zelf zou gaan dichten erboven.

‘Ga je ook je muren mollen?’ vroeg ik.

‘Nou, een vriend van me kan dat goed, maar hij heeft geen boor.’

‘Die boor ligt vast in de voorraadkast,’ antwoordde ik.

Over de camino kwam een kudde schapen aangedrenteld, terwijl ik getriggerd werd door een boor.

‘Komt die boor dan nog wel terug?’ vroeg ik en ik hoorde mijn moeder. Natuurlijk kwam de boor niet terug. Nog nooit was er iets wat ik uitleende teruggekomen. Als je iets terug wilde, moest je het niet uitlenen. En die hele boor interesseerde me geen hol. Ik wilde een grappig, lief, leuk gesprek met Teuntje, ik wilde haar vertellen hoe verward ik was over mijn relatie met Harry, hoe typisch het bericht van haar vader, maar dat waren allemaal zaken die je niet met je kind mocht bespreken. Daar waren miljoenen boeken over geschreven en psychologen verdienden hun hypotheken ermee. Je dochter was niet je vriendin. Dus zei ik iets passiefs-agressiefs over een boor.

'Jezus, tuurlijk.'

'Misschien kan die jongen ook dat schilderij ophangen?' vroeg ik. Ik haatte mezelf.

'Ja, misschien. Heb je het fijn daar?'

'Ja, hoor,' zei ik. Mijn antwoord klonk bibberig. Stelde ik me nu aan? Was ik haar aan het manipuleren? Ik wilde zo graag terug naar vroeger, met Teuntje midden op de dag in mijn grote bed kruipen en een domme realityshow kijken. Met thee en chocola.

'Mam. *What's going on*?'

'Het is heel fijn, maar ook heel veel.'

'Ja, snap ik.'

'Maar het is prachtig hier. We zitten in een heel patserig huis. Wel koud nog.'

'O, wat fijn. En hoe is Harry?'

'Hij is heel lief. Het is supergezellig. Hij bakt eitjes en regelt heel leuke restaurantjes.'

'Nou, dat is al een hele vooruitgang op pap.'

Ik grinnikte.

'Het is alleen wel een intense man.'

'Ja, duh. Hij is acteur. Als je zelf ook maar ruimte inneemt.'

'Ja...' antwoordde ik.

'Maar waarom huil je dan?'

'Ik huil niet.'

'Mam, ik ken je. Je zit boven op je telefoon en je stem bibbert.'

Ik kon onmogelijk de waarheid zeggen. Dat ik huilde omdat ik haar zo miste. Dat ik bang was dat mijn hart nog niet openstond. Dat ik net had bedacht hoe anders mijn leven nu zou zijn als Piet had geleefd. Dat ik zo bezig was met afscheid nemen van dingen dat ik me afvroeg of ik wel in staat was nieuwe dingen te verwelkomen. Waarom het eigenlijk nodig was dat kinderen zich losmaakten.

'Dat is gewoon omdat ik je stem hoorde en ik net even alleen een wandelingetje aan het maken was. Ik ben het niet meer gewend, vierentwintig uur met een man samen zijn.'

'Gaat vast weer wennen, mam. En wie zegt dat je vierentwintig uur samen moet zijn? Hou lekker je eigen routines, beetje afstand af en toe is toch ook goed?'

'Zeker,' zei ik bevend, wetende dat de meeste mannen van mijn generatie totaal niet op afstand zaten te wachten, en Harry al helemaal niet. Ik had hier research naar gedaan voor mijn boeken. Mannen leunden zwaarder op hun romantische partners voor emotionele support, en hadden een kleiner, oppervlakkiger vriendennetwerk. Waar vrouwen zich dankzij het feminisme meer hadden ontwikkeld tot zelfstandige volwassenen, waren mannen van dezelfde generatie blijven hangen in de traditionele genderrollen. 'Maar de mannen die ik ken willen versmelten.'

'Ja, dat is echt iets van jullie generatie.'

'Ik hoop het voor je,' zei ik lachend door mijn tranen heen.

'Maar mam, jij houdt er toch van iemand te verzorgen en te verwennen? En het is toch ook fijn dat hij jou ook verwent en verzorgt? Is dit niet precies wat je zocht?'

Ik zuchtte. Hoe was deze mythe ontstaan, dat ik daarvan hield? Ik was van kinds af aan gedrild: het zonnetje in huis. Maak jij maar even een tosti voor je broer. Mama heeft zo'n hoofdpijn. Papa moet werken. Jij bent ons zonnestraaltje, jij maakt iedereen blij.

‘Ik geloof niet dat ik echt iets zoek, lieverd. Althans, niet bij een ander. Ik denk dat ik vooral mezelf een beetje zoek…’

‘Bij hem?’

‘Ja, wie ben ik bij hem?’

‘Oké. Ik hoop dat het lukt, mam. Ik moet helaas ophangen want ik ga zo naar pap.’

Ik bedacht dat ik haar nog niks gevraagd had.

‘Gaat het wel goed met je, schat?’

‘Ik ben prima, pap en ik gaan naar de film. En daarna gaat hij koken, dus heel gezellig.’

‘Doe liefs–’

‘Yes! Dag mam, geniet nog even!’

‘Natuurlijk, lieverd,’ antwoordde ik, maar ze had al opgehangen.

Dat Tom ging koken voor Teuntje deed mijn bloed nog meer koken. Toen we nog getrouwd waren, kookte hij misschien één keer per jaar, als ik griep had. Altijd hetzelfde, chili con carne. Een blik tomaten, een blik zware bonen, een klont gehakt, een halve tube tomatenpuree, wat gedroogde oregano en twee glazen rode wijn. Studentenprut. Het lievelingseten van Teuntje. Hij bereidde het ook voor mij, de eerste keer dat ik bij hem at. Ik weet nog dat ik daarna aan de telefoon tegen mijn moeder zei: ‘Een man die kookt! Waar vind je zo iemand?’ Ik wou dat ik nog steeds hoge verwachtingen kon hebben bij zulke minimale inspanningen.

Harry lag aan het zwembad, naakt op zijn buik op een van de witte ligbedden. Het kippenvel stond op zijn billen. Hij had AirPods in. Ik vond hem ineens aandoenlijk. Hij deed ook maar zijn best. De woede waarmee ik de hele weg terug de berg op liep, verdween. Of nee, ik richtte die op mezelf. Wat was ik voor trut die een beetje ging lopen janken over haar privileges, over een villa waarin ze zich 'niet thuis' voelde, en die een knappe man die haar adoreerde niet 'toe kon laten'. Die haar volwassen, gelukkige en gezonde dochter al na twee dagen miste en zich nog steeds bekommerde om haar ex-man. *Grow up. Get a life. Move on.* Waarom maakte het me zo boos dat Tom ging koken voor zijn eigen kind, dat ze een goede band hadden? Ik moest juist blij zijn. En dankbaar. Al was er een Liesbeth van Dam, wat dan nog? Zij was hier niet met hem. Ik wel.

Ik liep de keuken in, pakte twee wijnglazen, en schonk ze vol met rosé. Dit was ons weekend. Ik kon er maar beter van genieten.

'*Day drinking*, mijn lievelings!' zei Harry grijnzend toen ik naast hem op het bed kwam zitten met de twee glazen rosé.

'Proost, mooie.'

We klonken en namen tegelijk een slok.

'Bedankt dat je me hier mee naartoe hebt genomen,' zei ik. 'Ik vind het fijn.'

'Het is nog niet afgelopen!' zei Harry. 'We eten straks aan het strand, en daarna gaan we de sterren van de hemel neuken. Ik ga je hele lichaam aflikken, tot je helemaal gek wordt.' Hij kuste me, en bewoog zijn tong tussen mijn tanden.

'Dit doe ik vanavond met je clitje. Dus smeer er maar geen verdovende crème op.'

We lachten. Ik haalde mijn hand door zijn natte grijzende haren.

'Ja, deze man heeft net gezwommen. Het is koud, maar daarna voel je je fantastisch. Mijn bloed bruist gewoon. Wil jij niet zwemmen?'

Hij parkeerde de auto op de lege betonnen vlakte achter het huis. Hij had eigenlijk te veel gedronken om nog te rijden, vond ik, maar hij zei dat iedereen dat deed op dit eiland. In de toekomst zouden we daar ruzie over krijgen. Het zou erop uitdraaien dat ik het bij twee glazen hield. Nu aarzelde ik om er een punt van te maken, zeker na mijn dramatische opvlieger slash paniekaanval vanmorgen. Ik wilde leuk zijn. Makkelijk. Geen zeikerd. Niet vanavond. We hadden gegeten in een schattig restaurant in de campo, verlicht door kaarsen, en hadden ons tegoed gedaan aan burrata en zoete tomaten, pasta met zwarte truffel, een fles albariño, een fles rioja en twee lokale likeurtjes die ons werden aangeboden door de serveerster. In onze gesprekken hadden we gezocht naar wat we gemeen hadden. We hielden allebei van David Bowie. *Succession* bleek ons beider favoriete serie. Maar algauw kwamen we toch uit op de verschillen. Hij hield een heel betoog over *The Life of Brian*, maar ik had daar nog nooit van gehoord. Zijn lievelingsstad was Parijs, daar ging hij me zeker mee naartoe nemen, ik hield het meest van Florence. Hij vond Italië te rommelig. Ik vond Frankrijk te arrogant. Ik wilde nooit uit Amsterdam weg, hij kon niet wachten. Hij haatte het dat zijn vak bekendheid met zich meebracht.

'Waarom doe je dan mee aan al die BN'er-programma's?' had ik gevraagd.

'Dat acteren alleen levert te weinig op,' had hij geantwoord. Hij wilde niet voor niets een boek schrijven. Dat kon je overal doen, in alle rust. En schrijvers werden serieus genomen. 'Een acteur is een soort hoer. Je moet doen wat de regisseur zegt, wat de scenarist schrijft. Feitelijk heb jij mij vormgegeven. Heb ik mijn roem aan jou te danken. Dat wil ik ook. Andere mensen vormgeven. De baas zijn.'

Ik antwoordde dat schrijven ook niet zoveel meer opleverde. Dat ik het moest hebben van de nevenrechten, de vertalingen en bewerkingen. Dat ik eigenlijk ook een soort hoer was, die leverde wat haar publiek van haar verlangde. De elfde in de reeks was in de maak. Om het jaar diende er een nieuwe thriller van mijn hand in de winkel te liggen. En het zou een shock teweegbrengen; mijn protagonist, rechercheur Mark de Keizer, ging het veld ruimen. Annabelle van Heuvel zou zijn coldcase-unit overnemen. Ik zou het meer van deze tijd maken.

'Dus eigenlijk zeg je dat ik het veld ga ruimen?' had Harry gevraagd.

'Zei je zelf niet pas geleden dat je het inmiddels wel zat was Mark de Keizer te spelen? Het is trouwens nog helemaal niet zeker dat ze zo lang doorgaan met de tv-serie.'

De sfeer sloeg om bij het nagerecht. Harry werd stil en gaapte terwijl ik omstandig uitlegde dat ik het nodig vond om verder te gaan met een vrouwelijke protagonist. Ik kon daarin meer van mezelf kwijt.

'Jij wil toch ook schrijven om meer van jezelf te laten zien?' vroeg ik.

Harry had zijn schouders opgehaald.

'Ik begrijp niet zo goed waarom je me dit allemaal nu vertelt. Is het sadisme? Wil je laten zien hoeveel macht je over me hebt?'

Daarna hadden we niet zoveel meer gezegd. En nu zaten we in de auto op de parkeerplaats.

'Sorry dat ik zo heftig reageerde,' zei Harry.

Het was al donker. Ik zag alleen zijn contouren en het glanzen van zijn ogen. De radio speelde 'Zombie' van The Cranberries.

'Het geeft niet,' zei ik. 'Ik had het je niet moeten vertellen. Ik stond er even niet bij stil dat het jou op de lange termijn ook zou raken.'

Hij draaide zich naar me toe. Ik denk niet dat hij dit geloofde.

'Je hebt geen idee hoe moeilijk het nu is voor mannen op de set. Ik heb het allemaal zien veranderen. Ik begon als een belofte. Niets was te gek. Vrouwen, alle vrouwen, jong, oud, van de visagiste tot mijn medespeelsters, ze deden er alles aan... En ik vond het gewoon lachen. Jezus, ik was vijfentwintig toen ik voor het eerst werd gecast. Ineens kon alles. Trio's... Vlak vrouwen ook niet uit, hoor. Zeker niet toen er ineens gechat kon worden op allerlei platforms. Ik heb het allemaal gedaan, Marieke. Alles. Ze hebben coke van mijn lul gesnoven. Ik kwam uit een oersaai kakdorp in 't Gooi, waar nooit iets gebeurde behalve eens per jaar een halfslachtige kermis. En daar vonden ze me lelijk, met mijn grote neus en mijn lange haar. Een rare, met macrobiotische ouders. Dus van daaruit naar een stad waar alle wijven zich op je storten, dat is nogal wat.'

Hij haalde een pakje sigaretten uit zijn binnenzak en deed het raampje open. 'Alles wat toen grappig en gezellig was en als vanzelf leek te gaan, dat is sinds een paar jaar het pure kwaad. We hebben nu een intimiteitscoach en een vertrouwenspersoon. Ik kan je vertellen, dat is me toch een gekloot. En weet je wie dat zijn? Ex-collega's. Vrouwen. Met wie je ooit hebt gelachen, geneukt, weet ik veel. Misschien heb ik ze geghost. En zo'n vrouw komt je dan vertellen dat er twee centimeter tussen de monden moet zitten tijdens een zoenscène. En jij, lieve schat, jij schrijft me een partij seksscènes.'

Hij stak een sigaret aan en inhaleerde diep.

'Ben je bang?' vroeg ik.

'Waarvoor?'

'Om gecanceld te worden.'

'Mede dankzij jouw seksscènes weet ik zeker dat dat op een dag zal gebeuren.'

'O, dus het is mijn schuld als jij gecanceld wordt?'

Hij grijnsde en legde zijn hand op mijn knie.

'Daarom wil ik dat boek schrijven. Over hoe het echt zit, hoe de dingen ooit echt gingen. Want ik kan je verzekeren, ik word nooit meer dat jongetje dat wordt ontweken.'

Ik streelde zijn weerbarstige haren. Ik had even geen antwoord paraat. Dit hele gesprek verontrustte me, maar triggerde ook mijn reddersgen. Ik zag zowel het eenzame kind als de egomaniakale acteur. Hij wreef zijn voorhoofd tegen mijn schouder.

'Sta je naast me?' vroeg hij fluisterend. Mijn hand lag in zijn nek. Het was een even vreemd als vertrouwd moment. Voor het eerst voelde ik me echt dicht bij hem. Kennelijk kon ik alleen liefde voelen als er een beroep werd gedaan op mijn solidariteit. Ik genoot er ook van hem kwetsbaar te zien, nadat ik al die tijd zijn enorme zelfvertrouwen had bewonderd. Hij was toch een mens met angsten. En daar ontmoetten we elkaar eindelijk echt. Ik stelde me open voor zijn gemankeerde kant. Ik begreep hem.

Zou ik naast hem staan als hij gecanceld werd? Als alle *dirt* die er over hem te vinden was in de krant zou staan? Ik zag voor me dat Wart al op zoek was. Het hing er natuurlijk van af wat hij precies misdaan zou hebben.

'Natuurlijk sta ik dan naast je.' Op dat moment meende ik het. Later, toen we in het vliegtuig zaten, wist ik al dat dit een leugen was.

'En zal je achter me staan als iemand uit mijn verleden me beschuldigt van, ik noem maar wat, grensoverschrijdend gedrag?'

'Wat wil je precies zeggen? Is er zo iemand?'

'Er is altijd zo iemand, Mar. Bij iedere man. Alleen wanneer je bekend bent, komen ze naar voren. Er is altijd een vrouw, een meisje dat je in het verleden niet helemaal goed hebt behandeld. Allebei jong, te veel gedronken, drugs, weet ik veel. Je weet hoe ik ben op coke. Dan wil ik nog weleens *pushy* worden en signalen verkeerd interpreteren...'

Ik pakte ook een sigaret uit zijn binnenzak. Hij gaf me een vuurtje en ik deed ook mijn raampje naar beneden. Ik was van een generatie vrouwen die grensoverschrijdende gedragingen altijd had geaccepteerd als onderdeel van haar loopbaan. Op de universiteit, tijdens mijn stage bij een krant, zelfs op de middelbare school, vaders van vriendinnen, vrienden van mijn vader, oudere mannen in discotheken, skileraren, pianoleraren, ongewenste intimiteiten waren aan de orde van de dag. Je probeerde zo goed en zo kwaad als het ging die mannen af te wimpelen, en dan ging je weer door met je leven. Soms liet je het iets te ver gaan, als er sprake was van een machtsverhouding, of als je echt bang was. Het stomste wat je destijds als meisje of vrouw kon doen, was erover praten. Je zou niet geloofd worden, en voor de rest van je leven als moeilijk en raar worden gezien. 'Zo zijn mannen eenmaal, het is aan jou om je benen bij elkaar te houden. Maar als het echt, nou ja, eng wordt zeg maar, laat hem dan gaan. Je wil niet dat-ie je echt pijn gaat doen of zo.' Dit zei mijn moeder vroeger.

'Als ik jou was zou ik met diegene gaan praten. Je excuses aanbieden, het boetekleed aantrekken. Toch? Laat zien dat je tot inzicht bent gekomen.'

Hij staarde voor zich uit en knikte. 'Misschien, ja.'

Ik wilde dit niet. Ik wilde eigenlijk ook helemaal niet meer roken. Ik zat naast hem, ik hield zijn hand vast. Steunen, luisteren, samen ook door de donkere dingen heen gaan. Natuurlijk was hij niet perfect. Hij was een overrompelende, dominante man en was dat niet wat ik zo aantrekkelijk aan hem vond? Zijn onverschrokken, brutale zelfvertrouwen? Wilde ik zo'n man, of wilde ik eigenlijk het liefst zelf zo zijn?

Ik haatte het na een reis alleen thuis te komen. Het was donker en koud in huis, en het rook vochtig. Dat was het nadeel van een oud pand, met enkele ramen. Als het even een paar dagen niet werd verwarmd door de zon of de cv, dan rook het meteen naar een tweedehandskledingzaak. Harry was naar zijn eigen huis om zich voor te bereiden op de opnames van zijn deelname aan *Gevaarlijke wegen*. Hij zou de volgende dag naar Mexico vliegen. Zijn mede-chauffeur was een influencer van wie ik nog nooit gehoord had. Natuurlijk had ik haar gegoogeld. Ze was knap, twintig jaar jonger dan hij en schreef een populaire column over seks. Ik snapte waarom zij gekoppeld waren. Oudere man met rokkenjagerreputatie *meets* beeldschone jonge feministe.

De bloemen van Tom stonden op de keukentafel. Ik deed alle lichten aan, en de verwarming, en pakte een biertje uit de koelkast. Las Toms kaartje.

Je kent me toch. Sorry, dit keer gemeend. Eronder had hij een hartje getekend.

Ik dacht aan de vraag van Harry, of ik wel echt klaar was met mijn ex, aangezien Tom nog de sleutel van mijn huis had, wekelijks kwam eten en ik hem wanneer dan ook naar ziekenhuizen reed. Ik had geantwoord dat ik met hem te doen had, en me schuldig voelde over wat ik hem had aangedaan door hem met kind en al te verlaten. Harry noemde dat lief, maar idioot. Hij hoopte dat als wij samen verdergingen, ik iets meer afstand van Tom zou nemen. Hij geloofde niet in vrienden zijn met je ex.

Ik ging op de bank zitten en zette mijn elektrische deken aan. Dit lege huis. Als ik me ongelukkig voelde, ging ik in gedachten altijd terug naar de jaren waarin ik echt ongelukkig was met Tom. Toen ik me gekortwiekt voelde door onze spanningen. Het op kousenvoeten lopen, de stiltes aan tafel, de afgeknepen verwijten als ik het eens leuk had gehad of een succes behaalde. Ik verliet hem, omdat het me anders zou opeten, het wederzijdse onbegrip. Maar was hij het niet die mij had weggejaagd? Het is zo eenzaam als mensen van wie je houdt je je groei niet gunnen. Als je steeds vaker besluit successen niet te delen, of jezelf kleiner te maken. De minzame glimlach, het relativeren, de pesterige opmerkingen, de in complimenten verpakte beledigingen van vreemden zijn kut; maar als je geliefden het gaan doen, dan is het verwoestend. Ik wist dat ik gezegend was met mijn carrière, het geld en de status die ze opleverde, maar er oprecht van genieten kon ik alleen met Teuntje. Mijn broer, vermoedelijk ook mijn ouders, mijn echtgenoot, sommige vrienden, ze konden het niet uitstaan. Zou Harry ertegen opgewassen zijn? Gelukkig was hij beroemder dan ik.

Mijn telefoon ging over. Ik had gehoopt op Teuntje, maar het was mijn moeder. Ik aarzelde om op te nemen, maar vond mezelf daarom ook meteen een trut. Teuntje nam mij nooit op en dat voelde iedere keer als een afwijzing. Dan moest ik niet hetzelfde bij mijn eigen moeder doen.

'Hoi lieverd, ben je er weer?'

Ik wist hoe ze erbij zat. In haar luie stoel, met een glaasje witte wijn in de hand. Misschien een bakje light chips naast haar op het bijzettafeltje.

'Je staat op luidspreker, hoor. Je vader zit naast me. We doen even een borreltje.'

Ik hief het flesje bier in de lucht.

'Ik zit ook aan een biertje.'

'En, is hij er ook? Harry?' Mijn moeder sprak zijn naam op z'n Engels uit.

'Nee, hij moest meteen door, hij gaat meedoen aan *Gevaarlijke wegen*.'

'O kind, dat is leuk! En eng ook. Jeetje. Maak je je niet vreselijk ongerust?'

'Nee joh, dat gaat vast goed. Het ziet er op tv enger uit dan het in werkelijkheid is.'

'Oké. Maar dan moet je hem dus missen?'

'Niet zo lang hoor, een ruime week.'

'Is hij er dan wel als je Sarah gaat zien?'

'Sarah zien?'

'Ja. Je verjaardag.'

'O, ja, dat weet ik eigenlijk niet. Hij weet niet eens wanneer ik jarig ben. En ik doe er niks aan, dus niets aan de hand.'

'Je kan niet niks doen aan je vijftigste verjaardag.'

Ik wist waarom zij zo graag wilde dat ik er wel iets aan deed: dan zou zij Harry zien.

'Mam, ik vind niks leuks aan vijftig worden. Ik ga uit eten met Teuntje en blijf lekker de rest van mijn leven negenenveertig.'

'Zo werkt het niet, lieverd. Je moet blij zijn dat je vijftig wordt. Er zijn er genoeg die het niet halen. Ouder worden we allemaal, dat is niet tegen te gaan helaas. Maar je hebt genoeg te vieren dit jaar. Een nieuwe liefde. Dat is ook niet iedereen gegeven, hoor, op die leeftijd. Nou ja. Wij komen gewoon. Wart rijdt. Geen zorgen, we komen een koffie doen en je een cadeau geven en dan ben je weer van ons af.'

Het laatste waar ik zin in had was die moeilijke kop van Wart hier aan tafel. Ik snapte niet waarom mijn ouders het bleven proberen.

'Mam, waarom moet Wart mee?'

'Hij woont even een paar weken thuis.'

'Bij jullie, bedoel je. Woont hij ooit weleens in zijn eigen huis?' vroeg ik.

'Natuurlijk,' zei mijn moeder snibbig. 'Maar met die studio in onze kelder. Hij is ook maar alleen, hè.'

'Ik wil hem niet in mijn huis hebben,' zei ik zo ferm mogelijk.

'Nou, nou, wat heb jij?'

'Wart verspreidt online de walgelijkste dingen over mij, hij is gek en ik vind het ook zielig voor hem, maar ik wil hem niet over de vloer.'

Mijn moeders stem schoot een octaaf omhoog. 'Zo kan-ie wel weer, Marieke. Hij is je broer.'

'Misschien moet je dat tegen hem zeggen als hij zogenaamd grappig doet over zijn menopauzale zus en Dirty Harry.'

'Daar moet je ook helemaal niet naar kijken.'

'Ik kijk ook niet. Maar ik hoor het wel van iedereen.'

'Het is een act, het is niet serieus bedoeld.'

'Mam, ik zou het fijn vinden als je het eens zo voor míj zou opnemen.'

'Denk je dat ik dat niet doe?'

Er viel een lange stilte. Ik hoorde mijn vader op de achtergrond mompelen.

'Wat zegt papa?'

‘Hij zegt: “Hoe denk je dat het voor ons is?”’

‘Jezus.’

‘Ja, wij worden ook ouder, het zou fijn zijn om heel af en toe met z’n viertjes te zijn. Of met z’n vijven. Meer vraag ik niet.’

‘Weet je, het is mijn verjaardag. En hij komt er niet in.’

‘Oké. Duidelijk. Je zit zeker weer in therapie.’

‘Ja, toevallig wel inderdaad.’

Ik hing op en trilde. Er gierde zoveel razernij door mijn lijf dat mijn hoofd leek te ontploffen. Ik wilde iets kapotmaken. Met een boog gooide ik het flesje bier door de kamer, dat tegen de keukenkast ketste. Polly rende zachtjes jankend weg. Het walnoten fineer was gespleten.

Ik wist wat me nu te wachten stond: een tsunami aan berichtjes of een wekenlange stilte. Zo werkte mijn kleine familie: met kinderachtige manipulatie. Mijn moeder was daarmee opgegroeid en ze kon niet anders dan die ook toepassen op ons. Zelf zou ze het niet zien als manipulatie. Ze was een moeder van ondankbare kinderen. In haar hoofd waren wij nog steeds de onwillige pubers van vijfendertig jaar geleden. Ze was er in ieder geval in geslaagd Wart daadwerkelijk in die rol te houden. En ik snapte ineens waarom. Zo hoefde ze nooit het empty nest aan te gaan. Door een kind zo aan zich te binden, zo afhankelijk en meelijwekkend te houden, kon ze blijven zorgen. Het gaf haar bestaansrecht, er was iemand die niet zonder haar kon. Hun huis was nooit leeg, ze hoefden nooit plannen te maken voor een oude dag. En mijn vader schikte zich, waarschijnlijk blij dat al haar aandacht zich op mijn broer richtte. Ze konden Wart niet aan zijn lot overlaten. Hij was hun trouwring, hun anker, hun wapen tegen eenzaamheid en verval.

Ik ruimde het glas op, dweilde kwaad de vloer. Waarom wond ik me hier zo over op? Waarom wilde ik zo graag dat het eens over mij ging? Waarom ergerde het me zo dat ze erop kickte dat ik met Harry ging?

Omdat je zelf genoeg wil zijn. Ik hoorde het Kees zeggen. Goddank zag ik haar morgen.

Mijn telefoon bliepte. Ik durfde bijna niet te kijken. Het was Harry.

Schoonheid! Wat een weekend! Alles zat erin. Magisch vond ik het. En verdomme, ik zeg het gewoon: ik ben bereid volledig voor je te gaan. Ik wil je voor altijd vasthouden. Too much too soon, ik weet het. Je kent me. Maar als je even verder kijkt dan weet jij het ook. Laten we elkaar vasthouden. Tien hartjes.

Was het raar dat ik hem niet had verteld dat ik volgende week vijftig werd? Misschien wel. Ik had er tot mijn vijfenveertigste geen moeite mee gehad mijn leeftijd te noemen. Nu ik vijftig werd, voelde ik daarvoor een soort schaamte. Zoals ik ook schaamte voelde bij alles wat over de menopauze ging. Ik was er zelfs lang van overtuigd dat het allemaal wel zou meevallen. Er doorheen leven ging me doorgaans goed af. Zo ging ik de overgang in. Ik zou deze ellendige vrouwenzaken niet mijn leven laten beheersen. Erover zwijgen alsof het niet bestond. De spaarzame momenten dat ik mezelf toestond na te denken over ouder worden werd ik angstig. Teuntje maakte vorig jaar een selfie van ons samen en deed er een TikTok-verouderingsfilter over. Ik lag er nachten wakker van. Niet omdat ik zo gehecht was aan mijn schoonheid. Ik had een gemiddelde aantrekkelijkheid, die soms gemaximaliseerd werd door goede make-up en zacht licht. Als er dan een voordeel was aan ouder worden, dan was dat dat ik minder waarde aan die aantrekkelijkheid hechtte, en er tegelijkertijd minder onzeker over was. Ik wist wat mooi en wat lelijk aan mij was. Maar ik keek recht in het gezicht van mijn moeder, de vrouw tegen wie ik me al mijn hele leven verzette. Haar te worden joeg me schrik aan.

Hoewel Harry ook weer onzekerheid in mij aanwakkerde. Ik had jaren niet naar mijn vagina gekeken, omdat daar geen enkele reden voor was, maar na onze eerste nacht seks, vlak voor hij weer langs zou komen, ging ik met een vergrootspiegel op de wc zitten. Ik schrok me kapot. Mijn binnenste schaamlippen lagen er leeggelopen en uitgerekt bij. Als de randen van een pizza die te lang in de oven had gelegen. Van mijn buitenste schaamlippen was niks over. Moest ik naast krachttraining niet ook mijn bekkenbodemspieren gaan trainen? Had ik een verzakking? Niets verraadde mijn leeftijd meer dan dit rimpelige geval.

Ik dacht aan een theatervoorstelling waar ik onlangs was en waarbij de hele zaal 'Ik vier vandaag mijn kut' moest scanderen. Ik had haar te weinig gevierd. En nu was het feestje voorbij, net nu mijn seksuele leven weer was begonnen.

Ik ging lunchen met Stijn. Ik had hem niet meer gezien sinds het Boekenbal en hij verdiende een fatsoenlijk excuus nadat ik hem zo had achtergelaten op de dansvloer. Ik zat al op het terras toen hij aan kwam fietsen in een legergroen bomberjack en kaki cargo pants. Hij zwaaide en stalde zijn fiets.

'Welja, muntthee,' zei hij en hij gaf me een kus op mijn wang. 'Hoe dan?'

'Deze week drink ik even wat minder,' antwoordde ik, terwijl hij zich naast me installeerde.

'En jij bent al klaar voor de oorlog zo te zien?'

Stijn lachte.

'Zeker. Mij krijgen ze niet klein.'

We bestelden nog een muntthee en een glas rosé voor Stijn. Hij vroeg of de heater aan mocht.

'Niet te doen toch, die kou? Dat je buiten zit...'

'Ik heb het continu bloedheet, dus ik vind het heerlijk.'

'Ja, *women of a certain age*,' zei Stijn lachend. 'Volgende week, meid.'

'Ik wil daar niet over praten.'

'Ik vind het zo idioot dat je er niks aan doet.'

De drankjes werden voor ons op het minuscule tafeltje gezet.

'Maar vertel. Harry.' Stijn sloeg zijn armen over elkaar en draaide zich nog meer mijn kant op.

'Poeh, waar te beginnen. Allereerst, sorry schat. Ik heb je op het Boekenbal zomaar achtergelaten, dat was echt niet oké. Het spijt me.'

'Welnee. Ik vermaakte me prima. Ik vind het juist cool! Dat je die gast mee je bed in sleept! Mijn god, hoelang was het geleden? Moest hij niet de spinnenwebben tussen je benen wegslaan?'

We lachten.

'Geen idee. We hadden zoveel gedronken. Zelfs nog coke gesnoven.'

'Jezus, jij? Je bent toch zo anti?'

'Ja, dus dan weet je genoeg.'

'Dan weet ik inderdaad hoe laat het is. Het is *pick-me-girl-time*.'

'Pick-me-girl? Stijn, ik ben bijna vijftig. Wat is een pick-me-girl?'

Stijn was twaalf jaar jonger dan ik. We werden vrienden toen we bij wederzijdse kennissen de enige twee voetballiefhebbers bleken te zijn en we stiekem op hun slaapkamer de WK-wedstrijd tussen Nederland en Spanje keken. Sindsdien was Stijn mijn plus-één naar feesten, concerten, toneelvoorstellingen en filmpremières, alles waar Tom een hekel aan had. En hij was meer dan dat. Hij had me met zijn nuchtere positiviteit door de scheiding gesleept, door het vertrek van mijn kind en door het eeuwige gedoe met Wart.

'Een pick-me-girl is een meid die aandacht van mannen zoekt en er alles voor doet om door hen interessant of geil gevonden te worden, zoals bijvoorbeeld door coke te snuiven terwijl ze dat normaal nooit doet.' Bij het einde van zijn zin prikte hij met zijn wijsvinger in mijn bovenarm. 'Vaak ten koste van andere vrouwen.'

'Ik heb niets ten koste van andere vrouwen gedaan.'

'Hmm.'

'Van wie dan?'

Stijn staarde me lang aan en perste zijn lippen op elkaar. 'Mar. Je weet, ik hou van je en je bent mijn vriendin. En dat je mij alleen achterlaat om een lekkere gast te neuken, mijn zegen heb je. Maar dat ik je vervolgens ik weet niet hoelang niet hoor of zie? Dat je twee dagen later op een bericht reageert? Dat ik niet weet dat je naar Ibiza bent? Daar hou ik niet van. Ik vind dat dus ook pick-me-gedrag. Er is een piemel in je leven, en boem: je vrienden kunnen de tering krijgen. Susan heeft ook al weken niks van je gehoord. Je reageert niet op apps, neemt je telefoon niet op...'

Hij had gelijk. Ik sloot mijn ogen en zocht naar een excuus. Ik had het niet.

'Sorry,' zei ik.

'Goed,' zei hij. 'Ik heb het te vaak meegemaakt. Vrienden die een relatie krijgen en vervolgens zie je ze alleen nog maar hand in hand met die *guy*. We zijn er te oud voor. En weet je, een jaar later is het uit, en wie wordt er dan als eerste gebeld? Wie staat er klaar met een doos Kleenex? Precies.'

'Ik weet het, Stijn...' zei ik.

'Ik hoop dat hij het waard is. Dirty Harry.' Stijn schoot in de lach. 'Maar vertel. Is het wat? Ben je verliefd?'

Ik haalde diep adem.

'Ik weet niet of verliefd het juiste woord is. We hebben het leuk. Hij is intens, heel anders dan Tom, hij is echt een man die het voortouw neemt. Maar echt verliefd, word je dat nog op mijn leeftijd?'

'Ik mag hopen van wel.'

'Zegt de man die nooit verliefd wordt.'

'Ja, maar ik wil het ook niet worden. Ik hou van mijn leven, mijn vrijheid met af en toe wat seks hier en daar. En jij wil het wel.'

'Ja, denk je?'

'Jezus, meid! Je lag te janken op mijn bank, zo bang was je om alleen oud te worden!'

'Denk je niet dat het het stomste idee ooit is om een relatie aan te gaan met een man met zo'n reputatie? Dat ik over een paar maanden weer op jouw bank lig te janken, met nog meer krassen op mijn hart?'

'Ja, dat kan. Maar ik vind dat van "zo'n reputatie" een beetje onzin. Toch? Zelfde als slutshamen. Hij ziet er goed uit, maar hij wordt ook ouder. En rustiger. En hij is lekker ervaren, uitgeraasd. Misschien is het juist wel een heel goed idee.'

'Ik vraag me de hele tijd af: waarom ik? Waarom kiest hij mij, uit al die vrouwen die hij kan krijgen? Iedereen zegt het ook, zelfs mijn moeder. "Een mooie man heb je nooit alleen."'

Stijn rolde met zijn ogen.

'Nee, een lelijke moet je hebben. Die thuis zit, vastgegroeid aan de afstandsbediening. Wat een gelul is dat. Jij bent een mooie vrouw. Wordt dat soort dingen ook over jou gezegd?'

Ik gaf hem een zoen. Ik had hem gemist. Een gesprek met Stijn en de wereld zag er weer mooi uit.

Hij vertelde dat zijn moeder in het ziekenhuis lag. Het zag ernaar uit dat ze inmiddels resistent was voor antibiotica en nu had een blaasontsteking zich uitgebreid naar haar nieren. Ze lag in een tent en Stijn mocht alleen maar bij haar in een steriele overal, met een plastic scherm voor zijn gezicht.

'Jezus, wat erg.' Ik aaide over zijn hand. Nu voelde ik me nog schuldiger dat ik hem al die tijd niet gesproken had.

'Ik ben kapot,' zei hij en hij goot zijn laatste slok rosé naar binnen. 'Ik wilde je er ook niet mee lastigvallen. Maar ook daarom, geniet gewoon, schat. Dan is het niet voor altijd, *so what*? Dan gaat-ie een keer vreemd, of lig je straks te janken. Je leeft wel. Je kan zomaar ineens eindigen in een tent in het ziekenhuis.'

Eenmaal thuis stuurde ik meteen een appje aan Susan. 'Sorry, ik ben een rotvriendin. Laten we binnenkort even lunchen of eten. Dikke kus.' Daarna googelde ik 'resistente bacterie blaasontsteking'.

Het was een grote angst van me. Ook ik had in mijn leven een pallet vol nitrofurantoïne geslikt, en sinds de overgang moest ik het iedere keer nemen na de seks.

'Als je last hebt, neem dan even een kuurtje van drie dagen,' had mijn huisarts gezegd en dat deed ik toch ten minste een paar keer per jaar. Werd deze 'kwaal', waarmee zoveel vrouwen worstelde, wel serieus genomen? Niet echt. Stijns moeder, een montere, fitte vrouw van zeventig, zou er misschien een dezer dagen aan doodgaan. Het triggerde mijn aloude obsessie online te speuren naar alternatieve oplossingen. Ik ontdekte dat er vaccinaties tegen blaasontsteking bestonden. Dat de bacterie zich kon nestelen in de blaaswand en daar heerlijk rustig afwachtte tot de driedaagse kuur voorbij was. Dat wij onze net niet dode bacteriën uitplasten in het rioolwater, waar ze herstelden tot resistente superbugs. Ik zag Amerikaanse gynaecologen op Instagram fulmineren waarom niet alle vrouwen boven de veertig vaginale oestrogenen kregen om de E. coli-bacterie uit hun plasbuis te houden.

Ik dacht aan de moeder van Stijn, creperend van de pijn in een tent, kokend van de koorts, met een constante aandrang tot plassen. Ik had zin om erheen te gaan en de hele boel daar kort en klein te slaan. Help die arme vrouw! Help ons, arme vrouwen! Waarom noemen jullie onze ziektes 'kwalen'? Waarom krijgen mannen 50 procent vaker pijnstilling dan wij, terwijl wij zoveel meer pijnen verdragen, wegzuchten en dienen te accepteren als onderdeel van het vrouw-zijn? Waarom komt bij ons alles door stress? Stress van gebrek aan diagnose zul je bedoelen.

Er was zoveel om woedend over te zijn. Woede die niet bijdroeg aan de genitale gezondheid. Woede waarmee ik de moeder van Stijn niet kon helpen. Woede die volgens mijn gynaecoloog kwam door de overgang. Maar was dat zo? Was het niet dat ik juist door in de overgang te zitten ondervond hoe ongelijk alles nog steeds was? En hoe vreemd dat wij accepteerden dat pijn bij ons leven hoorde en er zelfs verantwoordelijkheid voor droegen?

Een appje van Harry trok me uit deze *rabbit hole.* Hij stuurde maar liefst twaalf foto's uit Mexico. Waaronder een zeer oncharmante selfie, een foto met de crew, eentje van een random groene hoogvlakte en een filmpje van zijn kamer. Ik grinnikte. Mannen konden het nooit laten bij één foto.

'*Miss you,*' schreef hij. 'We gaan zo starten en dan heb ik een week geen bereik. Geen zorgen maken! Ik hou van je en volgende week pak ik je.'

De woorden 'Ik hou van je' las ik tien keer. Ze gaven me een fijn en tegelijk angstig gevoel. Miste ik hem ook? Ik vond het lekker alleen te zijn in de wetenschap dat er een man was, ver weg, die van me hield. Maar ik verheugde me ook op deze dagen zonder Harry. Op de rust, eindelijk tijd om te schrijven, en om iets leuks met Teuntje te doen.

'Ik mis jou ook,' appte ik.

'Ik denk dat ik mijn broer haat,' zei ik tegen Kees. Ze zat tegenover me in haar beige stoel, haar dunne benen over elkaar gevouwen. Ze had me gevraagd of ik een specifiek moment kon aanwijzen waarop ik me zo van Wart had afgekeerd. Ik kon dat. Ik wist alleen niet of ik daar nu over wilde praten. Ik had me eigenlijk voorgenomen het te hebben over het feit dat Harry had geappt dat hij van me hield. En waarom ik diezelfde woorden niet terug kon appen. Maar Kees bleek een andere agenda te hebben. Ze moest en zou het over mijn familie hebben, alsof er in die geschiedenis een verborgen schat lag, die wanneer we hem openbraken al mijn problemen zou oplossen.

'Je kunt je broer niet haten. Zijn gedrag misschien, maar niet de persoon met wie je je ouders deelt. Of haat je het dat hij je ouders van je heeft afgenomen?'

'Ik haat het dat mijn ouders hem alles vergeven. En mij altijd verantwoordelijk voor hem hebben gemaakt. Let op je kleine broertje. Hou hem in de gaten. Ik was hun politieagent. Als we gingen skiën, moest ik bij hem in het klasje. Zie je het voor je, zo'n lange stengel tussen allemaal kleinere kinderen? We vierden samen onze verjaardagen, onze partijtjes. En als hij iets uithaalde, was het altijd: wat hebben jullie gedaan? Mijn ouders zagen mij en Wart als een eenheid. Ik paste op, ik fietste met hem naar school, ik werd door de leraren aangesproken op zijn volstrekt idiote gedrag.'

'Ik meen me te herinneren dat je zei dat jullie goed met elkaar overweg konden als kind...'

'In het begin, toen hij klein was. Tot hij puber werd.'

'Want toen accepteerde hij jouw gezag niet meer... Is je broer ooit gediagnosticeerd? Of in therapie geweest?'

'Nee joh, dat was helemaal geen ding toen. En bovendien, hij was de eerste, en naar later bleek ook de enige jongen in de familie, en dat gaf hem een status aparte. Zo zijn jongens. Er zit een kop op. Hij is anders.'

Ik pakte mijn mok kruidenthee van het lage tafeltje. Die was inmiddels koud.

'Wat gebeurt er nu met je?'

'Hoezo?'

'Je spant je spieren aan. Ik zie het aan je schouders. Je verkrampt.'

'Het irriteert me weer. Zijn anders-zijn en hoe vanzelfsprekend iedereen dat vond.'

'Wat is er gebeurd?'

Ik draaide mijn hoofd en voelde mijn nek kraken.

'Hij veranderde. Zo rond zijn twaalfde, denk ik. Ik was toen vijftien. Ik paste vaak op en zoals je net al zei, ineens draaiden de rollen om. Ging hij zich gedragen als mijn oppas. En niet alleen dat. Het pesten begon toen ook. Hij liet mijn kitten ontsnappen... Haar had ik ook Polly genoemd. Ze was denk ik mijn eerste liefde. Voor het eerst echt iets wat helemaal van mij alleen was. Als mijn ouders weg waren, liet ik haar stiekem loslopen in de woonkamer, waar ze van hen nog niet mocht komen vanwege de hoogpolige vloerbedekking. Maar op een avond, ik denk dat ik haar toen drie weken had, was Polly ineens verdwenen. Ik zocht haar overal, onder mijn bed, in mijn kasten, onder mijn bureau, mijn bed. Op een gegeven moment heb ik in paniek Wart uit bed geroepen. Hij hielp heel braaf met zoeken, door het hele huis, in de tuin...'

Ik sloot mijn ogen.

'Maar Polly is nooit gevonden. En ik kon het niet bewijzen, maar hij had de tuindeur open laten staan. Expres, per ongeluk... hij heeft dit altijd ontkend. We kregen zo'n ruzie dat hij me uiteindelijk tegen de muur drukte en mijn keel dichtkneep, net zo lang tot ik bijna out ging. Daarna werd dit een beetje zijn hobby. Terwijl ik sliep op mijn bed springen om me te laten schrikken. Tegen mijn schenen schoppen. Hij is me een keer met een schaar te lijf gegaan.'

Kees legde haar hand op haar borst.

'Hij deed het bij mijn ouders ook, hoor. Pesten. Sarren, zuigen. En dan op school vertellen dat mijn vader hem had geslagen. We waren allemaal doodsbang voor hem. Ook mijn vriendinnen, nadat hij een keer bij eentje in bed was gekropen.'

Kees stond op en kwam naast me zitten. Ze sloeg haar idioot dunne arm om me heen. 'Dit is geen pesten, Marieke. Dit noem ik *abuse*. Sibling-geweld. Weet je dat dit het meest voorkomende geweld is binnen een gezin? Een op de drie kinderen wordt hier ooit slachtoffer van. Heeft hij je ooit seksueel benaderd?'

'Hij gluurde. Hij trok weleens mijn zwembroek of onderbroek naar beneden, maar echt aangerand... Hij was vooral heel driftig. Gemeen. Heel lang onder water duwen in het zwembad bijvoorbeeld. Dat vond hij het leukste, mij heel lang de adem ontnemen.'

'Dat is de ultieme macht, iemand de adem benemen en dan weer teruggeven. Hoe zien je ouders dit nu?'

'Er is nooit over gepraat. Ik heb het weleens aangekaart, maar dan vinden ze dat ik overdrijf. Wart is anders, Wart is een typische jongen. "Jij kunt toch wel tegen een stootje?" zei mijn moeder ooit. Ik denk dat ze nog steeds doodsbang voor hem zijn.'

'Ik hoor je, ik voel je en ik begrijp je,' zei ze. 'Ik denk dat we even naar de woedekamer gaan.'

De woedekamer. Ik wilde ook zoiets in mijn huis. Zo ongemakkelijk als ik me de eerste keer voelde toen ik hier binnenkwam, zo keek ik er nu naar uit. Mijn hand gleed langs de diverse soorten knuppels in het houten rek. De geurstokjes konden de geur van zweet niet verbloemen. Hier sloegen dagelijks mensen hun geliefdes en familieleden aan diggelen, om ze daarna bij thuiskomst weer opgeruimd te kunnen omhelzen.

'Het is ons aangeleerd om boosheid te onderdrukken. Wij vrouwen zijn opgevoed tot harmonieleiders. Woede is onvrouwelijk, het is al snel hysterisch, onbeheerst. Maar woede hoort bij onze basis. We hebben die nodig. Ze beschermt ons tegen gevaar, ze bakent onze grenzen af,' vertelde Kees met haar zachte, beheerste stem. 'Als je alles altijd maar slikt, en boosheid onderdrukt, word je uiteindelijk ziek. Ze slaat zich op in je lijf, verkrampt je spieren, keert zich tegen je. Jouw lichaam kropt die woede al ruim veertig jaar op. Waarschijnlijk heb je veel fysieke pijn. Mag ik je aanraken?'

'Natuurlijk,' antwoordde ik.

'Hier.' Ze legde haar handen op mijn heupen. 'In alles wat dit hele gewricht bij elkaar houdt...' Ze liet me los en bracht haar wijsvingers naar mijn kaken. 'En hier. Het kraakt en het maalt. Je pijnen stralen naar elkaar uit. Ze ontsteken je. Langzaam sloopt de woede je.'

Ik dacht aan mijn blaasontstekingen en mijn blijkbaar bijbehorende verkrampte kaken.

'Je hebt al een wapen, zie ik.'

In mijn handen hield ik een rode, aluminium honkbalknuppel. BAT stond erop in witte letters.

'Die woede maakt je een slachtoffer. Vind je dat lekker? Arme ik? Iedereen is tegen mij? Mijn broer deed me pijn. Mijn ex was er niet voor me toen ik ons kind verloor. Mijn dochter liet me in de steek.' Ze zei het met een nagemaakt, zielig toontje. Ik kreeg zin om haar tegen het hoofd te slaan.

Kees legde een groot, zwart kussen neer op de tafel en nog voor ze wegliep plantte ik de knuppel met een doffe klap op de borstkas van Wart. Ik snakte naar adem. Voelde zijn zweterige lange vingers weer rond mijn hals. Alle keren dat hij mij pestte. Pijn deed. Me puistenkop noemde. Vuurwerk naar me gooide. Daarna werden mijn moeder en mijn vader het kussen. Hun vergoelijking, hun wegkijken, hun zorgen om zijn welzijn, hun schaamte.

'Jij bent ons zonnetje,' hoorde ik ze zeggen.

'Het gaat niet goed met je broer.'

'We kunnen hem niet alleen laten.'

'Het is wel je broer.'

'Hij wil niet meer leven.'

'Ga dan! Sterf!' riep ik, terwijl ik met krachtige slagen op het kussen ramde. Ik werd er al beter in. Ik dacht niet aan buren, niet aan anderen, niet aan Kees en wat zij allemaal van mij zou denken en vinden. 'Je wil toch zo graag dood? Doe het dan, klootzak!'

Iets in me vond dit veel te ver gaan, maar het kwam omhoog als kots.

'Je bent vrij. Je mag alles denken, alles voelen,' zei Kees, toen ik uitgeput tegen de met foam beklede wand hing. 'Omarm je woede. Ze zal je beschermen. Je hebt geleerd je te schamen hiervoor, en die schaamte verlamt je en maakt je tot slachtoffer.'

Ze stond voor me, volledig in balans. Niets leek haar te raken. Ik stelde me voor dat zij elke avond, nadat haar laatste klant het pand had verlaten, hier iedereen in elkaar stond te rossen.

'Marieke,' zei ze. 'Heb je zin in een glas wijn?'

Ik hijgde nog na. Ik had geen idee van de tijd.

'Ik snap het niet. Is dit onderdeel van de therapie?'

Ze glimlachte. 'Nee. Je sessie is voorbij. Maar ik wilde je iets vragen...'

Misschien was dit een test, om te zien of ik assertiever was geworden.

'Als je wil vragen of ik iets voor je kan betekenen bij mijn uitgever, moet ik je teleurstellen,' zei ik buiten adem.

'Heel goed!' grinnikte ze. 'Maar het is geen test. Kom nou maar even mee.'

Ik liep achter haar aan met een doorweekt wit handdoekje rond mijn hals. Ik rook even onder mijn oksels. Angstzweet, overgangszweet, agressiezweet, ik rook naar kattenpis.

'Kan ik me misschien even opfrissen ergens?' vroeg ik en Kees wees me op een deur in de hal, waarachter een door geurkaarsen verlichte wc zat. 'Als je klaar bent, het is die deur rechts, en dan door de entree aan het einde links. Wacht ik daar op je.'

Zittend op de wc depte ik mijn oksels met een van haar beige gastendoekjes. Ik spoot een klein beetje Aesop roomspray op mijn shirt. Ik keek op mijn telefoon en las Teuntjes app dat ze het niet ging redden vanavond, en dat ze de hond had uitgelaten. Ik baalde ervan. Ik had haar al weken niet gezien. Of nou ja, anderhalve week. Ik besloot geen zieligemoeder-app terug te sturen. Zij ging door zonder mij en zo hoorde het ook. Ik moest het niet zien als verlies, maar winst. Harry was nu in mijn leven. Fuck al die twijfels en angsten, het was heel leuk om weer eens vooruit te kunnen kijken naar een toekomst met een man. Hij zou terugkomen met verhalen en ze vertellen tijdens het samen koken. Waarna we samen op de bank kropen en hij een vreselijke plaat opzette, waarmee ik hem zou plagen. Ik durfde het voor me te zien en werd er ineens heel blij van. Hij hield van me. Hij zei het eerst. Ik merkte op hoe kalm ik was. Mijn woede, mijn onzekerheden, mijn twijfels, ze leken verdwenen. Ik had ze eruit geramd.

Mijn armen en gezicht smeerde ik in met de Aesop hand- en bodylotion die naar sinaasappel en kruidnagel rook.

Ik stapte een glazen serre in, waarachter een weelderig groene tuin lag. Kees stond naast het keukenblok en was bezig een fles rosé te ontkurken. Op een lange houten tafel stonden een boeket veldbloemen en enkele bakjes gevuld met nootjes en een grote kan water met drie glazen.

'Je vraagt je vast af waarom ik je hier uitnodig,' zei Kees en ze schonk de wijn in de glazen.

'Ik dacht, misschien hoort het bij de therapie. Is dit een soort tussentijdse evaluatie?'

Kees ging zitten op een van de Thonet-stoelen en ik deed hetzelfde.

'Ik moet je helaas vertellen dat onze sessies erop zitten.' Ze schoof een glas wijn naar me toe.

Ik schrok. Ik had onmiddellijk het gevoel dat ik iets verkeerd had gedaan. Was ik te heftig geweest in de woedekamer?

'Ik snap dat je schrikt. Het ligt totaal niet aan jou. Maar ik zit in een soort belangenconflict en ik voel me daar niet meer goed bij.' Kees bestudeerde haar nagels.

Ik nam een slok.

'Ik kan je verzekeren dat ik dit niet meteen wist. Maar de afgelopen week kwam ik erachter en nu kan ik er niet meer omheen. Er zijn vast therapeuten die dit wel kunnen, maar ik niet. Ik voel me er een verrader onder.'

'Onder wat?'

Kees' blik bleef gericht op haar nagels. Het irriteerde me. Ik dacht een totaal uitgebalanceerde therapeut te hebben, die mij van mijn problemen afhielp door mijn woede naar boven te halen, en nu bleek zelfs zij bij het minste interne conflict op de vlucht te slaan. Als zij niet perfect was, zou ik het zeker nooit worden.

Achter me hoorde ik de stalen deur opengaan. Ik draaide mijn hoofd om en daar stond ze. Ook zonder make-up, gehuld in een grijs joggingpak, op monsterlijke beige slippers, was ze interessant. Mooi op een intellectuele manier. Een bos chaotisch bruin haar, bleke maar glanzende huid, groene ogen, ik denk vijftien jaar jonger dan ik. Liesbeth van Dam.

'Snap je?' zei Kees, maar ik snapte het niet. Ik werd zelfs boos en ik had nota bene van Kees geleerd die boosheid direct te uiten in plaats van op mezelf te richten.

'Wat de fuck? Wat proberen jullie hier met me te doen?'

'Sorry,' zei Liesbeth en ze stak haar handen verontschuldigend in de lucht. 'Er is geen jullie. Kees? Wat is dit?'

Kees schoof de stoel naast haar naar achteren en schonk het derde glas in.

'Ga alsjeblieft even zitten, dan leg ik het jullie uit.'

'Ik drink niet,' zei Liesbeth snibbig. 'Dat weet je toch? Ik ben gestopt.'

'Ik heb ook thee als je wil, of appelsap. Liesbeth, dit is Marieke. Marieke, dit is Liesbeth.'

'Ik weet dondersgoed wie zij is.'

'En ik ook wie zij is,' voegde ik daaraan toe.

'Nou, dan snappen jullie ook dat het moeilijk voor mij is jullie beiden als cliënt te hebben. Ook vanwege mijn beroepsgeheim.'

'Dan kun je wel stoppen in Amsterdam, lijkt me, want zo ongeveer iedereen loopt hier...' Liesbeth haalde snuivend adem.

'Als ik eerlijk ben, Kees, wil je iets forceren of zo? Want je hebt je beroepsgeheim, maar hoort het niet ook bij je beroepsgeheim dat je niet vertelt wie je cliënten zijn?' Ik nam een nootje. Ze bleken ongezouten.

'Jullie hebben allebei gelijk. En jullie zijn allebei zeer geliefde cliënten van me. Juist daarom voelde het hypocriet om jullie straks wekelijks te horen over dezelfde man. En ik heb even gedacht dat die man zelf openheid van zaken zou geven, maar ik wil er niet meer omheen... Ik kan het niet meer. Sorry. Ik vind dat jullie moeten praten.'

Ik hield me met beide handen vast aan de tafelrand. Het liefst wilde ik wegrennen. Natuurlijk moesten Liesbeth en ik praten. Ik deed met Liesbeth wat ik ook deed met klimaatverandering, de oorlogsdreiging, de beelden van verhongerde en platgebombardeerde kinderen in Gaza. Doorscrollen. Niet kijken. Op het moment dat ik zou kijken, moest ik verantwoordelijkheid nemen. Ik deed eigenlijk precies wat ik in mijn ouders zo haatte. Wat je niet zag en niet wist, bestond niet. Ik, die altijd zo'n mening had over andere vrouwen die het sprookje in hun hoofd verkozen boven de kille werkelijkheid, was nu zelf zo'n vrouw.

'Om eerlijk te zijn,' begon Liesbeth. 'Ik heb iedere dag op het punt gestaan je een bericht te sturen. Of te bellen, of voor je deur te gaan staan. Maar steeds dacht ik: heb ik dit recht? Mag ik dit voor mezelf doen? Is hun liefde niet meer waard dan wat ik met hem had? Het kan, die dingen gebeuren. Dus nu we hier toch zitten: is hij de liefde van je leven?'

'Ik weet niet of ik in de liefde van je leven geloof,' antwoordde ik. Ik dacht aan andere liefdes van mijn leven. Piet, dood. Teuntje, vertrokken. Tom, gescheiden. 'Misschien moet je me vertellen wat er precies aan de hand is?' vroeg ik haar.

'Ik hoorde van jullie relatie via het nieuws. Ik kreeg een pushbericht van NU.nl. Tot die tijd was ik ervan overtuigd dat Harry en ik in een prela zaten.'

'Een prela,' herhaalde ik.

'Het voorstadium van een relatie. We zagen elkaar vaak. We neukten. We keken samen voetbal. Ik heb hem geholpen in het contact met Emma, zijn dochter, die ik goed ken. Je begrijpt vast wel dat ook die relatie, toen jullie verhouding bekend werd, direct verbroken is.'

Alsof ze een balk in mijn maag stootte. Ik wist van Harry's kinderen, hoe moeizaam hun contact was. Als ik naar hen vroeg, reageerde hij korzelig. Dat Liesbeth daar wel over communiceerde met hem, deed pijn.

'Wat heb je gedaan, toen je over ons hoorde?' vroeg ik.

'Ik heb hem gebeld, geappt, en daarna via Instagram een DM gestuurd dat als hij me niet terugbelde, ik jou zou bellen. Toen pas reageerde hij. We spraken af en hij zei dat ik me te veel in mijn hoofd had gehaald, dat hij dacht dat het duidelijk was dat wij *friends with benefits* waren. Hij vond het rot voor me. Hij smeekte me jou niet te contacten. Je was heel breekbaar en dit zou jou kapotmaken.'

Kees zat naast Liesbeth, met haar handen rustend op het tafelblad.

‘Was je verliefd op hem?’ vroeg ik.

‘Heel stom, maar ja. Totaal smoor.’

Ik merkte dat ik ijzig kalm werd. Ik had geen woorden, geen woede, alleen een soort schaamte vanwege het feit dat ik in deze situatie was beland. Dat ik had geloofd in zijn oprechtheid, dat ik zo ongelooflijk dom was geweest. Schaamte ook tegenover Kees. Alles wat ik had gedeeld... Hoe kon het na alles wat ik had geleerd, geschreven, had meegemaakt, dat ik nu op mijn bijna vijftigste nog steeds niet beter wist. Ik had het niet gezien, niet aangevoeld.

Ik probeerde Liesbeth een kutwijf te vinden. We zaten daar in stilte te wachten tot Kees iets therapeutisch zou zeggen, maar zij liet ons lekker garen in onze eigen emoties.

Langzaam stond Liesbeth op. Ze dronk staand haar glas water leeg. Haar oogwit was rozig.

‘Kees, ik ga als je het niet erg vindt. Sorry. Ik snap je, fijn dat je hebt geprobeerd het goede te doen, maar ik trek dit even niet. Ik ben een liefde kwijt en nu blijkbaar ook een therapeut. Het ga jullie goed. En ik hoop oprecht dat jij en Harry heel gelukkig worden. Dat ben je eigenlijk een beetje verplicht.’ Ze keek me aan met een gebroken gezicht.

‘Wacht even, Lies, ik laat je natuurlijk niet aan je lot over. Ik app je wat namen van andere, heel goede therapeuten. Ik zal ervoor zorgen dat je voorrang krijgt.’

‘En zij?’ Liesbeth wees naar me. ‘Mag zij wel blijven?’

‘Zij krijgt van mij een ander lijstje namen.’

Ik klapte mijn computer open en opende het document waaraan ik nu al een jaar werkte. De *title reveal* had al op social media gestaan. *Eerlijk duurt het langst.* Mijn uitgever dacht dat ik bezig was met de afronding. In werkelijkheid was ik net over de helft en had ik voor het eerst in twintig jaar geen idee hoe het zou eindigen. De afgelopen maanden was ik met Harry bezig geweest, en iedere keer dat ik het schrijven weer oppakte, werd het moeilijker om Harry en Mark de Keizer uit elkaar te houden. Was het oorspronkelijke idee om Mark, mijn *golden boy*, het personage waarop het grootste deel van mijn succes was gebaseerd, naar de achtergrond te werken om Annabelle van Heuvel de protagonist te maken, sinds ik verliefd werd op Harry, ging me dat slecht af. Sowieso was schrijven aan mijn boek het laatste waar ik zin in had.

Nu staarde ik naar de woorden en letters, te onrustig om daadwerkelijk te lezen, te afgeleid om een nieuw hoofdstuk te schrijven, te moe om een twist te verzinnen. Hoe ik tien boeken had geproduceerd was me ineens een raadsel. Ik kon Harry de schuld geven van dit writer's block, maar ik had deze puinhoop toch echt zelf gecreëerd. Door de dingen nooit te zien voor wat ze waren, maar ze mooier, romantischer, unieker te denken. Door te geloven dat de keerzijdes zouden overwaaien, of verbeteren, of vanzelf zouden ophouden te bestaan.

Ik stond op om mezelf een glas wijn in te schenken. Ook zoiets wat ik categorisch negeerde: het knagende gevoel dat ik te veel dronk. Ik verzon excuses. De situatie waarin ik me bevond, smeekte om verdoving. Alleen al het geluid van het uitschenken gaf me rust. Leunend tegen mijn aanrecht checkte ik mijn telefoon. Geen bericht van Harry, mijn laatste bericht aan hem was niet gelezen. Moest ik hem iets sturen over mijn ontmoeting met Liesbeth? Zelfs voor zo'n bericht vond ik de woorden niet. Vreemd genoeg voelde ik nu pas dat ik hem miste. Of eigenlijk miste ik hem niet, nee, ik miste ons, voordat ik wist dat hij een leugenaar was.

Natuurlijk had ik inmiddels Liesbeths e-mail, telefoonnummer en adres achterhaald. Tijdens het eten van een opgewarmd restje ratatouille had ik al haar accounts en YouTube-filmpjes waarin zij haar werk voordroeg bekeken. Ze was mooier dan ik en vooral veel jonger. Haar jongheid confronteerde me met de tijd die ik had verspild aan de trage teloorgang van mijn huwelijk, aan het vechten en vasthouden. Had ik eruitgezien zoals zij, en haar talent gehad, dan had ik het wel geweten. Dan had ik Harry recht in zijn gezicht uitgelachen. Maar ook, zij was een echte schrijver, zij behoorde tot het literaire establishment. Het establishment dat op mij en mijn werk spuugde, mij verweet de lezer te verpesten met pulp. Ik kon me voorstellen hoe diep Liesbeth mij haatte. Niet alleen had ik haar haar geliefde afgenomen, ik verpestte ook haar lezers. Zij wilde mijn man en mijn succes, ik wilde haar jeugd en haar diepgang. Het bracht me terug bij de vraag die me al maanden plaagde: waarom wilde hij mij? Als hij haar had kunnen hebben? Het was een vraag die te veel pijn deed. Hoe onnozel was ik geweest te geloven dat er iets echts was aan zijn liefde. Dat ik voor even had gedacht dat zoiets voor mij was weggelegd.

Ik keek op de ovenklok. Het was halftwaalf, ik zou naar bed moeten gaan, maar er gierde zoveel onrust door mijn lichaam dat ik zonder slaappil niet zou slapen. Ik riep Polly, die op bed lag en haar avondrondje eigenlijk al had gehad. Ze kwam direct aan trippelen, hopend op een avondsnack.

'We gaan nog een avondwandelingetje maken, braverd, kom!'

Voor haar deur belde ik haar nummer. Ze nam meteen op.

'Liesbeth,' zei ik.

'Marieke,' zei zij met haar hese stem.

'Ik wil alles weten.'

'Dat snap ik. Ik zat net aan je te denken.'

'Je herkent mijn nummer ook.'

'Ja. Kleine wereld.'

'Ik sta voor je deur. Met de hond trouwens.'

Ik hoorde een zoem en de voordeur schoot open. Boven aan de afgebladderde trap stond Liesbeth. Ze droeg SpongeBob-sloffen.

Haar appartement was een oase van tropisch groen en Perzische tapijten. Ze kon kennelijk erg goed tegen huismijt. Twee katten staarden mij en Polly minachtend aan vanaf een roze beklede krabpaal.

'Het is hier wel een zootje,' zei ze.

'Bij mij ook,' zei ik.

'Wil je een biertje? Sorry, ik heb geen wijn.'

'Lekker, een biertje.'

'Het staat er nog van je weet wel.'

Ze pakte een flesje IJwit uit haar koelkast.

'Ik kan echt niet drinken nu,' zei ze. 'Ik heb net een halve valium genomen. Zalig spul. Ik ben aan het afbouwen trouwens, voordat je denkt dat ik een soort addict ben.'

'Ik denk niks. Ik heb een halve fles rode wijn op, en ben zeker niet aan het afbouwen.'

'Wil je aan tafel zitten of op de bank?'

Ze gaf me het flesje IJwit en ik nam meteen een flinke slok.

'Wil je geen glas?'

Ik schudde mijn hoofd en ging in de hoek van haar bank zitten.

'Zo raar dit,' zeiden we allebei, bijna tegelijk.

Liesbeth kwam naast me zitten. 'Allereerst, wat ik echt kwijt wil: ik schaam me kapot. Voor die actie van Kees, wij allebei met de rug tegen de muur... Ik had besloten er nooit iets over te zeggen tegen je, tenzij je ernaar zou vragen. Ik gun jullie deze relatie, jullie passen eerlijk gezegd beter bij elkaar, ik was totaal niet van plan dit kapot te maken.'

Ik legde het koude flesje tegen de kloppende ader in mijn hals.

'Ik ben blij dat Kees dit gedaan heeft.' Ik verbaasde mezelf. Tot een halfuur geleden vond ik het belachelijk. 'Harry had het nooit uit zichzelf verteld en ik had er nooit op doorgevraagd. Ik schaam me vooral dat ik zo'n lafaard was.'

Liesbeth boog zich voorover en legde een hand op mijn knie.

'Sorry,' zei ze en ze trok meteen haar hand weer weg.

'Het is oké,' zei ik. 'Wij zijn oké.'

We keken elkaar aan en glimlachten.

'Maar wat een bizarre hufter,' zei ik. Ik was opgelucht. Liesbeth haatte me niet. We waren twee bedrogen vrouwen, elkaars gelijken, geen tegenstanders.

Het was natuurlijk totaal idioot dat wij, terwijl we niets misdaan hadden, zoveel schaamte voelden. Liesbeth haalde haar telefoon uit haar zak en liet me Harry's eerste WhatsAppbericht aan haar zien.

'Wow, wat een nacht. Wij zijn een levensgevaarlijke combi!' gevolgd door drie vlam-emoji's. Het bericht was van 12 december.

Het werd koud om mijn hart.

'Ik heb exact hetzelfde bericht gekregen,' zei ik zacht. Ik pakte mijn telefoon en liet het haar zien.

'Ik was daar ook. Op het Boekenbal. We hadden seks in de toiletruimte. Daarna kon ik hem nergens meer vinden...'

Ik sloot mijn ogen en haalde diep adem. Wat vooral pijn deed was de luiheid. Naar twee vrouwen hetzelfde bericht sturen.

Liesbeth liet me selfies zien, Spotify-linkjes naar nummers, memes en stickers, zelfs foto's van het huis op Ibiza waar hij haar mee naartoe had beloofd te nemen. Zijn een-na-laatste bericht was verzonden op de dag dat onze relatie naar de media was gelekt. Toms verjaardag.

'Zie je, daar wilde hij afspreken... Ik kon niet, ik was naar een literair festival in Antwerpen. Hij wilde zelfs daarheen komen. Die namiddag kreeg ik het pushbericht over jullie.'

'Ik wist het...' dacht ik hardop, terwijl ik het koude bierflesje tegen mijn borst hield.

'Wil je soms een ice pack of zo?'

Ik knikte.

'Diep vanbinnen wist ik het. Ik kon niet geloven dat zo'n man echt verliefd op me zou zijn. Mijn lichaam wist het, dat ik me op gevaarlijk terrein bevond. Ik denk dat ik pure paniek verwarde met verliefdheid...'

'Ik ben niet voor niks aan de diazepam,' zei Liesbeth vanuit haar keuken. Ze kwam terug en gaf me een ice pack en een nieuw flesje bier. Ik stopte het koude plastic in mijn blouse.

'Weet je, jij bent zo'n rolmodel voor mij, ik heb jou zo hoog zitten. En mezelf ook. Ik heb geen laag zelfbeeld of zo, wij zijn gewoon fucking geweldige vrouwen. En terwijl de wereld in brand staat, zitten wij onszelf te verdoven omwille van een oude, witte, tweederangs acteur.'

Ik lachte.

'Die ook nog eens zijn carrière deels aan mij te danken heeft.'

'Ja!' schreeuwde Liesbeth. 'Haha, je verzint het niet!'

Polly sprong van schrik van de bank.

'Hij heeft dat nieuws over ons zelf gelekt,' zei ik. Ik zag het ineens allemaal zo helder. Harry had niet gezocht naar liefde, maar naar status.

'O mijn god, denk je?'

'Hoe heb jij hem leren kennen?' vroeg ik.

'Op de borrel van de uitgever die zijn boek gaat publiceren. Ik was met een vriend van me mee.'

'Daar was hij al op zoek.'

'Hij zei dat hij het zo leuk vond, een vrouw die van wielrennen houdt.'

'Houd je daarvan dan?'

'O, prachtig vind ik dat. Hypnotiserend. Ik kan hier de hele dag op de bank liggen en naar zo'n etappe kijken. Het eenzame gevecht met jezelf. En mannen vinden dat een bijzonder aantrekkelijke combinatie, een vrouw die veel van sport weet.'

'Zo'n opportunist.'

'Ja... Hij had het altijd over wat een powerkoppel we zouden zijn. En jij hebt meer power. Dus jullie zijn dan een überpowerkoppel.'

'Wij, zul je bedoelen. Wij tweeën zijn een überpowerkoppel,' zei ik en ik veerde op. 'Wat was eigenlijk zijn aantrekkingskracht?' vroeg ik, meer aan mezelf dan aan Liesbeth.

'Ik vond hem helemaal niet eens zo aantrekkelijk,' antwoordde Liesbeth terwijl ze zich nog dieper in de bank nestelde. 'Hij is oud, en een beetje *tacky*, toch?'

'Tacky?'

'Tikkeltje ordi?'

'Haha ja.'

'Ik schaamde me in ieder geval enorm voor mijn verliefdheid op hem. Niet veel vrienden weten ervan.'

'Mijn uitgever wist het...'

'*Whatever*, ik ging heel erg lekker op zijn *love bombing*. Waar andere mannen, zeker die van mijn leeftijd, zo vaag zijn, en al hun opties openhouden, ging hij recht op zijn doel af. Hij wilde mij en hij trok alle registers open. Ik dacht: deze man ziet me. Hij onthoudt de dingen die ik vertel. Hij is niet bang.'

'Zijn zelfvertrouwen,' voegde ik toe. 'Het gemak waarmee hij ruimte pakte en bewoog, zijn lichaamstaal. Hoe hij keek... gefascineerd, althans zo leek het.'

'Ja, typisch predatorgedrag, maar waarom windt dat ons op?'

'Ik kan alleen voor mezelf spreken maar ik vond het heel fijn om niet alleen te zijn. Ik was een periode ontzettend bang dat ik het nooit meer zou vinden en ik vond alleen-zijn afschuwelijk. Toen mijn dochter uit huis ging...'

'Jezus, jij hebt al een groot kind...'

Ik voelde het weer, sterker dan de boosheid op Harry. Het verdriet een soort derde en laatste akte van mijn leven in te gaan terwijl ik nog lang niet klaar was met de tweede.

'Heb je één kind?'

'Nee...' zei ik zachtjes. 'Ik heb ook een zoontje. Hij is helaas na 24 weken tijdens de bevalling gestorven.' Ik vroeg me af waarom ik dit haar, een totale onbekende, vertelde. Ik sprak bijna nooit meer over het verlies van Piet.

'Godsamme.'

Liesbeth legde haar hoofd op mijn schouder. Zo zaten we even stil, en het verbaasde me hoe relaxed ik eronder was dat ik getroost werd door een vrouw met wie ik een man deelde en die ik nauwelijks kende.

'Weet je wat mij zo raakt?' zei ze terwijl ze naar haar rimpelloze handen staarde.

'Nou?' Ik nam een laatste slok van mijn inmiddels lauwe bier.

'Ik heb hem verteld hoe graag ik een kind wil. Ik ben zesendertig. Dus ja, dan moet je dit onderwerp vrij snel bespreken. En hij schrok helemaal niet, hij nam het uiterst serieus. Hij nam me in zijn armen en zei: "Maar jij moet ook een kind. Geen man mag een vrouw een kind onthouden. Ik denk dat wij samen een prachtig kind zouden maken."'

'Hij meende dat nog ook,' zei ik. 'Als ik jou was, was ik meteen met voorbehoedsmiddelen gestopt.' Ik stond abrupt op. Ik was dronken. Mijn filter was weg.

'Haha, hoezo? Nee zeg. Goddank heb ik dat niet gedaan. Was er nog één hersencel die me behoedde voor die fout.'

Ik zou naar zijn huis kunnen gaan en hem kunnen wurgen. Alleen was ik nog nooit in zijn huis geweest.

'Ben je ooit bij hem thuis geweest?' vroeg ik, terwijl ik uit haar raam staarde. Er scheen een bleke halve maan.

'Nee,' zei ze. 'Eén keer bijna, maar toen belde hij dat hij toch naar mij kwam.'

'*Same*,' zei ik. Ik had me vaak afgevraagd of dit vreemd was. Natuurlijk was het vreemd.

'Ik ben er wel vaak langsgefietst, nadat het van jullie bekend was geworden. Ik wilde weten of jij wel bij hem over de vloer kwam. Vet huis. De gordijnen waren altijd dicht. Ik heb wel een keer zijn ex-vriendin naar buiten zien komen.'

'Hij zei dat we daarom niet in zijn huis konden afspreken. Zij was nog aan het verhuizen.'

'Ik denk eerlijk gezegd dat zij pas ging verhuizen toen jullie relatie in de bladen stond. Een laatste biertje?' vroeg Liesbeth. 'Dan heb je zijn hele voorraad opgezopen, haha.'

Ik nam het biertje aan, hoewel ik al te dronken was. Ik herinnerde me Harry's sigaretten in mijn handtas.

'Mag ik bij het raam roken?' vroeg ik.

'O ja,' zei Liesbeth. 'Laten we dat doen.'

Ik keek op mijn telefoon. Het was inmiddels halfdrie. Polly lag in een stoel te slapen, Liesbeths katten lagen naast me op de bank.

'Ik snap niet zo goed waarom je zei dat ik zijn kind moest krijgen,' zei Liesbeth terwijl ze mij het biertje gaf, en ik haar een sigaret en een vuurtje. Zij opende het raam. Ik blies de rook naar buiten.

'Dat zei ik niet precies,' zei ik, en ik moest een beetje lachen. 'Ik gun jou een baby, en ik gun hem de shock. Ik meende het niet serieus.'

'Heeft jouw dochter hem al ontmoet?'

'Teuntje heeft hem gesproken, zij hielp hem met ons weekendje naar Ibiza.'

'O god, jij bent daar dus wél geweest.'

'Teuntje vindt het denk ik allemaal enig. Zij wil niets liever dan dat er een man in mijn leven komt. Zoals iedereen om me heen. Ik kreeg haar vrij jong. Althans, voor toen was het oud, dertig, maar tegenwoordig ben je dan nog aan het puberen. Toen Teuntje op mijn borst werd gelegd en helemaal uit haarzelf mijn tepel zocht en begon te drinken, voelde ik een liefde zo groot, ik kon mijn man er ineens helemaal niet meer bij hebben. Ik keek naar haar en ik dacht: ik ben moeder en ik ben alles wat zij nodig heeft en zij is alles wat ik nodig heb. Tom had me kunnen verlaten en het had me geen zak uitgemaakt. Later kwam dit allemaal weer goed hoor, maar ik snap nooit waarom vrouwen op een man wachten om hun kind te krijgen. Is dat het plaatje? Want dat bestaat niet. Zie ons hier zitten.'

'Wat wil je nu eigenlijk precies zeggen?'

'Als je een kind wil, ga ervoor. Laat het niet van een man afhangen of jij moeder wordt.'

'Er zijn natuurlijk ook mannen die graag vader worden.'

'Tuurlijk. Maar het moet wel allemaal perfect samenvallen. Een man die ook vader wil worden, op wie je ook nog eens verliefd bent, en hij op jou, en die liefde moet standhouden, in ieder geval een paar jaar, jullie moeten hetzelfde denken over de opvoeding, en al die tijd wacht je. Tot je eitjes op zijn.'

'We dwalen af,' zei Liesbeth en ze drukte haar sigaret uit in de vensterbank.

'Nogal,' antwoordde ik. De sigaret had me duizelig gemaakt.

'Wat ga je nu doen, met Harry?' vroeg ze.

Ik dacht lang na. Ik voelde me verraden, maar verlangde ook naar de overrompeling, de aandacht, zijn grote, warme lichaam.

'We zouden wraak moeten nemen,' zei ik ten slotte.

'Haha, *hell yeah*!'

'Waarom kom je niet naar mijn verjaardag?' vroeg ik.

Liesbeth keek me verbaasd aan. 'O, je meent het?'

'Ja! Overmorgen, de vijfentwintigste, dan word ik vijftig.'

'Oké, wauw. Ik weet niet of ik dat durf.'

'Jawel, kom op.'

'En dan? Kom ik een of ander feest binnenlopen waar ik niemand ken, en waar hij is, OMG, nee.'

'Nee, joh, ik geef helemaal geen feest, ik haat feesten geven.

Ik denk dat Teuntje er is, en misschien mijn ouders met mijn broer, Harry komt dan net terug van de opnames voor een tv-programma. Hij zal zich kapotschrikken. En ik ben met jou, hè, wij staan aan dezelfde kant.'

Ik pakte haar bij haar schouders, licht wankelend. Liesbeth klemde haar handen onder haar oksels.

'Ik moet hier even een nachtje over slapen. Jij hebt een paar biertjes op, ik denk dat je er morgen ook heel anders over denkt. Laten we bellen. Ik ga dan denk ik nu wel slapen...'

'Ik ook, ik ook.' Ik wilde helemaal niet slapen, in m'n eentje dat grote huis binnenlopen, waar naast mijn eenzaamheid mijn manuscript wachtte.

Ik ontwaakte op mijn bank, naast Polly die nog in diepe rust was. Op de tafel naast me stond een halfvolle fles rode wijn, en een asbak met drie sigarettenpeuken. Mijn maag borrelde. Ik had niets gegeten gisteravond. Had ik mezelf voor gek gezet bij Liesbeth? Ik wist het niet meer precies. Ik herinnerde me Harry's apps aan haar, aan mij, het bedrog dat mij en Liesbeth verbond. Had ik me niet overdreven druk gemaakt? Ik snapte haar verdriet, maar was dit het werkelijk waard om mezelf voor te vergiftigen met alcohol en nicotine? Ik was een middelbare vrouw. Dan had Harry iets met haar gehad voor hij mij ontmoette. En oké, hij had erover gelogen tegen mij. Maar was hij werkelijk verantwoording aan mij verschuldigd? Was het nu echt zo'n grote ramp dat hij in een tijdspanne van misschien enkele uren met haar en met mij seks had gehad?

Ik rende naar de gootsteen en spuugde daar puur bier gemengd met rode wijn uit. Ik voelde me er niet beter door. Uit de keukenla pakte ik twee paracetamol en nam ze in met een glas water. Daarna liep ik naar de badkamer en smeerde de binnenkant van m'n arm in met oestrogeengel. Ik poetste mijn tanden en deed een plas. Ik was dit verdrietige gevoel zo enorm zat. Wanneer zou dat moment aanbreken dat me werd beloofd door de ene na de andere menopauze-goeroe op Instagram? Het moment dat er rust in mijn leven en mijn lijf kwam en ik van mijn zogenaamd zo ideale vrijheid zou gaan genieten? Ik wilde niet alleen zijn. Ik kon het ook niet. Nooit ging ik met vriendinnen aan de lampen hangen, of genoot ik van stedentrips in mijn eentje. Ik wilde gewoon niet alleen zijn en dat wist ik nu Harry zich aan mijn leven had opgedrongen. Hoe ongelukkig ik was voor ik hem ontmoette, en hoe gelukkig erna. Ik had getwijfeld inderdaad, maar nu wilde ik terug naar die bindingsangst. Het was zoveel makkelijker te dragen dan dit.

Ik lijnde Polly aan en ging met haar naar buiten. De frisse lucht maakte me iets minder somber. Ik kon het allemaal niet willen en kunnen, maar dit was mijn leven. Ik was geen slachtoffer, hoe zielig ik mezelf deze ochtend ook voelde. Ik had zelf gekozen voor een scheiding en was ook helemaal zelf gevallen voor een man met de bijnaam Dirty Harry. We hadden een paar maanden goede seks gehad, en samen mooie momenten gekend. Het was niets meer dan een affaire geweest, al had hij erg zijn best gedaan er een soort lotsbestemming in te zien. En nu kon ik gewoon kiezen. Meegaan in zijn verhaal of ermee stoppen.

Ik liep naar het koffietentje waarvan ik wist dat het om acht uur open zou zijn. De barista, een vrolijke Argentijnse jongen met een parelketting om, begroette me hartelijk. Hij wist al wat ik wilde en begon mijn flat white klaar te maken. Polly zat op haar mooist voor het brokje dat ze iedere week van hem kreeg.

Op het houten bankje buiten dronk ik mijn koffie en keek ik naar de man die ik in de verte al herkende. De handen op de rug, zijn sloffende tred, de leren jas die hij al zijn halve leven bezat.

'Voorspelbaar,' zei hij toen hij naast me kwam zitten. Polly sprong enthousiast op zijn schoot. 'Ik was eigenlijk eerst bij het huis,' zei hij.

'Je moet echt ophouden om zomaar binnen te lopen, al helemaal om acht uur 's morgens,' zei ik.

'Ik was niet binnen. Ik heb alleen de sleutels door je brievenbus gegooid.'

'Ah, oké.' Ik legde als vanzelf een hand op zijn knie. Ik wist wat een groot gebaar dit voor hem moest zijn geweest. 'Wat goed van je.'

'Ja, nou ja, jij gaat door, ik moet ook door. Ik gun je natuurlijk het beste, dat weet je.'

'Ja.'

'Ik heb me erbij neergelegd. Ook dat ik je toch in mijn leven wil, als moeder van onze dochter en als vriendin. Jij kent mij toch het beste...'

Ik glimlachte. Mijn gezicht voelde aan alsof ik uren onbeschermd in de zon had gelegen. Kende hij mij ook het beste? Had ik hem ooit laten zien wie ik echt was? De vrouw in de woedekamer, het beest in bed bij Harry? Het wanhopige eenzame wezen dat ik vannacht was toen ik thuiskwam? Als iemand dat gevoel zou herkennen dan was het Tom, en ik begreep hem voor het eerst sinds we uit elkaar waren gegaan. Ik snapte zijn onaangekondigde bezoekjes, zijn hang naar mijn hulp. Tom en ik waren allebei extreem slecht in alleen-zijn. Het bracht een enorme onrust in ons teweeg. Allebei zochten we naar een weg bij elkaar vandaan, en dan weer naar elkaar toe.

'Ik wil je niet beledigen of zo, en ik bedoel het goed, maar je ziet er slecht uit, Marieke.'

De tranen sprongen onmiddellijk in mijn ogen. Dit was het stomste wat ik kon doen, janken bij Tom.

'Ik slaap zo slecht,' zei ik, de brok in mijn keel wegschrapend.

'Wat kut,' zei hij. 'Daar weet ik alles van helaas. En jij ook.

Van mij. Maar ik heb me nu overgegeven aan de benzo's. Ik neem iedere avond een halve Xanax en ik slaap prima.'

'Dat is verslavend, Tom.'

'Ja. En als je niet slaapt eindig je in een inrichting. Dus ja, dan maar verslaafd.'

'Heb je me weleens bedrogen?' vroeg ik.

'Waar komt dit nu ineens vandaan?'

'Ik vroeg het me af en ik dacht net, nu kunnen we hier inmiddels wel eerlijk over praten.'

'Jij vraagt je nooit zomaar iets af.'

'Wat maakt het uit, Tom?'

'Je maakt je zorgen, zeker nu die gast ergens in Zuid-Amerika zit met allemaal jonge, ambitieuze productieassistentes. Wil jij nog een bakkie?'

'Wat heeft ambitie ermee te maken? Die tijd is al een tijdje voorbij, hoor. Maar, nee ik maak me totaal geen zorgen. En ja, ik wil nog wel een flat white. Met havermelk graag.'

Dat laatste zei ik om hem te pesten.

'Je weet dat dat geen melk is, hè, gewoon haver op sap, met heel veel suikers.'

'Ja, lekker.'

Het was vreemd hoe vertrouwd en tegelijkertijd geïrriteerd ik me steevast binnen enkele minuten bij hem voelde.

Tom kwam terug met twee kartonnen bekers en twee croissants.

'Hier, net uit de oven.'

Hij ging weer zitten. Polly nestelde zich tussen ons in. Voor voorbijgangers zagen wij er gelukkig uit, vermoedde ik.

'Ja, ik heb je weleens bedrogen. Hoewel ik bedriegen wel een te beladen woord vind.'

'Na de geboorte van Piet zeker…'

Hij knikte.

'Wij waren toen zo ver van elkaar verwijderd. Jij kon het me niet vergeven en ik verlangde ook naar iets van troost, warmte. We konden het niet delen, het verdriet. Dus toen ben ik een keer dronken bij Mireille in bed beland...'

'Je collega?'

Hij knikte weer, zonder me aan te kijken.

'Eén keer?' vroeg ik.

'Een paar keer.'

Ik wachtte op de woorden 'het stelde niet zoveel voor'.

'Uiteindelijk kon ik er niet goed mee leven, ik voelde me alleen maar schuldiger. Je weet toch dat ik me altijd schuldig heb gevoeld, hè, dat ik zo bevroor. Het was te groot voor me, een dode baby, jouw wanhoop. Dan gaat er iets dicht in mijn hoofd, ik begrijp het zelf ook niet.'

'Als iets je raakt dan heb je het over "het huis", "een dode baby". Het was je zoon, Tom. Jouw dode kind. Mijn dode kind. Niet "een".'

'Verdomd,' zei hij en hij staarde naar de punten van zijn versleten zwarte laarzen. 'Ik heb mijn emotionele mankementen geaccepteerd. Ik zit nu ook in therapie trouwens, dus vandaar ook de sleutels... Ik moet me losmaken van jou, anders laat ik nooit iemand anders toe. En ik wil dat wel, ik wil net als jij weer geluk in de liefde vinden.'

Dat zul je net zien, dacht ik. Dat hij het straks vindt en ik alleen blijf. Ik wilde nooit meer iets met Tom, maar was wel hypocriet genoeg om het hem niet te gunnen.

'Ik wil dat ook voor jou,' loog ik.

'Ik mag hopen dat je vraag over dat bedrog niet is ingegeven doordat die klootzak nu al vreemdgaat, want dan sla ik hem verrot.'

Ik schoot in de lach.

'Jij zal nooit iemand verrot slaan, schat.'

'Moet jij eens opletten.'

'Maar nee, Harry gaat niet nu al vreemd. Ik weet waaraan ik begin, ik ken zijn verleden, we hebben erover gepraat. Hij wordt ook een dagje ouder. En ik geloof ook niet echt in monogamie. Kijk naar ons. We beloofden het elkaar en het is niet gelukt. Ik denk dat het beter is daar wat flexibeler in te zijn. Alleen tegen elkaar liegen, dat wil ik niet. Niet meer.'

'Grappig,' zei Tom.

'Wat is er zo grappig aan?'

'Hoe jij alweer meebuigt met zijn gedrag. Alsof jij ineens een open relatie zou willen.'

Ik hoorde wat Tom erbij dacht. Jij, de vrouw die nooit seks wilde na Piet.

'Ga jij me nu feministische adviezen geven?' Ik lachte alsof het me niets deed, zijn droge constatering dat ik weer aan het meebuigen was. Het laatste wat ik aan hem zou toegeven was dat ik de halve nacht bij de vrouw was met wie Harry me nu al bedrogen had.

Ik begreep niet zo goed waarom ik tegen hem loog, mijn ex-man tegenover wie ik niets meer op te houden had. Het was waarschijnlijk de schaamte voor zoveel domheid. Of wilde ik nog steeds mijn opties openhouden?

'Vijftig,' zei Tom, om van onderwerp te veranderen. 'Hoe voelt dat, Mar?' Hij klopte daarbij voorzichtig op mijn been.

'Ik ben het nog niet, Tom, morgen, dan is het zover.'

'Doe je iets, ga je het vieren?'

'Gewoon, pa en ma, misschien even wat eten met Teuntje. Harry zit in Mexico.'

Moest ik hem ook uitnodigen?

'Ja, het lijkt me voor vrouwen ook wel een ding,' zei hij en hij verkreukelde de lege beker in zijn vuist.

'Nou inderdaad,' antwoordde ik. 'Ik heb de TENA Lady's maar vast besteld.'

Ik stond op, en Polly sprong van het bankje af.

'Ben je nu boos?' vroeg Tom.

'Helemaal niet, maar ik heb zoveel te doen!' Ik boog voorover en gaf hem een kus op de wang. 'Fijn dat je de sleutels van het huis hebt teruggebracht.'

'Van jóúw huis,' zei hij.

Terwijl ik me aan het verbazen was over de wonderlijke conversatie tussen Tom en mij, waar zelfs een scheiding of jarenlange therapie geen einde aan had weten te maken, zocht ik naar de sleutels van míjn deur. Mijn telefoon piepte, Polly jankte, mijn darmen kolkten van te veel koffie op een nuchtere maag. Ik kreeg mijn adem niet meer voorbij mijn middenrif. Ik haalde mijn zakken leeg, en daarna met toenemende paniek alles uit mijn tas. Net nu Tom de sleutels door de brievenbus had gegooid. Mijn minibusje haarlak rolde van het geveltrapje, evenals een rol hondenpoepzakjes en even drong zich de gedachte op om Harry met die hele slinger groene zakjes te wurgen. Ik moest ademen. Rustig blijven. Goddank kwam net de buurman, die altijd akelig beleefd was, aan lopen met een zuurdesembrood voor zijn beleefde gezin. Hij raapte mijn haarlak en het lint aan poepzakjes op, en gaf het glimlachend aan mij.

'Zo'n mooie ochtend,' zei hij en hij aaide de inmiddels trillende Polly. 'Ze heeft het toch niet koud?'

'Nee hoor, ze stelt zich aan,' antwoordde ik en ik propte de zakjes terug in mijn tas.

'Zo'n lief hondje,' zei de buurman en hij opende de gemeenschappelijke voordeur, die hij vervolgens voor me openhield.

Zittend op de wc opende ik mijn berichten. Liesbeth schreef dat ze het een heel bijzondere ontmoeting vond, maar dat ze nog erg twijfelde of ze naar mijn verjaardag zou komen. Ze wist niet of ze zo'n confrontatie met Harry aankon. En er was een bericht van Harry: 'Schat, wat mis ik je! Ondertussen is het hier wel fascinerend mooi, en ik heb alle gevaarlijke wegen overleefd. Kapot nu. Ik ga zo slapen en lekker van jou dromen. Nog twee daagjes!'

Eronder een aftelklok. Als die klopte, zou hij pas op de avond van mijn verjaardag thuiskomen. Ik had geen idee wat ik hem terug moest schrijven. Ik begon met Liesbeth.

'Ha Liesbeth, dat was zeker een bijzondere, verhelderende avond. Is het oké als ik je straks even bel?' typte ik en ik verzond het bericht.

Nog geen tien seconden later ging mijn telefoon.

'Ja, ik dacht: we kunnen ook meteen bellen,' zei Liesbeth. Ik veegde mezelf af en bedacht dat ik moeilijk kon doortrekken met haar aan de andere kant van de lijn. Ik zette haar op speaker en liep naar mijn keuken, waar ik mijn handen waste.

'Ben je aan het douchen of zo?' vroeg ze.

'Nee, ik ruim een beetje op hier.'

We leken wel geliefden, zo blij waren we dat we elkaars stem weer hoorden.

'Ik denk niet dat ik kom,' zei ze.

'Je moet komen,' zei ik, alsof ik haar moeder was. 'Ik heb namelijk een plan.' Ik vertelde dat hij er pas laat in de avond zou zijn. Dan waren mijn familieleden al weg. We konden hem samen opwachten. Een beetje overdreven om dit nu een plan te noemen, maar het was een mooi begin.

'Dan kan hij niet om ons heen.'

'En dan? Een soort interventie of zo?' Het was even stil aan de andere kant. 'Ik vind het zo heftig... Voor mezelf bedoel ik, het heeft me echt dagen gekost om weer een beetje bij zinnen te komen.'

'Hoe vaak heb jij hem in elkaar geslagen in de woedekamer bij Kees?' vroeg ik, terwijl ik me voorstelde hoe haar mooie pilatesarmen erop los sloegen.

'Geen een keer,' antwoordde ze. 'Ik kon het niet. Ik vond het zo naar... Ik heb een keer met die knuppel tegen de boksbal geslagen maar dat deed ik meer voor Kees.'

Nu was ik even stil. Ik stond daar totaal ongeremd te schreeuwen en te rammen.

'Als jij iets agressiefs van plan bent, dan heb je weinig aan mij dus...'

Agressief. Was ik dat?

'Ik wil hem niet iets aandoen, ik wil alleen maar dat hij schrikt. Als hij érgens bang voor is, dan is het gecanceld te worden.'

'Nou, daar heeft hij ons niet voor nodig, dat kan hij heel goed zelf voor elkaar krijgen.'

'Maar ik wil zijn gezicht zien. Hoe hij opgewonden en blij met zichzelf binnenkomt en ons dan ziet zitten. Ik wil zijn gekronkel zien, zijn leugens horen. Maar ik wil vooral dat hij ziet hoe wij een pact zijn. Dat we ons niet door hem tegen elkaar laten uitspelen, dat hij niet wegkomt met jou of mij de schuld geven.'

Aan de andere kant volgde een lange stilte.

'Als je zoiets wil, dan moet je misschien ook zijn ex-vriendin Daphne spreken.'

'Dat was ik ook van plan,' antwoordde ik.

Na herhaaldelijk aanbellen bij zijn huis, een benedenwoning in Oud-Zuid, deed Daphne de deur open. Voor me stond een slanke, jonge vrouw die me geërgerd aankeek. Haar blonde haar in een slordige knot boven op haar hoofd. Een spijkerbroek slobberde om haar benen, en haar grijze sweater zat vol verfvlekken. Ze was mooier dan op de rodeloperfoto's met hem, die ik eindeloos had bestudeerd.

'Wat kom jij hier doen?'

'Ja, sorry, ik dacht... Misschien heb je tijd om even te praten.'

'Ik heb daar geen enkele behoefte aan.' Ze bleef in de deuropening staan, met haar armen over elkaar heen geslagen.

'Woon je hier nog?' vroeg ik.

'Ik vertrek vandaag,' antwoordde ze. 'Dus je zal begrijpen dat ik hiervoor geen tijd heb.'

'Geef me vijf minuten,' zei ik.

Ze bekeek me van top tot teen. Ik zag er vast afgeleefd, katerig uit, in mijn joggingbroek en hondenuitlaatjas.

'Je tijd gaat nu in,' zei ze quasi-ongeïnteresseerd.

'Oké. Ik heb Liesbeth gesproken. Zij vertelde dat jij pas achter mijn relatie met Harry kwam toen die in de pers verscheen. Harry omschreef jou als een bipolaire vrouw met wie het al ruim drie maanden over was.'

Ik zag dat dit aankwam. Haar vermoeide ogen vulden zich met tranen, die ze probeerde te verbijten. Uiteindelijk zei ze: 'Harry omschreef jou als "een geestverwant". Hij wilde niet kiezen tussen jou en mij, maar als ik hem ertoe dwong, dan koos hij voor jou. Vanwege "de toekomst". Snap je?'

Ik schudde mijn hoofd.

'Harry is boven alles een enorme opportunist. Dus met toekomst bedoelt hij: jij kan zijn imago redden. Naast jou wordt hij meer schrijver dan acteur. Is hij nooit begonnen over een "powerkoppel" zijn? Daar begon hij tegen Liesbeth ook over. En tegen mij, enkele jaren geleden. Hij zei trouwens ook dat jij verliefd op hem was geworden en dat hij vermoedde dat jij degene was die jullie affaire had gelekt.'

Ik schoot van verbazing in de lach.

'Natuurlijk heeft hij het zelf gelekt, ik ben niet gek. Ik heb hem er direct uitgezet. Maar goed, nu komt hij terug, dus ik verhuis vandaag naar een tijdelijk appartement in Noord.'

'Zullen we niet heel eventjes een kop koffie doen?' vroeg ik.

'Sorry,' zei ze. 'Ik moet echt door. Hij komt vanavond terug en dan wil ik weg zijn. Ik kan die man niet meer zien.'

'Vanavond?' Bij mijn weten kwam hij morgen in de avond terug.

'Heeft-ie zeker ook over gelogen? Weet waar je aan begint, meid. Hij noemt het ook nooit liegen, maar "te veel aan zijn hoofd hebben".'

Hoe konden mannen, zelfs als ze de vijftig ruim waren gepasseerd, een oneindige stroom vrouwen consumeren en daarmee alleen maar cooler worden, terwijl tegen mij werd gezegd dat het 'wel een ding was', dat vijftig worden. En mannen hoefden er niet voor naar de botoxdokter, ze hoefden niet te stoppen met drinken, met roken, integendeel: hoe doorleefder en ruiger, hoe liever we ze hadden. Dan viel er nog wat aan te vertimmeren. Zelfs als hij zichzelf tot vrouwenverslinder had gekroond, wilden wij hem. Dacht ieder van ons soms het verschil te maken? In mijn handen zal hij veranderen, bij mij vindt hij rust. Diep vanbinnen is hij een klein eenzaam jongetje dat schreeuwt om liefde. Gedroegen en kleedden ze zich als pubers om het reddersgen in ons wakker te maken?

Ze werden met open armen opgevangen door ons, dankbaar voor een nieuw opknappertje. Wij vrouwen zouden een pact moeten sluiten. We zouden elkaar moeten beloven nooit meer zijn midlifecrisis te zijn, of zijn ego-boost. Hoe aandoenlijk ongelukkig hij ook zei te zijn.

Ik kon klagen en schelden wat ik wilde, ook ik was ervoor gevallen. En niet als naïeve, jonge, ambitieuze meid, maar als onafhankelijke vijftiger met een kind, en een bloeiende carrière. Deze man ging, na jaren de mooiste jonge vrouwen te hebben nagejaagd, nu voor iemand van zijn eigen leeftijd. Hij wilde waarschijnlijk rust, hij wilde landen, hij wilde samen oud worden. En dit kon nog steeds allemaal waar zijn, maar hij had gelogen – en leugens triggerden iets in mij. Dan werd ik hol vanbinnen en dat gat vulde zich met een grote eenzaamheid.

'Ik begrijp het, je hebt geen tijd, maar luister: ik word morgen vijftig. En nu leek het mij een leuke verrassing als jij en Liesbeth langskomen.'

'Een verrassing voor Harry, bedoel je?'

Ik knikte. Ik zag haar ogen oplichten.

'Haha, dat is voor hem echt de hel.'

'Daarom.'

Ze dacht even na. Ze glimlachte ingehouden. 'Ik ben daar sowieso bij. Wow. Ik word hier blij van. Ik geef je mijn nummer.'

Ik pakte mijn telefoon en gaf die aan haar. Terwijl zij haar nummer erin zette, gluurde ik door het raam. Er hing alleen nog maar een grote flatscreen tegenover een zwartleren bank. Daarover had hij niet gelogen, Daphne had inderdaad bijna het hele huis gestript.

Weer thuis keek ik nogmaals naar Harry's bericht dat hij dus blijkbaar vanaf het vliegveld had geappt. Hij zou er volgens Daphne dus vanavond al zijn. Wat moest ik ermee?

Niks. Misschien wilde hij me verrassen en zou hij vanavond al voor mijn deur staan. En misschien ging hij een vierde vrouw neuken. Het beste was als ik gewoon boodschappen ging doen, een taart bestellen, wijn halen, een mooie bos bloemen. En vooral heel vroeg naar bed.

Ik appte Liesbeth dat Daphne van de partij zou zijn.

'Hoe laat wil je ons bij jou hebben?' appte Liesbeth terug.

'Rond achten?'

'Avond?'

'Haha uiteraard.'

'Wat gaan we dan zeggen?' appte Liesbeth weer.

'Dat zien we dan wel. Waarschijnlijk vertrekt hij onmiddellijk. Het gaat om het effect. Dat we hem doorzien. Mag hij zich een keer schamen.'

Ik wachtte de avond af. Ik deed tussen de boodschappen door nog een verwoede poging om te schrijven, maar ik kreeg geen letter op papier. Ik was boos op mezelf. Dat ik het zover had laten komen dat een man mij een writer's block had bezorgd. Om de tien minuten keek ik op mijn telefoon. Geen bericht. Ik had ook niet geantwoord op zijn laatste app. Dat zou hem toch moeten bevreemden. Hij was weer terug. Wat de fuck was hij aan het doen? Ik schonk mezelf een glas wijn in. Iets eten lukte niet. Net toen ik had besloten mijn bad te laten vollopen, ging de bel. Mijn hart sloeg over. Polly rende enthousiast naar de deur. Was het Harry? Dat zou wel typisch iets voor hem zijn, met zijn verrassingen. Ik hoorde hoe er een sleutel in het slot werd gestoken, direct gevolgd door de enthousiaste stem van Teuntje.

'Mam!' riep ze, toen ze de keuken binnenkwam. Ze hield een feestelijk verpakte fles in haar hand. 'Wat sta je daar raar!'

Ze kwam naar me toe en omhelsde me. Mijn hart raasde nog. Ik stond als aan de grond genageld, mijn handen vastgeklonken aan het kookeiland.

'Zit je in een bijna-jarigcrisis of zo?'

Mijn wangen trilden. 'Ja, zoiets,' mompelde ik.

'Ach mam, niet huilen. Kom op, het is bijna feest! Ik dacht al: die zit vast in haar eentje te simmen. Nou hup, ga douchen en trek dat idiote joggingpak uit. Ik heb champagne en wat kaasjes van Kef. Dan gaan we het vieren, *your fabulous fifties*!'

Ik douchte, smeerde mijn uitgedroogde huid in met de bodylotion die ik anders alleen maar gebruikte als Harry langskwam. Idioot eigenlijk om alleen mooi te willen zijn voor een man en niet voor mezelf, dacht ik. Ik slikte het verdriet weg dat zich in mijn keel had opgehoopt. Ik trok de jurk aan die ik had gekocht voor zijn ogen, en zelfs de pumps die ik alleen voor hem droeg. Was mijn hart gebroken? Absoluut. Ik had getwijfeld aan deze relatie, ik vond dat hij te hard van stapel ging en ik zocht alle schuld voor deze twijfel bij mijn eigen wantrouwige, gesloten zelf. Nu bleek dat ik beter naar mijn wantrouwen had moeten luisteren. Ik was teleurgesteld, vooral in mezelf.

Teuntje floot toen ik weer binnenkwam. 'Zo, dat is een hele metamorfose.' Ze ontkurkte de fles Moët, en had alle kaasjes op een grote plank gelegd, met toastjes ernaast.

Ik knuffelde haar nog een keer, nu op sterke benen. 'Wat ontzettend lief dat je er bent,' zei ik. Ik snoof haar volwassen geur op.

'Natuurlijk ben ik er, mam.'

Teuntje schonk twee flûtes in, gaf er een aan mij en tikte haar glas tegen het mijne.

'Op jou en op alles wat er gaande is in je leven.'

'Nou,' antwoordde ik. 'Zeg dat.' Ik besloot niets te zeggen over Harry en de andere vrouwen. Ik wilde deze avond niet verpesten. En ik wilde mijn verlies nog niet toegeven.

'Zo fijn dat je het weer met pap hebt bijgelegd,' zei Teuntje.

'Daar ben ik ook heel blij mee, schat.'

'Zo zie je maar, hij gunt je ook je geluk.'

'Dat wist ik ook wel, hoor. Het duurt altijd alleen even voordat hij gewend is aan veranderingen.'

'Haha, vlak jezelf niet uit.'

Ik ging zitten op de barkruk, tegenover Teuntje.

'Denk dat het hoort bij ouder worden, dat je de tijd wil stilzetten.'

'Daarover gesproken: morgen is het zover, of eigenlijk vannacht al, om twaalf uur...'

'Morgen gebeurt er niks bijzonders. Denk dat opa en oma komen, en die avond is Harry er weer...'

'Ik ben hier om je te vertellen dat er morgen wel iets bijzonders gebeurt. Wij gaan namelijk samen een dagje naar de spa. Jij gaat niet je vijftigste vieren met een saaie sessie met opa en oma. Dat doe je volgend jaar maar weer. Je hoeft ook niks te doen of te organiseren, ik slaap hier vannacht en rond elf uur worden we daar verwacht. Ik trakteer. En we eten daar ook!'

'Wauw,' antwoordde ik, en ik nam een slok.

'Iets enthousiaster mag ook wel...'

'Ik bedoel het heel enthousiast!' zei ik met meer toonverschil in mijn stem. 'Maar opa en oma dan?'

'Die zijn natuurlijk allang blij dat ze niet helemaal hierheen hoeven te rijden. Het is allemaal geregeld en je hoeft je nergens schuldig over te voelen. Het is jouw vijftigste verjaardag.'

Allang blij? Dat klonk niet als mijn ouders. Tenzij ze nog boos op me waren. Misschien had Wart nu ook hen te pakken, met zijn haatvlogs over Harry.

Mijn telefoon trilde. Ik zag een bericht van een onbekend nummer.

'Ik heb contact gehad met Liesbeth en wij zijn erbij. Hoe laat verwacht je ons? X Daphne.'

'Wie is dat?' vroeg Teuntje.

'Niemand,' zei ik. 'Mensen beginnen nu al met me te feliciteren.'

'Natuurlijk. Het is ook een *big thing*, mam, maar jij doet er heel nuchter over. Is dat echt of doe je dat voor mij?'

'Ja, jij denkt dat het leuk is om vijftig te worden. Ik vind jarig zijn niet meer leuk sinds ik dertig werd. Vanaf dan is je leeftijd ineens een ding. Gaat iedereen vragen: hoe vind je het om dertig, veertig, vijftig te worden? En dan wordt van je verwacht dat je daar iets relativerends over zegt als: het niet mogen worden is erger, of zo. En als je vijftig wordt, behoor je te antwoorden dat je blij bent dat je eindelijk rust hebt en dat je geen fuck meer geeft om wat anderen van je vinden. Terwijl diep vanbinnen, geloof me Teun, zijn wij daar mega mee bezig. Ook als je vijftig wordt moet je zo dun als een lat zijn, eruitzien als veertig, en moet je nog steeds geil zijn. Liefst geiler dan ooit.'

'Wow mam, TMI! *Too much information*!' zei Teuntje lachend en daar achteraan: 'Nou, dat gaat in jouw geval dan mooi op, want jij zit in je *slutty spring*.'

Zelfs een halfje valium boven op vier glazen champagne hielp me niet in slaap. Harry had me precies om twaalf uur een bericht gestuurd.

'Lieve mooiste, gefeliciteerd, je hoort nu ook bij de club, en de club is blij zo'n prachtig, slim en geweldig exemplaar te verwelkomen. Namens de voorzitter mag ik je morgen kussen en mijn hoofd tussen je fantastische borsten steken. Ik verheug me. Slaap lekker voor straks, hvj XXX' drie vuuremoji's, twee aubergine-emoji's en een spetteremoji.

Ik was er misselijk van, wetende dat hij niet op het vliegveld van Mexico-City stond, maar allang in Amsterdam was. Geen verrassingsbezoek, ik snapte niet waarom ik dat had verwacht. Op de een of andere manier wilde iets in mij dat hij het goed kwam maken, dat het allemaal één groot misverstand was. Had ik me mee laten sleuren in de wraakzucht van anderen? Maar het was niet hun wraakzucht. Als Kees niet ook Liesbeths therapeut was geweest, had ik van niks geweten. En ik was zelf degene die deze interventie had opgezet en niet zij. Rond halfdrie 's nachts appte ik Daphne en Liesbeth dat het allemaal anders liep dan verwacht, en we beter later konden afspreken, aangezien ik met mijn dochter naar een spa ging.

Beiden konden kennelijk ook niet slapen, want ik kreeg direct antwoord.

Liesbeth had nog steeds twijfels, Daphne maakte een groepsapp aan, die ze 'Harry's harem' had genoemd, en schreef dat die modderfokker het verdiende. En dat dit haar laatste slapeloze nacht over een man ooit was.

'Hoe dan ook,' schreef ik terug in de groepsapp, 'hebben wij elkaar ontmoet. Onze vriendschap alleen al is zijn grootste nachtmerrie.'

Ik kreeg emoji's van hartjes en sterrenogen terug.

Ik vroeg me af waarom ik zo makkelijk over vriendschap schreef, terwijl ik hen eigenlijk helemaal niet kende. Was het niet normaler als het delen van een man juist leidde tot vijandschap? Ik voelde eerder een verbond, lotgenootschap, ik was niet de enige die door hem was voorgelogen. Hoe zou hij morgen voor mijn deur staan? Zou hij wel voor mijn deur staan? Hij liet niets meer van zich horen. Ik haatte het dat ik nu meer naar hem leek te verlangen nu ik vermoedde dat hij een spel met mij speelde. Mijn hoofd zei dat onze relatie voor hem zuiver strategie was, mijn hart wilde dat hij hier lag, dat ik van niets wist, dat ik nog vol was van het vooruitzicht eindelijk weer een partner te hebben en niet langer alleen te zijn.

LE SPA DE L'EUROPE stond er op een groot bord bij de entree. Teuntjes gezicht straalde.

'Jeetje wat chic zeg!' riep ik uit en ik vergaapte me aan de beige luxe. 'Het voelt alsof we in Parijs zijn, zo...'

'Romantisch,' maakte Teuntje mijn zin af.

'Ja. Zo lief dat je dit voor mij hebt geregeld. Dit is helemaal zoals ik vijftig wil worden. Relaxen met mijn dochter.'

'Dat dacht ik al,' antwoordde Teuntje.

In de ruimte waar we moesten wachten, bestond geen tijd. Het was een schemerige cocon waarin het rook naar rozen en waar zachte jazztonen klonken. Een vrouw in een wit doktерspak kwam ons twee mokjes kruidenthee brengen en gaf ons de meest donzige badjassen met bijbehorende slippers. Ze fluisterde dat we onze kleding in een van de kluisjes konden stoppen en dat onze masseuses ons in de relaxruimte zouden komen ophalen.

'Hoe is het met Harry?' vroeg Teuntje. We zaten in onze badjassen op de beige relaxstoelen, met het mokje kruidenthee in onze handen.

'Die zit nog in Mexico, denk dat hij nu onderweg is.' Ik loog, tegen mijn eigen kind, maar ik had haar in het verleden al vaak genoeg opgezadeld met mijn niet bepaald gelukkige liefdesleven. Ik besloot Teuntje buiten mijn verdriet te houden.

‘Hij is er vast vanavond. Ik ben zo blij voor je, mam, ik heb het toch altijd tegen je gezegd; er komt iemand, juist wanneer je het niet verwacht, of van wie je het niet verwacht.’

‘Ik had deze inderdaad niet verwacht,’ zei ik lachend.

‘Je verdient het,’ antwoordde ze. ‘Je bent zo’n geweldige, mooie, sterke, lieve vrouw.’

‘Verdien ik het of verdien ik hem?’ vroeg ik.

‘Die begrijp ik even niet.’

‘Laat maar, is ook een heel stomme opmerking. Ik bedoel meer: is liefde iets wat je verdient? Want dan kan je het ook niet verdienen... En is het vinden van die liefde dan een verdienste? Want dat betekent dat mensen die lang alleen zijn een soort van mislukt zijn...’

‘Jij hebt echt te weinig geslapen vannacht. Ik zou me niet zo druk maken, mam, er staat een fantastisch leven op je te wachten.’

Ik hoorde de hoop in haar stem. Het was voor kinderen ook zwaar om twee alleenstaande ouders te hebben. Als ik een partner had, dan scheelde dat een hoop zorgen voor Teuntje.

‘Hoe dan ook,’ antwoordde ik. ‘Ook als ik onverhoopt geen liefde vind, kan ik nog altijd een fantastisch leven hebben.’

‘Jezus, wat doe je ingewikkeld, je hebt het gevonden. Of ben je hem ineens weer zat of zo? Mam? Je gaat het nu wel een kans geven, hoor.’

Ik hield van Teuntje, meer dan van wie ook. Ze was mijn bloed, een kopie van mij en als ik haar zag, dan zag ik mezelf dertig jaar geleden, met dezelfde overtuiging waar het liefde en relaties betrof. Het zou allemaal vanzelf gaan. Op een dag zou hij of zij er zijn, die soulmate, de persoon die aan één woord genoeg had. De verliefdheid zou een diep weten zijn, waarbij je je niet kon voorstellen dat jullie elkaar ooit niet zouden begrijpen, of nog erger, tegen elkaar zouden liegen, of elkaars aanwezigheid niet langer zouden kunnen verdragen. Dertig jaar geleden wist ik niets van de vervreemding, de afstand die ineens onoverbrugbaar leek, de minachting die het wederzijds respect verdrong. Dertig jaar geleden dacht ik ook dat met simpelweg je best doen de liefde zou overleven. Nu wist ik dat zodra je je best ging doen, de liefde in gevaar was. 'Het een kans geven' was precies wat ik gedaan had met Harry. Tegen al mijn twijfels in. Mijn advies nu zou zijn: bij twijfel niet doen. Want hier lag ik, op een massagetafel, met aan mijn rug een van de beste masseuses die ik ooit had bezocht, bevangen door stress die ik jaren geleden meende te hebben afgezworen.

Ter afsluiting van de heerlijke spamiddag kregen we een touch-up van een visagiste, en werden onze haren geföhnd terwijl er gelijktijdig iemand onze nagels lakte.

'Wat kost dit wel niet, Teun?' had ik gevraagd.

'Omarm het,' had Teuntje geantwoord. 'Toch ook weleens lekker om niet de controle te hebben?'

'Zeker. Maar je studeert...'

'Ik geef tegenwoordig ook computerles, aan senioren. Dat betaalt goed.'

We aten oesters in Brasserie Marie en daarna zalige gnocchi met paddenstoelen.

'Dit is een soort citytrip in eigen city,' proostte ik.

'Voel je je al jarig?' vroeg Teuntje, die er door de visagie en haar geföhnde haren ineens stukken volwassener uitzag.

'Het begint te komen,' zei ik.

'Je ziet er fantastisch uit, mam.'

'Nee, Teun, dat is niet waar. Het is lief bedoeld, maar fantastisch dat ben jij. Jouw lichaam. Die gladde huid… Dat heb ik heel lang voor lief genomen. Geniet er maar van, want opeens ben je vijftig en heb je een huid als een oude vleeskleurige panty.'

'Is het niet ook fijn, dat ouder worden? Dat het niet meer zo om uiterlijk gaat, maar om inhoud en dat je beter weet wat je wilt? Ga je niet veel bewuster om met bijvoorbeeld Harry, dat je echt beseft hoe bijzonder het is, de liefde vinden?'

Mijn maag draaide zich in een knoop. Ik kon de gedachte Teuntje weer teleur te stellen bijna niet verdragen. Ik wilde niet liegen, zoals ik had gedaan vlak voor mijn scheiding, maar ik kon haar ook niet de waarheid vertellen, niet nu we het net zo fijn hadden.

'Ik weet het niet, Teun, op jouw leeftijd dacht ik dat mensen van mijn leeftijd oud waren. Nu ik het zelf ben voel ik me nog jong, en misschien wel meer verward dan jij.'

Teuntjes roomwitte hals werd vlekkerig rood. Ze nam een flinke slok water. Het ging weer te veel over mij.

'Hoe zit het eigenlijk met jouw liefdesleven?' vroeg ik. Ik bedacht wat een rare vraag dit eigenlijk was, liefdesleven… Alsof het een apart leven was dat je leidde naast andere levens.

'Ik geniet vooral van mijn vrijheid.' Teuntje keek nerveus op haar telefoon.

'Dat snap ik, schat.' Ik wilde nog een slok wijn nemen, maar de ober stond al aan tafel met de rekening. Ik dacht nog: wat onbeschoft dat je hier zo van tafel wordt gestuurd, en daarna: wat doet Teun toch raar. Maar toen haalde ze een zwarte sjaal uit haar tas en zei dat ze deze om mijn ogen ging binden.

'Niet bang zijn,' zei ze zacht.

Ik werd door gangen geleid, trappetje op en trappetje af, ik hoorde Teuns nerveuze ademhaling. Ik was gek genoeg heel kalm en dacht dingen als: stel dat Piet nog had geleefd. Dan liepen ze hier nu samen met mij. Dat was zoveel leuker geweest voor Teun. En voor mij. Misschien was ik dan wel nooit gescheiden. Jawel, dacht ik vervolgens, maar later. Bijvoorbeeld nu ik vijftig werd.

We stapten een ruimte in en Teuntje knoopte de sjaal los. Ik zag lichtflitsen en toen een horde mensen. Hun handen in de lucht, hun monden open.

'*Surprise*!' werd er gescandeerd en in het midden stond Harry in smoking te schudden met een magnum fles champagne.

Ik wankelde en zette de nagels van mijn rechterhand in het vlees van mijn linkerduim. Teuntje sloeg haar armen om mijn middel en hield me vast, alsof ze vreesde dat ik flauw zou vallen. Ik draaide me om naar haar, mijn mond hing open. Ze keek blij en angstig. Als iemand wist dat ik een hekel had aan verrassingen dan was zij het.

'Ik hou van je mam, gefeliciteerd!' riep ze boven iedereen uit en ze gaf me een zoen op mijn wang.

Er daalde een regen van champagne op ons neer en daar was Harry, glunderend van oor tot oor, in zijn ene hand de magnum, met de andere greep hij mijn hoofd en drukte zijn mond op mijn mond. Ik voelde zijn tong binnendringen, maar ik was totaal verstijfd. Om ons heen stond een klein legertje aan fotografen.

'Jezus Harry,' zei ik hijgend.

'En Marieke, allereerst van harte gefeliciteerd en hoe fantastisch dat Harry deze surpriseparty heeft georganiseerd met jouw dochter! Hoe voelt het om vijftig te worden?'

Ik werkte tientallen van dergelijke vragen af, met camera's boven op mijn bevroren grijns, terwijl Harry naast me tegen andere microfoons stond te oreren. Gelukkig was ik goed in enthousiast overkomen, maar toen ik eenmaal door de haag van bekenden en onbekenden, collega's die altijd op mijn werk hadden neergekeken, mijn uitgever Ronald bereikte, hield ik het niet meer.

'Hoezo doe jij mij dit aan?' vroeg ik, met een glimlach op mijn gezicht om niemand te verontrusten.

'*Don't blame me.* Je lover heeft dit circus opgetuigd, met je dochter. En ik dacht: een beetje *rumour around the brand* kan geen kwaad. Het is een mijlpaal tenslotte, Marieke, voor jou, maar ook voor je schrijverschap. Hier, je gin-tonic.'

Ronald wist dat ik in stresssituaties altijd het liefst een gin-tonic drink. Ik klampte me vast aan het koude glas.

'Ik heb Liesbeth gesproken,' zei ik. 'En ik ga haar en zijn ex-vriendin zo hier uitnodigen.'

'Nee toch?' antwoordde hij.

'Ja. Jij wil toch rumour around the brand?'

Ik beende weg, de bordjes richting de wc volgend. Onderweg werd ik gefeliciteerd en gekust door kennissen, door mijn buren en door types die altijd op boekpresentaties werden uitgenodigd. Influencers met een groot bereik. Ook de acteurs uit de serie waren allemaal aanwezig.

Eenmaal op de wc trok ik mijn onderbroek naar beneden, liet mijn buik hangen en ging zitten. Haal adem, zei ik in mezelf.

Er werd op mijn deur geklopt.

'Marieke?' vroeg Susan, mijn lieve, door mij verwaarloosde vriendin. 'Gaat het?'

'Je kent me,' riep ik door de deur.

'Teuntje en ik hebben echt ons best gedaan dit allemaal enigszins in goede banen te leiden. Maar Harry was niet te houden.'

'Zo lief van jullie,' antwoordde ik. Ik wist niet wat ik liever wilde, huilen of nog een gin-tonic.

Ik dacht aan Teuntjes verheugde, maar ook panische gezicht nadat ze de sjaal voor mijn ogen had weggehaald. Ze kende me. Ze moest tegen Harry hebben gezegd dat ik eigenlijk niet hield van dergelijke feesten. Nu snapte ik haar nervositeit tijdens het eten.

'Doe eens open,' zei Susan.

'Ik schaam me zo,' zei ik. 'Ik heb onze vriendschap zwaar verwaarloosd en jij bent hier hele feesten voor mij aan het organiseren.'

'Nou, dat heeft Harry bijna allemaal gedaan, Teun en ik deden vooral *damage control.* Doe nou open.'

Ik trok mijn broek omhoog en opende de deur. Daar stond ze, mijn lieve vriendin, met twee gin-tonics in haar hand.

'"*Sisters before misters.*" Zeiden we dat niet altijd?'

Ik haalde mijn telefoon uit mijn tas.

'Er blijkt een surpriseparty voor mij georganiseerd te zijn,' typte ik in de groepsapp Harry's harem. 'Jullie zijn van harte welkom in De L'Europe.'

'Haha, typisch,' appte Daphne onmiddellijk terug. 'Ik verheug me nu al.'

'Lieve schat, iedereen zoekt je!' riep mijn moeder toen ze de toiletruimte in liep. Ze spreidde haar armen voor een knuffel en ik liet me kussen. 'Wat fantastisch dit, Mariek. Wat een ongelooflijk feest. Ik ben zo trots op je. En even, hoe geweldig is die Harry? Dat hij dit allemaal organiseert.'

'Met Teuntje,' voegde ik eraan toe.

'Ja, wees maar blij met zo'n dochter.'

Ik hoorde altijd in alles wat mijn moeder zei een verwijt, zo ook nu. Zo'n dochter had zij nooit gehad. Haar dochter wist niet hoe gauw ze het huis uit moest, het dorp uit, om vervolgens nog maar één keer per jaar langs te komen. Gelukkig hadden ze Wart.

'Kom mee naar je vader,' zei ze. Ze pakte mijn hand en sleurde me de gang in, de trap af, waar mijn vader en Wart bedrukt om zich heen stonden te kijken met een biertje in de hand. Ik wist dat ze hem gewoon mee zouden nemen, ondanks mijn uitdrukkelijke verzoek dit niet te doen.

'Ik heb het met Teuntje overlegd,' zei mijn moeder haastig. 'Ze zei dat het goed was. Hoe moeten we anders hier komen, Marieke?'

'Hij kan jullie brengen en halen en zelf ergens anders wachten?' antwoordde ik.

'Hij is je broer.'

'Een broer die afschuwelijke YouTubevlogs over mij en Harry maakt.'

'Ja, nou ja. Jij kan er ook wat van, hoor. Laten we geen scène maken op je feest.'

Ik kuste mijn vader en knikte naar Wart. Om ons heen klikten en flitsten de camera's.

'Feestje wel, *sis*,' zei Wart. Hij tikte zijn glas tegen het mijne zonder me aan te kijken.

Ik voelde mijn moeders opgetogenheid. Hier stonden we, het gezin herenigd. Niet voor lang, want Wart liep weg, zonder iets te zeggen.

'Weet jij hoe duur parkeren hier is, Marieke?' vroeg mijn vader.

'Ja, pap, dat weet ik. Jullie hadden ook met de trein kunnen komen.'

'Nou, daar ga ik nooit meer in,' zei mijn vader lachend.

'Niet zo zeuren, Ruud, je dochter wordt maar één keer vijftig.'

Goddank kwam Teuntje me halen, helemaal opgelucht dat ik er nog was.

'Er gaat zo iets gebeuren,' zei ze. 'Dus we moeten even naar voren.'

'Teun,' zei ik, harder dan mijn bedoeling was. 'Ik moet eerst even ergens op adem komen. Het is allemaal een beetje veel.'

We kwamen terecht op een armoedig binnenplaatsje dat de rookplek bleek van het personeel. Het stonk er naar frituur en oude peuken.

'Mijn hemel, Teun, wat een...' Ik zocht woorden waarmee ik haar niet zou kwetsen. Mijn hart fladderde in mijn borst. Teuntje had onderweg hiernaartoe nog twee gin-tonics mee weten te grissen.

'Ik snap je, mam,' zei ze. 'Ik heb het gezegd tegen Harry, dat jij niet zo dol op verrassingen bent.'

'Kon je het niet tegenhouden?'

'Nee, het enige wat ik kon doen is Susan erbij halen en meewerken, zodat het nog enigszins binnen de perken bleef. En je uitgever wilde ook graag iets doen…'

'Ik hou van je, Teun. En ik vind het superlief, echt–'

'Beter omarm je het, mam. Dit is nu je leven. Vier het! Je succes, je nieuwe liefde.'

'Ja!' hoorde ik Stijn roepen, die kennelijk ook zijn weg naar de rookruimte gevonden had. 'Jullie hebben wel uitgepakt, hoor,' zei hij, met lichte ironie in zijn stem. Hij kuste ons, nam een slok van mijn gin-tonic en stak een sigaret op.

'Ik wil hier even een disclaimer indienen, Mar. Ik heb deze kleine hier gezegd dat ik het er niet mee eens was.' Hij wees naar Teuntje, die met haar ogen rolde.

'Het was niet de vraag óf, Stijn. De vraag was hóé.'

'Ik zei: "Ik ken je moeder van het ontvluchten van feestjes." *And here we are…*'

'Ik ga het uitmaken,' zei ik.

Beiden staarden me verbouwereerd aan.

'Ja. Sorry nog.'

'Toch niet hier, nu?'

Ik haalde mijn schouders op.

'Hij lag tot voor kort nog op twee andere vrouwen.'

Teuntje keek me geschokt aan.

'En misschien nog wel meer, wie weet. Prachtige vrouwen, veel jonger ook. Een van hen stuurde hij letterlijk dezelfde berichten als aan mij. Met dezelfde foto's. Dezelfde Spotify-nummers.'

'Maar hij heeft voor jou gekozen…' zei Stijn voorzichtig.

'Gekozen?' antwoordde ik. 'Ik was zo'n makkelijke prooi. En ik wist dat het raar was… zo hard als hij ging met z'n powerkoppelgedoe.'

Stijn pakte mijn hand. 'Weet je zeker dat je je niet laat opjutten door een jaloerse ex? Ik ken jou, nu heb je weer iets gevonden waardoor je het niet hoeft aan te gaan.'

Ik zuchtte.

'Denk je niet dat ik niets liever zou willen dan een leuke relatie, dan samen oud worden, dan hem vertrouwen en genieten van weer met iemand te zijn? Ik bedoel, jezus... Ik heb me opengesteld. Ik heb me overgegeven. Ik heb geprobeerd mijn onderbuikgevoelens te negeren. Ik wist dat hij niet zonder zonde was. Dat ben ik ook niet. En iedereen was zo blij. Marieke is onder de pannen. Weet je hoe eenzaam en schuldig en stupide ik me heb gevoeld? Dat is niet zoals je je hoort te voelen als je verliefd bent. En ik kan een hoop hebben, echt. Maar liegen, nee, daar ben ik inmiddels te oud voor. Zeker als hij ook nog liegt dat hij nooit meer wil liegen.'

Teuntje sloeg haar armen om me heen en legde haar hoofd op mijn schouder.

'Mam,' zei ze, 'ik snap je. Ik vind het zo kut voor je, zo rot... En ik heb natuurlijk ook gelogen... Gister, vandaag de hele dag... Kan ik iets voor je doen?'

'Dat is een ander soort liegen, maar ja, dan weet je ook meteen waarom ik een hekel heb aan verrassingen.' Ik gaf Teun een zoen op haar voorhoofd. 'Trouwens, over verrassingen gesproken, die twee andere vrouwen, Liesbeth en Daphne, komen zo ook hierheen. Dat leek me zonet nog een geweldig plan, maar het is natuurlijk heel dom hier, in het zicht van de media. Wart zal ervan smullen.'

'Wil je dat ik ze opvang?' vroeg Teuntje.

'Zou je dat willen doen? Dat zou echt heel fijn zijn.'

'En dan?'

'Ervoor zorgen dat het geen toestand wordt...'

'Oké, komt goed. Ik kijk wel, of ik neem ze mee de kroeg in. Ik houd je op de hoogte.'

'Weet je wat zo raar is?' zei ik tegen Stijn. 'Ik voel me zo vernederd, zo beschaamd. Dat ik erin geloofde. Ik kan hem niet eens aankijken. Met zijn boek en dat gespuit met die champagnefles.'

'Ja, dat was inderdaad wel een beetje *cringe*,' zei Stijn lachend. 'Maar het kan allebei waar zijn, hè, dat hij van je houdt, al ging hij ook met die andere vrouwen.'

'Het boeit me niet, Stijn. Hij heeft gelogen over cruciale dingen. En dat liegen vind ik erger dan dat-ie zijn pik ergens in heeft gestoken.'

'We moeten gaan, mam, Harry gaat zo speechen.'

'Ook dat nog.'

'Daarna gaan de camera's weg...'

Teuntje en Stijn begeleidden me de feestzaal in en droegen me over aan Ronald. Aan zijn arm liep ik mee naar voren. Zoveel mensen die naar me lachten, me even aanraakten, hun glas naar me hieven. Ik zag zelfs Tom tussen de menigte staan. Onze blikken vonden elkaar en hij knipoogde. Tom vond dit soort feesten een nog grotere nachtmerrie dan ik. En toch was hij er. Vrouwen met tranen in hun ogen van ontroering. Of misschien waren het ook wel neukerdjes van Harry.

Eenmaal vooraan zag ik Harry tussen de rode gordijnen staan. Hij wenkte me. Hij voelde als een totale vreemde.

Hij pakte de gin-tonic uit mijn hand en nam een grote slok.

'Wat doet die broer van jou hier?' siste hij.

'Geen idee, Harry, jij hebt dit feest georganiseerd.'

'Hij moet weg. Ik ga dat podium niet op met de gedachte dat hij dit gaat filmen en leuk in zijn vlog gaat gebruiken.'

'Hij is mijn broer, en ik ben niet je personeel. Laat het nou maar, want als je hem wegstuurt, krijg je alleen maar meer heibel.'

'Hallo,' zei hij ineens en hij glimlachte. 'Sorry, je hebt zo gelijk. O man, ik ga kapot hier. En ik heb je nog nauwelijks gezien.'

Ik voelde zijn hand naar mijn bil glijden.

'Jij bent precies de vrouw die ik nodig heb.'

En jij bent precies de man die ik niet nodig heb, dacht ik.

Harry ging weer tussen de gordijnen staan. De muziek stopte en het licht in de zaal werd gedimd. Ik keek om me heen. Ik zag mijn ouders rechts vooraan staan, Wart achter hen. Tom in een hoekje, helemaal achterin bij de deur, naast hem Teuntje. Het arme kind, wat had zij allemaal niet te verstouwen gehad met twee van zulke ouders? Ronald nam mijn tas van mijn schouder.

Harry verscheen op het kleine podium en achter hem werden foto's van ons geprojecteerd, afgewisseld door oude foto's van mij, als kind, en met Teuntje als baby, peuter en puber. Er werd 'Lang zal ze leven' ingezet door Harry, die zojuist nog doodnerveus was, maar nu totaal in zijn element.

Zijn speech begon met een verhaal over ons op het Boekenbal, en hoe hij direct, 'coup de foudre', verliefd op mij was geworden. 'Na die nacht wist ik: wow, dit is echt. Dit gaat diep. Deze vrouw, voor haar zou ik direct kunnen gaan. Ik wil haar alles geven. En dat heb ik niet snel.'

Ik dacht aan het appje dat hij Liesbeth had gestuurd. 'Jij bent zo fokking slim en mooi, ik zou direct voor je kunnen gaan.'

'Maar,' ging hij verder. 'Marieke is ook een vrouw met kwetsuren. Ze geeft zichzelf niet zomaar. Ze zei op Ibiza tegen mij: "Ik vroeg om sneeuw, maar ik krijg een hele lawine." En ja, zo ben ik. Als ik verliefd ben, ben ik een lawine. Een tsunami. Een aardbeving met de kracht van 7.9 op de schaal van Richter. Een zuidwesterstorm, een lavastroom.'

'Love bombing,' fluisterde ik in Ronalds oor. 'Zo heet dat.'

'Ga nou niet cynisch doen,' fluisterde Ronald terug, die zelf het toonbeeld van cynisme was. Maar vanavond wilde iedereen geloven in dit toneelstuk, zelfs Ronald.

De mensen begonnen te joelen. Harry was naar mij toe gelopen en stak zijn hand uit. 'Kom erbij, schat.'

Ronald duwde me het podium op. Mijn jurk kroop omhoog. Harry viste me op en gaf me een tweede microfoon.

'Marieke, ik weet dat je liever niet in de spotlights staat,' zei hij. 'Dat vind ik zo mooi aan je. Maar vandaag begint de prachtige tweede helft van je leven. Ik zit daar al een tijdje in, en ik kan je vertellen, het is fantastisch aan deze kant van de vijftig.'

Voor jou, ja, dacht ik. Op het videoscherm achter ons verschenen beelden van Nancy en Frank Sinatra.

'Lieve, mooie, slimme, grappige Marieke,' vervolgde Harry. De eerste tonen van 'Somethin' Stupid' klonken. 'We zongen het samen al eerder...'

Het bekende gitaarintro klonk uit de boxen. Ik zag Tom met afgrijzen naar hem staren. Mijn moeder legde haar handen op haar hart.

'*I know I stand in line until you think you have the time to spend an evening with me.*' Harry probeerde te zingen als Sinatra. Hij draaide zich naar mij, keek me bemoedigend aan. Wat dacht deze man? Ik murmelde mee in de microfoon. Had ik een keuze? Ik kon weglopen, dan vond iedereen me een flauwe trut. Ik keek naar de telefoons in de lucht. Ik kon niet anders dan meedoen aan deze potsierlijke vertoning.

Hij sloeg zijn arm om me heen. Ik kroop er zo elegant mogelijk onderuit. Harry zong gebarend naar mij, ik zong naar de zaal.

'*I can see it in your eyes that you despise the same old lies you heard the night before.*'

Gelukkig zong iedereen mee. Ik zag Ronald met een aansteker in de lucht. Kenden deze mensen mij? Hielden ze van mij? Ja, natuurlijk. Ze dachten dat dit de droom was die voor mij uitkwam. Een man die mij op nummer één zette, die zichzelf naar hartenlust voor lul zette om zijn liefde en toewijding te tonen. Zij gelóófden in het verhaal. De schrijfster die verliefd werd op het door haar gecreëerde karakter. Hoe bijzonder. Dat al die boeken, al het succes, de serie uiteindelijk hiertoe leidden. Ik vertegenwoordigde hun hoop dat de liefde te vinden was daar waar je die het minst verwachtte. Dat het mogelijk was je eigen sprookje te schrijven. En waar het Harry betrof, dat mensen wel konden veranderen.

Helaas was het een leugen, wat wij hier stonden te doen. Harry had dit lied voor Liesbeth gezongen, voor Daphne en wie weet voor wie nog meer. We hadden er uitgebreid om gelachen in de groepsapp.

Na afloop, nadat ik nog een obligaat dankwoord had uitgesproken en een bezwete Harry mij nogmaals innig had vastgegrepen, rende ik het podium af. Een bekende dj ging draaien, de fotografen verlieten de zaal, en ik moest naar buiten. Mensen hielden me onderweg aan om te vertellen hoe enig ze het vonden, hoe fijn het was om weer eens iets liefs te zien, en een man die ik niet kende zei: 'Hoor ik nou dat jullie gaan trouwen?' waarop ik in een soort hysterisch lachen uitbarstte. Ik dook door een deur, een donkere smalle gang in. Aan het einde zag ik Harry's smokingjasje aan een kapstok hangen. Hij had vast sigaretten. Ik betastte zijn zakken en vond naast een pakje Marlboro Lights waarin ook een aansteker zat, een klein fluwelen doosje met in gouden letters Lyppens erop. Met trillende handen opende ik het en zag een gouden ring met een ovaal groen steentje, geklemd tussen twee kleine diamantjes. Ik stak het in mijn tasje, samen met het pakje sigaretten. Wat dacht deze man? Het bleef door mijn hoofd dreunen. Ging hij een aanzoek doen? Na een relatie van nog geen vier maanden? Vanwaar al die haast? Ik was geschokt dat degene naast wie ik zestien weken had gelegen en aan wie ik veel over mezelf en mijn twijfels had verteld, klaarblijkelijk geen één keer echt had geluisterd. Of nog erger: me niet serieus had genomen. Wie mij kende wist dat ik me nooit meer wilde conformeren aan een huwelijk. Ja, ik wilde me geliefd weten, maar ik wilde nooit meer een echtgenote zijn, iemands vrouw, ik wilde me nooit meer verantwoordelijk voelen voor het geluk of welbevinden van een man. Ik wilde niet meer bang zijn dat mijn carrière hem te veel was, dat onze verbinding mij verplichtte tot koken, zijn was doen, samen op zondag naar zijn moeder, ik wilde niet meer inschikken en dat zou ik naast Harry zeker doen. Hij nam niet alleen alle ruimte in, maar hij gebruikte ook alle lucht. En hij zocht geen partner, maar een bewonderaar.

Links was een deur, die ik opende. Ik liep een donker steegje in dat vol stond met biervaten en kratten. Hoe had ik deze vertoning gevonden als ik niet had geweten van Daphne en Liesbeth? Was ik dan nu wel in de zevende hemel geweest? Ik pakte een fles witte wijn uit een doorweekte doos, en draaide de dop – gelukkig had-ie een schroefdop – eraf. Ik nam een slok. Nee, dacht ik. Misschien was de schok wel groter geweest als ik nog had geloofd in ons. Hij had een idioot groot risico genomen met dit optreden.

Aan het eind van de steeg klonken stemmen en zag ik een streep licht. Ik wurmde mezelf langs de stapels kratten en dozen en ineens stond ik weer in de rookruimte van het personeel.

'Holy fuck,' zei Liesbeth toen ze me achter een stapel biervaten vandaan zag komen. Daphne sloeg haar handen voor haar mond.

'Ben je weggelopen?' vroeg ze.

'Ja, ik geloof het,' antwoordde ik.

'Wow, wat een toestand daarbinnen!' Liesbeth zette een fles bier aan haar mond. 'Alcoholvrij!' riep ze nadat ze een slok had genomen.

'Gaat het?' vroeg Daphne en ze wreef over mijn rug. 'Ja, dit is Harry ten voeten uit. Ik zei altijd: "Je had Harry van Stapel moeten heten." Hij houdt hiervan. Grootse gebaren. Dat heeft-ie nodig voor de rush. Het is bijna psychotisch.'

'Love bombing,' zei Liesbeth.

'Ja, dat zeg je de hele tijd. Het is toch idioot dat wij daar alle drie voor gevallen zijn...'

'Hoe komen jullie hier terecht?' vroeg ik, nadat ik nog een slok van de zure lauwe wijn had genomen.

'Je dochter heeft ons hier geplant. Buiten stonden allemaal fotografen, leek ons niet zo'n goed moment.'

'Of juist wel,' zei ik. Ik haalde Harry's sigaretten tevoorschijn en bood hun er een aan.

'Ja,' zei Liesbeth. 'Ik ben wel even toe aan wat zelfvernietiging.'

'En waar is mijn dochter?'

'Ach, dat arme meisje. Hij heeft zelfs haar zover gekregen... Zij doet al het werk, hè? Ze houdt zoveel van jou, ze is helemaal over haar toeren.'

'Een schat is het,' voegde Liesbeth toe, terwijl ze diep inhaleerde. 'Dat nummer...' ging ze verder. 'Het is toch ongelofelijk? Zo lui...'

'Het is zijn *anthem*,' zei Daphne. 'Hij nam me op een van onze eerste dates mee naar een karaokebar en vroeg precies dit nummer aan. Ik vond het fantastisch. Dacht dat het zijn manier van "Ik hou van je"-zeggen was.'

'Ik vind het zo erg dat ik jullie hierheen heb laten komen,' zei ik. Ik durfde niet over de ring te beginnen, bang dat ik hen daar misschien mee kwetste. Was er iets in mij wat zich toch uitverkoren voelde? Of had de ring ook voor Liesbeth kunnen zijn?

'Het is de schaamte,' zei Liesbeth ineens, 'waar ik nu bijna kapot aan ga. Deze man. Ik was verliefd op hem. Ik adoreerde zijn lichaam, zijn piemel, juist zijn intensiteit. Had hij dit feest voor mij georganiseerd, ik durf het bijna niet te zeggen, maar ik zou erin zijn getrapt.'

'Ik ook. Absoluut. Dat mag je best zeggen. We zitten hier heel stoer te lachen, maar het doet ook pijn. Dat hij iemand koos die er niet intrapt. Wij waren te makkelijk. Hij wilde jou, Marieke, omdat je moeilijker bent. Een uitdaging. Zo zijn mannen. Ze willen een onafhankelijke, krachtige vrouw klein maken.'

Liesbeth knikte.

'Dat zijn jullie toch ook?' zei ik.

'Zeker, maar minder. Jij vond ons. Jij twijfelde. Wij vonden hem pas een gore klootzak toen hij ons dumpte.'

'Nou ja, ghostte, in mijn geval,' zei Liesbeth.

Ik zag ineens de treurigheid. Drie vrouwen, alle drie met dezelfde man bezig. Wat hij wilde, wie hij koos, wat hem bezielde.

'Was ik maar bi, of queer. Dan koos ik jullie.'

Daphne keek plots alsof ze een geest zag.

'Leg het me uit,' hoorde ik Harry achter me zeggen.

Ik draaide me om. Hij stond in de deuropening van de keuken. Hij zag er verslagen, dronken uit.

'Er is daar een heel feest voor jou gaande. Wat doen zij hier? Zitten ze je op te naaien?' Hij wees naar Liesbeth en Daphne.

Ik onderdrukte de aandrang om sorry te zeggen.

'Integendeel, ik zit hen op te naaien.'

'Ik snap het niet helemaal. Ik heb je tien dagen niet gezien, heb hier een hele surpriseparty georganiseerd... En jij kijkt me nauwelijks aan. En nu vind ik je hier met mijn ex?'

'Twee exen,' zei Liesbeth onbewogen door vermoedelijk weer een halve Xanax.

'Jij bent geen ex, Liesbeth, kom op. We hebben een paar keer seks gehad.'

'Je zei dat je van me hield. En je wilde een kind met me.'

'Mag ik hier nog aan toevoegen dat je toen nog een relatie met mij had?' zei Daphne. Ik zag dat ze trilde.

'Het was een rommelige periode. Marieke, dat weet jij toch? Hoe zoiets gaat?'

'Nee, Harry, ik weet niet hoe zoiets gaat.'

'Ben ik nu verantwoording verschuldigd over wat ik deed voor wij elkaar ontmoetten?' Hij begon in zijn jaszakken te zoeken naar zijn sigaretten.

'In principe niet,' zei ik, 'maar erover liegen, dat is niet handig.'

'Ik vraag me af, Harry, weten Liesbeth en Marieke ook van die vrouw in het Soho House? Die je een foto van haar tieten stuurde? Of van onze relatietherapeut, die je neukte in haar fietskelder? Ik denk het niet,' voegde Daphne toe.

'Het gaat niemand iets aan.'

Hij klonk als een vijfjarig jongetje.

'Ook je aanstaande vrouw niet?' vroeg ik.

Hij keek me verbolgen aan.

'Dat ben je niet. Ik heb het niet gedaan. Ik wilde het doen, maar je voelde zo koud, zo ver weg. Ik wilde het doen! Dit hele stomme feest was hiervoor bedoeld, vraag maar aan je dochter.' Hij draaide zich om en liep met opgetrokken schouders door de keuken.

'Was dit je gedroomde interventie, Marieke?' vroeg Daphne.

Liesbeth lachte. 'Wat een lul.'

Ik was duizelig. Ik voelde me afgewezen, hoewel ik hem toch echt zojuist zelf had afgewezen. Hij loog, hij neukte alles wat los en vast zat, en nog voelde ik me de domme gans.

'Ja, het is rot,' zei Daphne. 'Wacht maar, straks gaat hij de schuld van al zijn geneuk bij anderen leggen. En hopelijk ben je niet zoals ik, die daarin trapt. Hoewel, ook wij, alle drie, zijn "die vrouwen". Ik deed het al met hem toen-ie nog getrouwd was. Liesbeth toen hij met mij was en ik nog in de veronderstelling verkeerde dat we "aan onze relatie werkten". Terwijl hij ondertussen ook nog onze relatietherapeute versierde. En jij ging een relatie met hem aan terwijl hij met ons in bed lag. Hoe noemde hij mij ook alweer, Liesbeth?'

'Zo gek als een deur.'

Daphne trok haar jas aan, die over een witte klapstoel lag, en pakte haar fietssleutels.

'Meiden, ik ga. Ik wens je veel succes, Marieke, met de afwikkeling van deze avond en ik hoop dat we elkaar nog eens zien, en een borrel gaan doen. Dat we dan kunnen lachen om deze hele situatie.'

'Dat gaan we zeker doen,' antwoordde ik.

'Ik fiets met je mee,' zei Liesbeth en ze stond ook op.

Het liefst zou ik meefietsen, ergens in een klein bruin café nog een biertje drinken. Met hen zijn. Maar dat kon ik Teuntje niet aandoen.

Ik vond haar in de lobby van het hotel, waar ze met haar opa en oma in een van de loungehoeken zat. Haar hals was rood gevlekt van de stress.

'Mam, ik had geen idee dat hij dat stomme lied ging zingen,' zei ze direct toen ze me zag.

'Ik vond het niet stom,' zei mijn moeder. 'Ik vond het juist enig.'

Mijn vader zei niks. Die verkeerde na twee biertjes altijd in een zombie-staat. Daarvoor eigenlijk ook. Hij had zich al jaren geleden neergelegd bij het volgen van mijn moeder.

'Ik neem aan dat jij en Harry hier niet gaan slapen vanavond...' vroeg Teuntje.

'Sorry,' zei ik.

'Geen sorry,' zei ze. 'Ik had geen idee, mam. Ik wilde je gewoon zo graag gelukkig zien. En je zei altijd wel dat je niet van verrassingen houdt... Harry overtuigde me. Hij wilde je vieren. Ik vond het zo lief.'

'Zitten jullie nou aan de espresso-martini?' vroeg ik.

'Zalig dit,' zei mijn moeder. 'Teuntje bestelde het. Ik vond het trouwens ook heel lief. Al die mensen! En je uitgever wil ook nog iets zeggen. Iedereen was je aan het zoeken. Waar was je in hemelsnaam?'

'Pap is naar huis,' zei Teuntje.

Ik nam een slok uit haar glas. Espresso-martini was inderdaad zalig.

'Snap ik,' zei ik.

'Zo bijzonder ook dat Tom er was. Tel je zegeningen, Marieke. Op jouw leeftijd. Niet iedereen heeft ze voor het uitkiezen.'

Teuntje en ik lachten.

'Nou, ik mag die Harry niet,' zei mijn vader uit het niets. 'Gladjakker.'

'Jij laat je te veel beïnvloeden door Wart.'

'*Speaking of* Wart, waar is hij?' vroeg ik.

'Op de dansvloer, denk ik?' antwoordde mijn moeder.

We hadden het nog niet uitgesproken of er klonk rumoer uit de zaal waar mijn feest was. Op de beat van 'I Gotta Feeling' hoorden we geschreeuw. De beveiligers bij de deur renden langs ons en Teuntje en ik holden er in één beweging achteraan.

'Het is Harry,' hoorde ik mensen in het voorbijgaan roepen, en: 'Wie is dat, die vent is gek!'

Teuntje en ik wurmden ons door de menigte die een kring vormde rond twee vechtende mannen. Ronald probeerde mijn arm nog te pakken en zei: 'Niet mee bemoeien!'

Ik stond stil en zag tot mijn afgrijzen hoe Wart Harry's hoofd in de houdgreep hield en ondertussen met zijn knie tegen zijn kaak stootte. 'Wat moet je nou, hè, klootzak! Wat had je nou, stoere jongen!' schreeuwde mijn paars aangelopen broer, voordat een van de beveiligers op zijn rug sprong en hem overmeesterde. Harry rolde kokhalzend op de grond, zijn gezicht onder het bloed, samen met Ronald hees ik hem omhoog. Hij hapte naar adem, ik hoorde zijn luchtpijp piepen.

'Is hij weg?' stamelde hij, terwijl wij hem de zaal uit begeleidden.

'Hij is weg,' zei ik, toen we een rustige plek hadden gevonden.

Iemand van het hotel kwam met een EHBO-koffer en bracht ons naar een kleine kamer naast de hoofdingang. Het rook er naar Cup-a-Soup en oude koffie. We zetten Harry in een stoel en ik pakte wat gaasjes en een desinfecterend doekje waarmee ik zijn gezicht schoonmaakte. Het bloed kwam voornamelijk uit zijn neus.

'Die broer van jou,' zei Harry en hij kroop weer ineen, zijn handen om zijn ribbenkast.

'De politie is er,' zei Ronald. 'Ze nemen hem vast mee.'

'Ik vermoord hem,' zei Harry. 'Echt, ik sla hem hartstikke dood.'

'Doe nou maar rustig,' zei ik.

Teuntje kwam binnen. 'Wat is er in godsnaam gebeurd?' Haar rode vlekken waren weg, ze was nu lijkbleek.

'Ik kon het niet goed zien, maar ik zag hoe jouw broer ineens op Harry sprong...' zei Ronald.

'Hij liep tegen me aan,' zei Harry kreunend.

'En jij deed niks?' vroeg ik.

'Hij zei dat hij me helemaal kapot ging maken.'

Een Uber bracht ons thuis. Waarom ik Harry meenam, vraag ik me nog steeds af. Hij wilde niet alleen zijn, niet deze nacht, met zoveel pijn. Hij voelde zich zo verraden, eerst door mij, daarna die walgelijke broer van me. Teuntje regelde dat mijn ouders in onze suite konden, mijn moeder mocht niet mee met Wart naar het politiebureau.

De agenten hadden het goed gevonden dat Harry met mij meeging, en pas morgen een verklaring zou komen afleggen. Er waren genoeg getuigen, die ook allemaal niet precies wisten hoe het was begonnen en wie er het eerst sloeg. De politie zou ook alle camerabeelden bekijken.

Daar zaten we dus, toch weer in mijn keuken. Als twee verslagen boksers. Harry met een koelelement tegen zijn onderkaak. Waarom was ik hiermee ook alweer akkoord gegaan? Waarschijnlijk omdat iets in mij het toch sneu voor hem vond. Het reddersgen dat diep in mij verankerd zat. Maar nu zijn wonden gedroogd waren en eigenlijk wel leken mee te vallen, welde mijn minachting weer op.

'Ik ga me morgen wel laten checken in het ziekenhuis. Of misschien nu... Volgens mij heb ik een paar ribben gekneusd. Misschien zijn ze wel gebroken.'

'Ik wil eigenlijk heel graag naar bed, Harry,' zei ik.

Hij hinkte naar de koelkast.

'Is het oké als ik een glas wijn pak?' vroeg hij.

'Ga je gang.'

Hij pakte de halflege fles witte wijn, en schonk die in een van de vuile glazen die op het aanrecht stonden. Inhalig. In het begin vond ik zijn gulzige kant onweerstaanbaar.

'Ik snap eigenlijk niet,' begon hij, nadat hij een slok had genomen, 'dat jij hier allemaal zo relaxed onder bent.'

'Met wat?'

'Je broer die mij aanvalt. Die twee wijven die ons feest komen verstieren.'

'Ik heb ze zelf uitgenodigd,' antwoordde ik.

Hij was even stil. Ik pakte een glas water.

'En jij laat dit gebeuren? Onze relatie, boem, foetsie.'

'Nou ja, eigenlijk heb jij het laten gebeuren. Door die pik van je overal in te steken. Door niet naar me te luisteren, door je mijn leven, mijn zorgvuldig opgebouwde, veilige bestaan, toe te eigenen.'

Hij was heel lang stil, terwijl hij kleine slokjes van de wijn nam. Zijn linkerwang was gezwollen, waardoor hij op een konijntje leek.

'Ik weet dat ik een probleem heb,' zei hij toen zachtjes. 'Ik wil daar ook aan werken. Het is iets compulsiefs... Een verslaving wellicht. Het is iets wat buiten me om lijkt te gaan. Maar jij bent niet zomaar een vrouw voor mij. Ik wil jou. Naast jou kan ik dit gevecht aangaan. Ik beloof je dat ik hulp ga zoeken. Echte, professionele hulp. Zeg me waar ik heen moet en ik doe het.'

Nu was het mijn beurt om lang voor me uit te staren. Ik voelde met heel mijn wezen dat ik niet weer de rots in iemands branding wilde zijn. Niet weer wilde wachten op verandering of verbetering, niet meer van minnares naar moeder. Er klonk ook de stem van mijn aanpassingsvermogen die zei dat iedereen wel een rugzakje had, en dat ware liefde was dat je elkaar hielp bij het dragen. Maar er was niet genoeg geloof of energie in mij om ook maar iets te dragen, te zeulen, te sleuren.

'Ik denk inderdaad dat je daar iets mee moet, met die verslaving, zoals jij dat noemt. Maar dat moet je doen zonder mij.'

'Wat heeft dat nu voor zin?'

'Voor jezelf misschien? Omdat je jezelf er steeds mee in de problemen brengt, en ervoor zorgt dat je alles wat belangrijk is verliest? Je kinderen, liefdes...'

'Ik kan dat niet zonder een vrouw naast me.'

'Ik kan die vrouw niet zijn. Ik heb zo mijn best gedaan om mijn leven op te bouwen zoals het nu is, ik kan het niet meer...'

'Ga nou alsjeblieft niet in de slachtofferrol. Ik haat het als vrouwen dat doen.'

Ik schrok van zijn toon en deed twee stappen achteruit. Dit gesprek had overduidelijk nu geen zin.

'Ik wil eigenlijk toch liever dat je gaat. We praten dan een andere keer. Als je niet dronken en boos bent.'

'Wie is er hier dronken en boos?' Hij begon te schreeuwen. 'Ik hou van je! Ik wil helemaal niet naar huis. Welk huis trouwens, ik heb geen huis!'

'Nu niet meteen weer gaan liegen, Harry, je huis is helemaal leeg en klaar voor jou.'

'Laten we het hier en nu uitpraten. Wij. Samen. Ik heb het gezien, in je ogen! Jij houdt ook van mij! Iedereen op het feest zag het. Wat een mooi stel, ik heb het wel tien mensen horen zeggen.'

Zijn kaken spanden zich. Zijn pupillen waren groot en zwart. Ik was langzaam achteruitgelopen en stond nu bij de deur naar mijn hal, naast de sidetable. Hij kwam naar me toe, met een bijgevuld glas in zijn hand. Hij hinkte een stuk minder dan vijf minuten geleden. Hij wees naar mijn gezicht.

'En, wie zal er dan van je houden, Marieke? Op jouw leeftijd? Ik had gedacht dat je je daar bewuster van zou zijn. Wat wil je dan? Alleen oud worden? Denk je soms dat er nog een keer iemand blind voor je gaat?'

'Harry, doe rustig. Deze ordinaire ruzie gaan wij niet hebben. Alsjeblieft, ga naar huis.' Ik opende de deur.

'Koekoek,' zei hij en hij tikte met zijn vinger tegen zijn voorhoofd. 'Ik zie het nu. Volledig gestoord, jij en je broer. Ik begrijp het nu. Je scheiding. Dat je dochter zo onzeker is. Zo jammer. Heb je daar weleens over...'

Zijn tirade hield op toen de fietsaccu die op de sidetable lag zijn linkerslaap raakte.

De euforie van het slaan sloeg langzaam om in paniek. Ik had hem niet alleen neergeslagen, ik had hem ook vermoord. Zijn laatste adem uit hem geperst. Ik dronk zijn nog volle glas in één teug leeg en vulde het daarna direct bij. Mijn ledematen trilden. Een slapte trok door me heen, alsof ik dit zelf ook niet zou overleven. Natuurlijk moest ik de politie bellen. Mezelf aangeven. Ik kreeg deze grote man nooit weg hier. Ik had in mijn boeken vaak lijken weggewerkt, maar mijn protagonist, Mark de Keizer, die hier voor me lag, wist ze altijd te vinden. Hij was bekend. Hij verdween niet, nooit.

Kon ik hem bij zijn benen pakken? Ja. Ik was zijn vriendin, bijna verloofde. Ik had zijn smokingjasje aangeraakt, hem opgevangen nadat Wart hem sloeg, mijn vingerafdrukken zaten al overal.

Het lukte me hem een stukje te verschuiven, maar ik kreeg hem niet verder. Mijn hoofd ontplofte. Hoe langer ik wachtte, hoe meer moordenaar ik werd. Rumour around the brand, dacht ik.

Toen er op de deur werd geklopt, schrok ik zo dat ik letterlijk mijn hart voelde bonzen. Ik zakte door mijn knieën, achter het kookeiland, naast een dode Harry. Ik zette mijn telefoon op stil en keek op mijn Ring-app wie er voor mijn deur stond. Het was Wart. Welke idiote agent had hem laten lopen?

Ik kwam omhoog en pakte de fietsaccu van de grond. Ik was niet mezelf. Ik dacht niet, ik voelde niet, ik handelde. De deur naar de keuken moest eerst dicht blijven. Er mocht wel bloed op me zitten, ik had immers geprobeerd om Harry te redden. Ik legde de accu weer op de sidetable en liep naar de voordeur.

Zachtjes opende ik de voordeur. Wart mocht de hal in, maar niet de keuken.

'Wat wil je?' vroeg ik. 'Hoezo hebben ze je vrijgelaten?'

'Hoezo niet?' zei Wart. 'Alsof ze me vasthouden voor een dronken vechtpartijtje. Ik heb aangifte gedaan.'

'Jij?'

Hij keek me niet aan. Dat deed hij nooit. Omdat hij zo 'anders' was. Hij meende het allemaal niet. Het was humor, ironie, je hoefde er niet naar te luisteren of te kijken. Hij was toch mijn broer.

'Ja, Marieke, ik sprak mam net, die is helemaal over haar toeren.'

Ik wist het. Ze had me een app gestuurd. 'Ik had die Harry hoog zitten, maar hij sloeg als eerste! Wat moeten wij hiermee? Wart is onze zoon, jouw broer, we houden van hem! Wat er mis is met gewoon praten, snap ik ook niet!'

'Ze wil dat wij het uitpraten.'

'Nu? Harry ligt totaal in de kreukels. We gaan misschien zo naar de Spoedeisende Hulp. We gaan nu helemaal niets uitpraten.'

Ik deed een stap naar achteren en pakte de fietsaccu. De fietssleutels lagen in het bakje. De vraag was nu hoe goed ík kon liegen. Hoever was ik bereid te gaan voor mezelf? In mijn boeken loog ik naar hartenlust, maar dat was fictie. Of niet? Zat de moordlust altijd al in me? Had Harry gelijk, was ik precies mijn broer? Ik zette nog een stap naar achter. Wart zette zijn voet op mijn deurmat.

'Hij is er heel slecht aan toe, Wart. Het komt echt nu niet uit.'

Ik opende de deur naar de keuken, mijn ogen gefixeerd op Warts schoenen. Iedere stap was bewijs.

'O, mijn god,' schreeuwde ik.

Wart duwde me aan de kant.

'Is hij gevallen?' vroeg hij traag en hij liep tot het kookeiland en legde zijn handen op het koele marmer.

Ik begon te huilen en Harry's naam te roepen.

'Rot op, Wart,' schreeuwde ik. 'Ga weg.' Ik zwaaide naar hem met de accu.

Hij hield mijn arm tegen en griste het zwarte ding uit mijn handen. 'Ben je gek of zo?' Hij hief de accu boven zijn hoofd.

'Je hebt hem vermoord! Klootzak, rot op, rot op!' Ik was weer in de woedekamer. De verwarring op Warts gezicht, zijn harkerige bewegingen. Hij draaide zich om en begon te rennen, de accu tegen zijn borst geklemd. En toen, toen pas belde ik 112.

'Mijn broer heeft mijn vriend geslagen… Hij beweegt niet meer. O god.'

'Nee, hij is weggerend. Hij rent ergens. Met mijn fietsaccu. O god. Kom snel!'

Iedere ochtend sta ik op met de vogels en loop ik met Polly, mijn kleine geadopteerde Spaanse schone. We ontwaken samen, springen uit bed, ik wat strammer dan zij. Ik schiet in mijn ongewassen grijze joggingpak en mijn Birkenstocks en samen lopen we via de koffietent, langs de Prinseneilanden naar Het Stenen Hoofd, waar alle hondenbezitters uit de buurt samenkomen. Ik geniet ervan als de stad nog stil is. Vaak zien we de zon opkomen, vaker is het bewolkt of miezert het.

Ook deze ochtend neem ik dezelfde route, want Polly houdt evenmin als ik van verrassingen. Bij Het Stenen Hoofd, een open veld aan het IJ, poept Polly op dezelfde open plek naast het water tussen de bosjes. Ik ben katerig van het Boekenbal en heb maar twee uur geslapen. Dat is een van de nadelen van ouder worden, dat je ongeacht hoe laat je naar bed gaat, steevast om zeven uur wakker wordt en het malen begint.

Terwijl Polly dolt met een paar andere honden, ga ik zitten op een stuk afgebrokkelde kade. Ik streel het betonnen oppervlak. Polly komt enthousiast aanrennen met een stuk hout in haar bek. Ze laat het los bij mijn voeten, en ik gooi het met een ferme zwieper over het veld.

Mijn telefoon trilt in mijn broekzak. Er zijn meer personen die zo vroeg of nog wakker zijn na zo'n late nacht.

'Hoe was het?' appt Daphne in onze nog steeds levendige

groepsapp Harry's harem. Ik zie dat Liesbeth aan het typen is.

'Zoals altijd,' typ ik terug.

'Ik denk dat ons etentje volgende week leuker wordt,' schrijft Liesbeth.

Ik krijg ook een app van Ronald. 'Optie op *Eerlijk duurt het langst* is door omroep ingeroepen. Hoera! De spin-offserie gaat er komen! In je mailbox. X.'

'Yeey,' zeg ik zachtjes tegen mezelf en ik gooi Polly's stok opnieuw. Ze blaft van blijheid. Ik sta op en kijk nog even naar het afgebrokkelde muurtje.

'FUCK THE PATRIARCHY' heeft iemand erop geschreven.